ROTBUCH KRIMI

W0265319

Über die Autorin:
Tony Fennelly lebt in New Orleans und hat unter anderem als Bardame, Stripperin in der Bourbon Street und als Sozialpädagogin gearbeitet. Ihr Krimi *Mord auf der Klappe (The Glory Hole Murders)* erhielt 1987 eine Edgar-Nominierung für den besten Erstling. Seither sind Fennellys Krimis zu Kultbüchern einer ständig wachsenden Fangemeinde geworden. Beim Rotbuch Verlag sind bisher erschienen: Die Matt Sinclair-Trilogie: *Mord auf der Klappe* (1990), *Bärendienst* (1991) und *Robins Hochzeit* (1991). In der Margo-Fortier-Reihe wurden bisher veröffentlicht: *Der Hippie in der Wand* (1992), *Hurenglanz* (1993), *Blutige Séance* (1997) und *Kreuzfahrt mit Biss* (1999).

Pressestimmen:
»Trockener Witz, ironische Charakterisierungen und ein scharfer Blick für politische Machtverhältnisse zeichnen Fennellys Krimis aus. Dass die zudem sehr authentisch wirken, mag mit dem kritisch-amüsierten Ton wie mit der eigenen Vita der Autorin zu tun haben. Sozialkritik serviert Fennelly stets mit Witz und Sarkasmus, ohne erhobenen Zeigefinger.

Frankfurter Rundschau

Über dieses Buch:
New Orleans, die Perle des Südens, kennt keine weiße Weihnacht. Die zweite Weihnachtsfarbe Rot ist dafür in Tony Fennellys neuem Margo Fortier-Krimi kräftig vertreten mit ein paar extra Spritzern Blut.
Die Ex-Stripperin und heutige Klatschkolumnistin wird von einer der vornehmsten Familien gebeten, ein Fest mit vielfarbiger Stadtprominenz zu arrangieren. Der Empfang wird zu Ehren des plötzlich aufgetauchten Enkels veranstaltet, der per DNA-Test den Beweis antritt, dass er aus einer Liaison des in Vietnam gefallenen Sohnes und einer von Margos früheren Kolleginnen aus dem Sexbusiness entstammt. Der neue Erbe ist geradezu eine Idealbesetzung: blond, gut aussehend, gebildet, bestes Auftreten. Sein einziger Webfehler ist die enge Beziehung zu dem jungen Schwarzen Chazz, dessen Manieren und Klamotten direkt aus den Gangsta-Rap-Videos kommen. Im wilden Gegenschnitt von 1970 und 1998 – im Fernsehen wird gerade Bill Clintons Affäre mit Monica Lewinsky verhackstückt – montiert Tony Fennelly die Idylle eines verkifften kleinen Stripladens und seiner abgedrehten Gäste zusammen mit den Skurrilitäten der Stadtaristokratie.

TONY FENNELLY
LEICHEN ZUM FEST

---

aus dem Amerikanischen
von Bettina Zeller

Rotbuch Verlag

Die Deutsche Bibliothek – CIP-Einheitsaufnahme

Ein Titeldatensatz für diese Publikation ist bei
Der Deutschen Bibliothek erhältlich

© der deutschsprachigen Ausgabe
Europäische Verlagsanstalt/Rotbuch Verlag, Hamburg 2000
© Tony Fennelly
Titel der Originalausgabe: *Home Dead for Christmas*
Die Krimi-Reihe wird von
Gabriele Dietze herausgegeben
Umschlagillustration: Typoly, Michaela Booth
Herstellung: Das Herstellungsbüro, Hamburg
Satz: H & G Herstellung, Hamburg
Druck und Bindung:
Druckerei Himmer, Augsburg
Alle Rechte vorbehalten
ISBN 3-434-54013-X

Informationen zu unseren Verlagsprogrammen
finden Sie im Internet unter
www.europaeische-verlagsanstalt.de bzw. www.rotbuch.de

PROLOG

St. Charles Avenue, Weihnachten 1998

»Und da kommen Sie einfach so in mein Haus und behaupten, Sie wären mein verschollener Enkelsohn?«
»Ja, Sir.«
»Verdammt noch mal, was für eine Nummer wollen Sie hier eigentlich abziehen?« Mit bebender Faust schlug der alte Mann auf die Armlehne seines Rollstuhls. »Meine Frau und ich hatten nur einen Sohn. Und Gerald ist vor fast dreißig Jahren in Vietnam gestorben. Als Junggeselle.«
»Darüber bin ich mir im Klaren, Mr. Jessup.« Der gut aussehende junge Besucher lächelte ironisch. »Ich habe nie behauptet, dass ich ein eheliches Kind bin.«
Cyril Jessup hob den Blick und betrachtete kurz das Gemälde von N. C. Wyeth, das die nördliche Wand beherrschte. Dann fragte er: »Haben Sie auch einen Beweis für diese hanebüchene Geschichte? Wie war noch gleich Ihr Name?«
»Glen Charles Watley, Sir. Und ja, ich habe Beweise, wissenschaftliche, unanfechtbare Beweise.«
Unter seinem Mantel begann Watley zu schwitzen, doch niemand hatte ihn aufgefordert, abzulegen oder hier in Jessups Empfangsraum Platz zu nehmen. Er hatte nicht gedacht, dass es in New Orleans so kalt wurde und man im Dezember einen Mantel brauchte, war aber angehalten worden, warme Sachen einzupacken.
»›Unanfechtbare‹ Beweise, hm?« Der alte Mann verzog den Mund. »Wie haben Sie das angestellt?«
»Letzten Monat habe ich einfach meine DNS in den Millhiser Labors analysieren lassen. Es wäre mir eine Ehre, wenn ich Ihnen Kopien der Analyseergebnisse aushändigen dürfte.«

Der alte Mann runzelte die Stirn, auf der sich tiefe Furchen zeigten. »Eine DNS-Analyse?«
»Ich habe Ihnen eine Kopie meiner Genanalyse mitgebracht. Sie können meine Testergebnisse mit denen von Ihren Familienmitgliedern und denen Ihrer Frau vergleichen. Das Ergebnis wird zweifelsfrei belegen, dass ich Ihr direkter Nachkomme bin.«
Der alte Mann schaute sich in dem Raum um. Sein Blick blieb an seinem Neffen Andrew hängen, der stumm und mit gefalteten Händen neben der Tür stand. Dann betrachtete er wieder den Besucher.
»Und wer soll Ihre Mutter gewesen sein, wenn ich fragen darf? Gerald hat uns nie etwas von einer Freundin geschrieben, als er beim Militär war?«
»Es war keine ...«, der junge Mann legte verschämt eine Hand auf den Mund, »... längere Beziehung. Und auch keine, die ernster Natur war. Das will ich gleich von vornherein einräumen.« Er zog einen braunen Briefumschlag aus der Innentasche des Mantels und nahm vorsichtig ein Foto heraus. »Dieses Polaroidfoto wurde im Sommer 1970 bei Madame Julie's auf der Bourbon Street aufgenommen.«
»Das war kurz bevor sie Gerald in dieses gottverdammte Stinkloch geschickt haben.« Jessup riss dem jungen Mann das Foto aus der Hand und rückte seine Lesebrille zurecht.
»Sehen Sie, Sir?« Glen Charles Watley zeigte auf das Foto. »Da, in der Mitte ...«
»Ja, ja. Ich werde doch wohl noch meinen eigenen Sohn erkennen.«
Er musterte das Foto eines jungen Mannes in einer Armeeuniform, der vor einer verspiegelten Bar stand. Dahinter konnte man eine schmale Bühne erkennen. Der Soldat grinste in die Kamera. Vier junge Frauen, zwei auf jeder Seite, hingen in glitzernden Bühnenkostümen an seinen Armen und posierten.
»Mit wem ist er da zusammen? Mit einer Horde *Stripperinnen?*«
»Sie nannten sich ›exotische Tänzerinnen‹. Da.« Watley

Julian ist von Natur aus einfach zickig wie so viele schwule Männer, und nach mehr als zwanzig Jahren Ehe habe ich mich an derlei Frotzeleien gewöhnt. »Keine Chance.« Ich zog den Schleier über meine Patriziernase. »Richtig mächtige Männer wie Jessup zahlen, damit ihr Name *nicht* in den Zeitungen steht.«

»Na, dann schau doch vorbei. Jetzt hast du sogar *mich* neugierig gemacht.«

Auf meiner Fahrt nach Uptown schaltete ich einen Nachrichtensender ein. Saddam Hussein hatte sich (wieder einmal) geweigert, das Inspektionsteam der Vereinten Nationen seine Kontrollen machen zu lassen. Du meine Güte! Immer wieder führen die Irakis mit uns dasselbe Tänzchen auf. Die Inspektoren kommen und wollen sich umsehen, und die Wachen halten sie an der Eingangstür fest, während die Massenvernichtungsmittel zur Hintertür hinausgeschoben werden. Und kaum nähern sich unsere Jungs illegalen Waffen, bezichtigt Saddam sie der Spionage und wirft sie aus dem Land. Daraufhin drohen die Vereinigten Staaten damit, seinen Arsch wegzubombardieren, weil er sich nicht an das Abkommen hält. Inzwischen hat er die Gelegenheit genutzt und die chemischen und biologischen Waffen wegschaffen lassen, so dass er, na, was soll's, die Inspektoren wieder hereinlässt. Aber sobald sie wieder in die Nähe von irgendetwas kommen, das von Interesse ist, wirft er sie wieder hinaus, und das ganze Spielchen geht von vorn los.

Der launische Cyril Jessup lebte in einem Herrenhaus, das architektonisch dem griechischen Klassizismus nachempfunden war, auf der historischen St. Charles Avenue. Sein Haus ist eines der wenigen herrschaftlichen Gebäude, das noch nicht an eine Institution veräußert oder in Wohnungen umgewandelt wurde.

Das Herrenhaus war so groß, dass ich, nachdem ich zwischen den korinthischen Säulen die breite Vordertreppe erklommen und den Türklopfer in Form eines Minotauruskopfes betätigt hatte, beinahe schon damit rechnete, dass

ein livrierter Lakai in Kniebundhosen mir die Tür öffnete. Stattdessen wurde ich von einem kriecherisch wirkenden Langweiler in blauem Anzug empfangen, den mein Anblick offenbar irritierte, als würde ich in meiner grauen *Autumn Haze*-Nerzjacke Zeitschriftenabonnements verkaufen.
»Guten Abend.« Theatralisch lüftete ich meinen Schleier. »Ich bin Mrs. Fortier.«
»Ja, Ma'am.« Seine Langweiligkeit verdaute meinen Namen mit einer Miene, als tränke er Zitronensaft. »Wir haben Sie schon erwartet.« Er machte auf dem Absatz kehrt. »Hier entlang, bitte.« An der ausladenden Treppe vorbei folgte ich ihm durchs Foyer in einen Empfangsraum von der Größe einer Turnhalle. Der Besitzer des Herrenhauses, Cyril Jessup höchstpersönlich, saß vornübergebeugt in seinem Rollstuhl vor dem Kamin, in dem Holzscheite knisterten. Gebieterisch zeigte er mit dem Finger auf mich.
»Sind Sie Mrs. Fortier?« Mit einem Kopfnicken ließ ich ihn wissen, dass dem so war. »Kommen Sie her!«
Ich hätte einen freundlicheren Empfang vorgezogen, aber angesichts des hohen Alters, des körperlichen Verfalls und des Vermögens meines Gastgebers entschied ich, dass ich mitspielte, solange es für mich von Vorteil war. Ich schlitterte durch den Raum, bis ich mit einem kecken Lächeln auf den Lippen vor ihm stand.
»Ja, Mr. Jessup?«
Er hielt mir ein Polaroidfoto hin. »Ich habe gerade dieses Foto bekommen, das 1970 aufgenommen wurde. Schauen Sie es sich gründlich an.«
Ich nahm ihm das alte und spröde Foto ab, das an manchen Stellen vergilbt war. Nichtsdestotrotz waren die Revuemädchen von Madame Julie's sehr gut zu erkennen.
Jessups knorriger, von Altersflecken überzogener Zeigefinger berührte das Bild. »Ganz links, sind Sie das?«
»Wie bitte?« Ich hielt die zuvor erwähnte Patriziernase etwas höher. »Diese Person da sieht aus wie eine … Stripteasetänzerin. Und das bin ich garantiert *nie* gewesen …«
»Ersparen Sie mir den Unsinn, Mrs. Fortier. Ich bin gewillt,

Sie für Ihre Zeit zu entschädigen.« Der alte Mann schnippte mit den Fingern. »Andrew? Bring den Scheck.« Der kriecherisch wirkende Langweiler kam näher. In der ausgestreckten Hand hielt er einen grünen Scheck. »Gib ihn ihr.«

Ich bemühte mich, ganz uninteressiert dreinzuschauen, als ich den Scheck entgegennahm, und brachte ihn auf Augenhöhe. Eine Eins, eine Null, ein Komma und drei weitere Nullen. Ich setzte alles daran, keine Miene zu verziehen.

»Er ist auf zehntausend Dollar ausgestellt.«

»Und auf Sie.« Jessup deutete darauf. »Ja, so viel ist es mir wert.«

»Was ist Ihnen so viel wert?«

»Alles, was Sie mir über dieses Foto verraten können.«

»Tja … nun.« Zum Teufel mit der blütenreinen Vergangenheit! »Das ist vermutlich nicht viel.« Ich wedelte mit dem Scheck herum für den Fall, dass die Tinte noch nicht trocken war, und hielt ihn dann von mir weg, damit ich ihn ohne Brille lesen konnte. »Allerdings steht da nichts in der Zeile für den Verwendungszweck.«

»Ja, und?«, knurrte er. »Der Scheck ist gedeckt.«

»Das glaube ich Ihnen gerne, Mr. Jessup, aber theoretisch könnten Sie an diese Stelle ›Kredit‹ schreiben, nachdem ich ihn eingelöst habe. Und dann könnten Sie behaupten, dass ich Ihnen diese Summe *schulde*. Und zwar mit *Säumniszinsen*.«

»Ich verstehe.« Er verzog den Mundwinkel zu einem Lächeln. Ich vermute mal, der alte Knacker hatte diesen Trick bislang noch nicht gekannt, aber er schien sich darüber zu freuen, dass er noch etwas dazulernen konnte.

Ich gab den Scheck zurück. »Bitte tragen Sie ›Beratungshonorar‹ in diese Zeile ein, und dann können wir ein nettes Pläuschchen halten.«

»Hmm.« Er streckte die Hand nach einem Füller aus, woraufhin der getreue Andrew ihm sofort einen reichte. Ich sah zu, wie Jessup die Zeile ausfüllte. Dabei grummelte er: »Bei diesem Honorar erwarte ich mehr als einen Plausch.«

Ich nahm den Scheck wieder in Empfang, faltete ihn und steckte ihn in den Geldbeutel. »Damals sind eine Menge Touristen darauf abgefahren, sich mit uns fotografieren zu lassen. Es machte sie stolz, mit echten Revuemädchen gesehen zu werden.« Jessup kniff die Augen zusammen. Für zehntausend Dollars musste ich mit etwas mehr aufwarten.
»Na schön.« Andrew hob einen Sessel hoch, ohne dazu aufgefordert worden zu sein, und stellte ihn vor den Kamin, neben den von Jessup. Ich ließ mich darauf fallen und zog meine Jacke aus. »Das hier muss ... im August 1970 aufgenommen worden sein.«
Der alte Mann nickte zustimmend. »Da erinnern Sie sich richtig.«
»Das war die einzige Zeit, wo exakt diese Mädchen bei Madame Julie's arbeiteten. Am Ende des Monats waren wir in alle Himmelsrichtungen verstreut.«
Das interessierte ihn. »Wohin?«
»Ich bin aufs College gegangen.«
»Es ist mir doch egal, ob Sie aufs College gegangen sind«, erwiderte er. »Was mit *Ihnen* passiert ist, weiß ich. Erzählen Sie mir von den anderen Mädchen. Und zwar alles, woran Sie sich entsinnen.«
»Das schwarze Mädchen links wurde als ›Coffee‹ angekündigt.«
»Coffee?«
»Coffee, Hot & Black. So nannte der Ausrufer sie, doch in Wirklichkeit hat sie Karen irgendwie geheißen. An ihren Nachnamen erinnere ich mich nicht. Wahrscheinlich habe ich den überhaupt nie gekannt.«
»Vielleicht hat sie ein paar nützliche Informationen. Ist diese ›Hot & Black‹ Coffee immer noch in der Gegend?«
»Ich fürchte, nicht. Soweit ich mich entsinne, hatte sie nicht das Gefühl, hier in Louisiana große Entwicklungsmöglichkeiten zu haben. Das letzte Mal, als ich sie gesehen habe, wollte sie wieder nach Norden gehen und an der Universität von New York Soziologie studieren. Ob sie das geschafft hat, kann ich nicht sagen.«

»Nun gut. Erzählen Sie mir von der Hübschen, der Blondine.«
»Das war Patsy.« (Es machte keinen Sinn, zu behaupten, wir wären *alle* hübsch gewesen.) »In jenem Sommer war sie unsere Hauptattraktion.«
Seine gemeinen alten Augen leuchteten auf. »Gute Figur.«
»Und es war sogar alles echt. Vor achtundzwanzig Jahren waren Implantate eher eine Seltenheit. Nur die Hauptattraktionen in den großen Clubs investierten solche Summen.«
»Wohin ist sie danach gegangen? Die Blondine.«
»Das kann ich nicht sagen. Ich weiß nur, dass in der letzten Augustwoche eine Motorradfahrer-Gang nach New Orleans kam. Patsy fand, dass einer von den Gorillas der Mann war, auf den sie ihr ganzes Leben lang gewartet hatte. Mit ihm zusammen hat sie die Stadt verlassen. Hinterher haben wir nie wieder etwas von ihr gehört.«
»Können Sie mir nicht etwas mehr über dieses Mädchen sagen? Ich wüsste gern ihren Nachnamen.«
»Sie nannte sich ›Star‹. ›Patsy Star‹. Aber das hat garantiert nicht gestimmt.«
»Nein, wahrscheinlich nicht. Was ist mit der Brünetten?«
»Ihr Bühnenname war ›Conchita, die heißblütige Latina‹, doch in Wirklichkeit war sie italienischer Herkunft, und wir alle haben sie Marie genannt.«
»Sonst noch was?«
»Vielleicht ja. Ein paar Jahre später bin ich Marie über den Weg gelaufen. Sie hat es geschafft, den kleinen Donnie Mangiacaballo zu angeln.«
»Geschafft?« Jessup beugte sich in seinem Rollstuhl vor. »Was war er? Irgendjemand von Bedeutung?«
»Ungefähr eins sechzig groß, dünn, hat die High School abgebrochen.«
Er rümpfte die Nase. »Klingt nicht gerade beeindruckend.«
»Nein, er selbst war nichts Besonderes. Doch seine Familie ist reich. Ihnen gehört Mangi's, das große Restaurant am Airline Highway.«

»Nur Mangi's? Haben sie den Namen abgekürzt?«
»Tja, sie konnten einem Restaurant ja nicht gut den Namen ›Mangiacaballos‹ geben, oder?« Er kapierte offensichtlich nicht, also klärte ich ihn auf. »Das ist Italienisch und heißt ›Iss ein Pferd‹.«
»Ach? Nein, das konnten sie nicht.«
»Marie hat erwähnt, dass Donnie ihr draußen in Lake Vista ein Backsteinhaus gekauft hat, insofern wird sie vermutlich noch hier sein.«
In diesem Augenblick hörte ich, wie draußen in Jessups Foyer jemand stolperte und einen schrillen Laut ausstieß. Gleich darauf kam eine ältere Dame in einem Flanellnachthemd mit gerissenem Saum, das über eine Schulter gerutscht war, barfuss die Treppe hinuntergestrauchelt. Auf ihrem Haupt thronten weiße Haarlocken, die büschelweise abstanden und an Meringuen erinnerten. Das Haar war vom Schlaf zerzaust. Sie hatte pinkfarbenes Rouge breit aufgetragen und Ringe aus verschmiertem blauem Eyeliner um die Augen, wie ein Waschbär. Die arme Seele hielt mitten auf der Treppe inne, umklammerte mit beiden Händen das Geländer und jammerte: »Wo ist meine Medizin?«
»Was hat sie außerhalb ihres Zimmers zu suchen, Andrew?« Jessup ballte die knöchernen Hände zu Fäusten und hämmerte auf die Armlehnen seines Rollstuhls ein. »Wo, zum Teufel, steckt die Krankenschwester?«
»Tante Lucille hat geschlafen«, wartete Andrew blitzschnell mit einer Erklärung auf. »Miss Grove ist schnell zur Apotheke gegangen und besorgt Nachschub.«
»Na, dann schaff sie wieder hoch. Jetzt gleich!«
Andrew setzte sich umgehend in Bewegung, sprintete die Stufen hoch und nahm die alte Dame behutsam am Arm.
»Deine Medizin ist in ein paar Minuten hier, Tante Lucille.«
»Ich soll sie nehmen, wenn ich mich schlecht fühle, weißt du.« Sie ließ sich von ihm umdrehen und eine Stufe nach der anderen hochdrängen. »Der Doktor hat gesagt, ich soll sie nehmen.«
»Wir werden jetzt auf dein Zimmer gehen und dort zusam-

men auf sie warten«, redete er auf sie ein. »Wir können uns ja wieder die Hochzeit ansehen, ja?«

»O ja, die wunderschöne Hochzeit.« Ihre Stimmung besserte sich merklich. Nun klang sie fast wie ein kleines Mädchen. »Ich habe sie mir schon lange nicht mehr angesehen. Können wir mit der Fahrt in der gläsernen Kutsche anfangen?«

»Selbstverständlich, Tantchen.« Die klapprige alte Dame klammerte sich am Arm ihres Neffen fest, während sie zusammen die Treppe hochstiegen und um die Ecke bogen.

Ich sah zu Jessup hinüber, der jetzt die Zähne zusammenbiss. »Es tut mir Leid, dass es Ihrer Gattin nicht gut geht.« Ich versuchte, taktvoll aus ihm Informationen herauszuholen.

»Ihr geht es nie gut. Mutter hat vor achtundzwanzig Jahren jegliches Interesse an der Welt verloren.« Er verzog das Gesicht. »Nach Geralds Tod war sie zu alt, um noch weitere Kinder zu kriegen. Und dann ist aus ihr das Wrack geworden, das Sie gerade eben gesehen haben. Sie ist kaum bei Sinnen und irrt in ihrer eigenen Traumwelt herum. Unser Sohn war die einzige Person in ihrem Leben, die sie je geliebt hat.«

»Und wie steht es mit Ihnen?«

»Mit mir?« Allein schon die Vorstellung stimmte ihn mürrisch. »Ich musste mich um meine Geschäfte kümmern. Ich hatte keine Zeit, mich um sie zu kümmern.«

»Es ist mir eine Ehre, einen so hingebungsvollen Gatten kennen zu lernen.«

»Ich bezahle ihre Schwester. Ich bezahle ihre Medizin. Beklagen kann sie sich nicht.«

Ich rückte mit einem Stuhl ein paar Zentimeter vom offenen Feuer weg, damit mein Pelz nicht austrocknete. »Ich hatte den Eindruck, dass Mrs. Jessup sich nur sehr schlecht artikulieren kann. Welche Hochzeit sieht sie sich oben mit Andrew an?«

»Huh!« Dem alten Mann kam ein abfälliges Geräusch über die Lippen. »Die Hochzeit des Jahrhunderts. Welche sonst?«

»Dianas?«
»Dämlich, nicht wahr? Seit dem ersten Mal, wo ein Foto von diesem Mädchen in der ›Newsweek‹ erschienen ist, auf dem sie einem Rock trägt, in der ›Newsweek‹ auftauchte, ist meine Frau wie besessen von ihr. Das ist das Einzige, worüber sie sich noch Gedanken macht.«
»Und es erklärt den blauen Eyeliner.«
»Zurück zu dem hier!« Er schnappte sich das Polaroid und wedelte damit wie mit einem Fächer. »Sie haben mir gesagt, dass diese Mädchen im Club als ›Conchita‹, ›Coffee‹ und ›Patsy Star‹ aufgetreten sind. Durch die Bank Bühnennamen.«
»Richtig.«
»Und?« Er kniff die Augen zusammen. »Wie haben *Sie* sich damals genannt?«
»Ich war ›Cherry‹.«
Er lachte durch die Nase. »Darauf würde ich wetten.«

KAPITEL ZWEI

Bourbon Street, August 1970

»Scheiß auf ihn!«
»Scheiß auf wen?
»Auf den Typen, der gerade rausgegangen ist.« Marie umklammerte eine Flasche gewöhnlichen Sirup und hielt sie wie eine Keule. »Zwei Whisky Sour musste ich ihm mixen, und der Mistkerl hat mir nicht mal Trinkgeld gegeben.«
»Vielleicht dachte er, du machst als Tänzerin so viel Kohle, dass du Trinkgeld nicht nötig hast.«
»Sche-eiße.« Sie knallte die Flasche auf die Theke. »Zwanzig Mäuse die Stunde.«
Ich nahm die Flasche wieder hoch und wischte die Stelle mit meinem Lappen ab. »Wenn man sich genau überlegt, wie man sich in diesem Schuppen für ein ordentliches Trinkgeld

ins Zeug legen muss, dann ist es den Verschleiß des Körpers nicht wert.«

»Aber *dir* kann das ja bald schnuppe sein.« Oben auf der Bühne zog sie ihre Nummer ab und ließ ihren Bananenrock durch die Luft sausen. Das hielt sie aber nicht davon ab, an der Unterhaltung teilzunehmen. Madame Julie's ist nicht unbedingt ein erstklassiges Etablissement. An der Bar saßen nur drei verlorene Kunden, die zuschauen wollten. Was geredet wurde, interessierte sie nicht. »Cherry hat ein bisschen Kohle geerbt, und jetzt wird sie ein *College*-Mädchen.«

Marie kicherte. »Wenn ich 'ne Menge Geld auf der Bank hätte, könnte mir das College gestohlen bleiben. Ich würde einfach losziehen und das Leben *genießen*.«

»Mit meiner kleinen Erbschaft könntest du dir kein Leben in Luxus finanzieren. Mit dem Geld konnte ich mir gerade mal dieses alte, abgewrackte Haus in der Piety Street kaufen, und was übrig ist, wird mir und meinem Bruder noch eine Ausbildung finanzieren.« Ich stellte den Sirup ins Regal zurück. »Darum arbeite ich hier, bis die Uni anfängt. Ich hab immer noch nicht genug Kohle.«

»Aber viel fehlt dir nicht mehr, oder?«, meinte Coffee. »Die Louisiana State University kostet nur ... wie viel denn? Hundertvierzig Dollar pro Semester?«

»Dazu kommen noch Bücher und ein paar schicke Sporttrikots.« Ich klimperte mit den Nerzwimpern. »Solche, wie sie *alle* niedlichen, properen Kommilitoninnen tragen.«

»Niedlich und proper? Du? Hah!«

»Lach nicht, Marie. Wenn ich erst einmal auf dem Campus bin, werde ich mich in eine Jungfrau zurückverwandeln, und meine dunkle Vergangenheit wird sich in Luft auflösen. Puff!« Ich gestikulierte mit den Fingern. Hokuspokus. »Und darum ist das meine letzte Woche auf der Bourbon Street.«

Coffee tanzte zu Al Hirts ›Java‹, ihrem vierten Song. Sie fing an, die Bananenblätter abzunehmen. Bei jedem fallenden Blatt schwang sie die Hüften und warf sie anzüglich nach vorn. »Was nimmst du als Hauptfach, Cherry?«

»Ich kann mich nicht entscheiden.« Ich schenkte mir mit dem Schlauch eine Cola ein (Pur. Ohne Eis.) und trank einen großen Schluck. »Wisst ihr, ich bin in nichts ein Naturtalent und habe auch keine ausgeprägten Fähigkeiten, und richtig arbeiten will ich auch nicht. Ich möchte nur rumliegen und lesen.«

»Englische Literatur. – Dann hast du also deinen Plan, ein großer Star zu werden, begraben?«

»Ich weiß ja, dass ich nie die Hauptattraktion sein werde«, sagte ich und gab mir Mühe, nicht beleidigt zu schauen. »Als ich das erste Mal oben ohne getanzt habe, sind die Gäste scharenweise aus dem Raum gegangen und in ihre Busse gestiegen.«

»Tut mir Leid, Cherry. Aber 75 A ist wirklich nicht sonderlich beeindruckend. Kannst genauso gut aufs College gehen. – Deine Klamotten heute sind ziemlich klasse.«

»Das will ich doch hoffen.« Ich schlug den Rock hoch. »Eigentlich ist das ein Zwölf-Dollar-Kleid, aber bei Kraus's war es auf 3 Dollar 98 heruntergesetzt.«

»Ach, das habe ich ganz vergessen.« Coffee schob die Bananenblätter über ihren Po. »Es ist ja gerade im Viertel Schlussverkauf. Eigentlich wollte ich auf der Canal Street bummeln gehen.«

Heute Abend stand Buddy vor der Tür. Er warf einen Blick nach drinnen und sah nach, welche gerade auf der Bühne war. »Das ist super, Mann! Zeig's dem Bananenbaum!« Wie ein Wilder winkte er die Touristen heran, die draußen auf dem Bürgersteig herumschlenderten, in der Hoffnung, dass er sie zum Eintreten animieren könnte. »Kommen Sie herein, und schauen Sie sich Coffee an. Hot 'n' Black! Nur hier bei uns, ganz exklusiv bei Madame Julie's.«

Eine Horde Touristen in komischen Hemden drängelte vor der Tür und riskierten einen Gratis-Blick. Ich sagte: »Bei dir bleiben sie immer stehen und wollen reinschauen.«

»Klar«, sagte Coffee und lachte mitten in einem lasziven Hüftschwung. »Wenn bloß keiner Josephine Baker steckt, dass ich ihre Nummer geklaut habe.«

»Josephine Baker?« Patsy duckte sich mit eingezogenem Kopf unter der Theke durch und ging hinter die Bühne. »In welchem Club arbeitet sie denn?«
»Sie ist in Frankreich!«
»Wie soll sie dann das mit dir rauskriegen?«
»Ist egal.«
Coffee öffnete ihren BH, hielt ihn grazil zwischen zwei Fingern und ließ ihn dann zu Boden gleiten. Gerry, der junge Soldat am Ende der Theke, fing an zu grölen und applaudierte wie immer. Und wie immer war er auch der Einzige, der Enthusiasmus an den Tag legte. Gerry war am Montag zum ersten Mal hier aufgetaucht, und seither war er unser bestes Publikum. Dumm war nur, dass er als Kunde nicht viel Geld abwarf. Schon am Dienstag hatte er seinen ganzen Monatslohn verprasst.
Drei Stühle rechts von Gerry saß ein waschechter Bauerntölpel, der gut und gerne als Doppelgänger von String Bean aus ›Hee Haw‹, dieser Country- und Westernshow im Fernsehen, hätte durchgehen können. Wie üblich hatte Bean einen Drink für 2,85 Dollar bestellt und hielt sich daran fest. Für einen Drink lassen wir den Gast die Show normalerweise nur einmal sehen, aber weil der Laden so gut wie leer war, machte es keinen Sinn, den Geizhals hinauszuwerfen. Zumindest taugte er als Anheizer.
»Sag mal, Kumpel«, sprach Gerry ihn an. »Die sieht doch mindestens genauso toll aus wie deine Lieblingsschauspielerin, stimmt's?«
Der Bauerntölpel schaute hoch zur Bühne. »Wie Candy Samples?«
Ray, unser Manager, stand draußen vor der Tür und redete mit einem ganz in Taft gehüllten Transvestiten, der in der »Powder Puff Review« mitspielte und gerade Pause hatte. Die beiden unterhielten sich über den neuen Quarterback der Saints.
»Lass dir gesagt sein, dieser Junge, dieser Archie Manning, ist ein athletisches *Genie*. Er wird das Team geradewegs in die Endrunde katapultieren. Geht gar nicht anders.«

Manning ist das neue Sportidol des Südens. Nach der letzten Sugar Bowl konnte sich der hiesige Club kaum noch vor Ol'-Miss-Fans retten, die ihren Sieg über Arkansas feierten und ›Everythin's Archie‹ sangen, ein Kinderlied, das ursprünglich auf die Comicstripfigur gleichen Namens gemünzt gewesen war.

»Keine Chance«, erwiderte die Tunte in überraschend tiefer Tonlage. »Nicht einmal Archie kann das allein fertig bringen. Ich könnte wetten, dass J. D. Roberts und das ganze Team sich die Endrunden-Spiele genau wie du und ich im Fernsehen anschauen.«

Coffees fünfter Song endete, und sie war nur noch mit drei Kokosnussschalen bekleidet (mehr zu zeigen, ließ das Gesetz nicht zu). Damit war ihr Auftritt vorbei. Sie hob das Kostüm auf und verließ die Bühne, während Patsys erste Platte, ›Autumn Leaves‹, erklang. Nun kam der Star der Show herausstolziert und zeigte sich seinem Publikum.

Patsy ist unsere Hauptattraktion, das einzig wirklich schöne Mädchen in der Truppe. Sie weiß das ganz genau. Aus diesem Grund hängt auch ihr Foto draußen, ein Poster von ein auf knapp zwei Meter, ursprünglich eine Schwarzweißaufnahme, die vergrößert und mit Wasserfarben koloriert worden war. (Und pro Schicht streicht sie für ihre Bemühungen fünfundzwanzig Dollar ein.) Jetzt bezog sie wie üblich vor dem Wandspiegel Stellung und wedelte mit ihrem Schal.

»Hallo, Patsy!«, rief Gerry und hob das Glas. »Da oben siehst du genau wie Joey Heatherton aus!«

»Ach, vielen Dank!« Patsy neigte sich über den Bühnenrand, so dass ihr hauchdünner blauer Schal, der mit aufgeklebten Goldsternen verziert war, über mein Gesicht strich. »Siehst du, Cherry? Der Soldatenjunge ist mein größter Fan.«

»Warum auch nicht, wo du ihm doch heimlich Drinks ausgibst?«

Patsy senkte das Tuch auf Taillenhöhe und präsentierte ihre wunderschönen Brüste. Sie sind nicht groß und rund wie

Melonen, sondern haben eher die Form von Auberginen, und eine zeigt in die eine Richtung und die andere in die entgegengesetzte. Die Nippel sind mit silbernen Sternen beklebt, die sie aus Karton ausgeschnitten, mit Aluminiumfolie bezogen und aufgeklebt hat. Auf ihrem G-String klebt eine etwas größere Version des Reynolds-Wrap-Sterns.

»Süß ist er, findest du nicht?«, fragte sie mit leiser Stimme, so dass Gerry sie vorne an der Bar nicht hören konnte.

»Ja«, räumte Marie ein. »Aber er ist ein Jessup.«

Ich war gerade dabei, zwei Biergläser gleichzeitig zu spülen, indem ich sie über die Beckenbürsten stülpte. Ich habe die Angewohnheit, die Theke sauber zu halten, nur damit meine Hände beschäftigt sind. Mittlerweile leere ich schon zwanghaft Aschenbecher.

»Du meinst doch nicht einen von *den* Jessups in der St. Charles Avenue?«

»Doch, Cherry. Die reichste Familie von New Orleans. Man sollte doch meinen, dass er genug Zaster hat und seine Drinks *selbst* bezahlen kann.«

»Aber der Junge hat doch nur seinen Armeesold zum Verprassen. Und vergiss nicht, am ersten Abend hat er sein ganzes Geld hingeblättert und uns zu Austern und Maiskolben am Stiel eingeladen«, sagte ich. »Da ist es nur gerecht, wenn wir uns jetzt um ihn kümmern.«

»Ich wünschte, ich könnte ihn dazu überreden, sich um *mich* zu kümmern«, sagte Marie mit einem berechnenden Ton in der Stimme. »Wenn ich ihn heiraten würde, müsste ich nie wieder arbeiten.«

In dem Augenblick kam Coffee in ihren Barkeeperklamotten aus der Garderobe, einem weiten Polyesterstrickding, das man mühelos aus- und anziehen konnte, und duckte sich unter der Thekenöffnung durch. »Gib deinen Job lieber noch nicht auf, Mädchen«, riet sie. »Alles, was Gerry heimbringen würde, ist der Sold eines Obergefreiten.«

»Aber eines Tages wird er von seinem alten Herrn Millionen erben, und dann wäre ich reich.«

Ich spülte die beiden Whiskygläser im Klarwasserbecken nach. »Bis er irgendetwas erbt, wird er schon lange von *deinem* Hintern geschieden und mit einem von diesen Mädchen aus dem Garden District, von der Sorte wie Sophie Newcomb, verheiratet sein.«

»Kann sein, aber dann würde ich wenigstens Unterhalt kriegen.«

Coffee vergewisserte sich, dass Rays Blick immer noch auf die Straße gerichtet war, dann schnappte sie sich eine Olive. »Marie, du kannst doch deinen *Schwiegervater* nicht zu Unterhaltszahlungen verdonnern. Aber meiner Meinung nach wäre Gerry auch dann süß, wenn er keine einzige Million erwarten könnte.«

»Ich mag ihn«, sagte Patsy, die sich über den Bühnenrand neigte, so leise, dass nur wir es hören konnten.

»Wir mögen ihn alle«, gab Coffee zu. »Cherry ist die einzige, die unserem Soldatenjungen keine schönen Augen macht.«

»Der Junge ist doch kaum aus dem Clearasil-Stadium hinaus«, meinte ich. »Für meinen persönlichen Geschmack ist er einfach ein bisschen zu jung und ungeschliffen. Ich habe schon einen richtigen Mann, der ganz und gar erwachsen ist. Groß, dunkel und umwerfend.«

»Sie meint ihren Alten«, sagte Patsy, griff sich an die Brust und rückte einen Stern zurecht. »Einen Cajun, der draußen auf einer Bohrinsel arbeitet.«

»Er heißt Sostenne. Und heute Nacht kommt er an Land.«

In dem Moment, wo ich das sagte, kam Maries Bruder Eubie mit ausgebreiteten Armen durch die Tür und bewegte die Hände, als erwarte er Applaus.

»Guten Abend, meine Damen und Filzläuse ...!«

»Schön, dass du vorbeischaust«, begrüßte ich ihn. »Wie läuft das Showbusiness?«

Eubie ist ein ›Schauspieler‹. Doch für ernsthafte Schauspieler gibt es in New Orleans keine Vollzeit-Engagements. Deshalb tritt er dreimal pro Abend in ›Besserwisser kann keiner leiden‹, einer Live-Comedy-Revue, auf. Das ist alles, was es an »richtigem« Theater auf der Bourbon Street gibt. Seine kleine Truppe bringt thematische Lieder und parodistische Sketche und führt so eine Art Guerilla-Version von der ›Wochenschau‹ auf. Die vier Schauspieler geben eine Menge ziemlich treffender Spiro-Agnew-Witze zum Besten, während Eubie selbst eine Spitzen-Nixon-Imitation liefert. Sie machen Witze über den Krieg, Napalm und die Baby-Verbrenner und beenden die Vorstellung normalerweise mit dem Song der Kriegsdienstverweigerer.

Ich beugte mich über die Theke und entzifferte den Aufdruck auf seinem T-Shirt. Die Botschaft des heutigen Abends war eingefasst von Sternen und Streifen und lautete: ›Treten Sie in die Armee der Vereinigten Staaten ein! Sie können in schöne, exotische Länder reisen, interessante Menschen kennen lernen und sie TÖTEN.‹

»Mach dir nichts vor«, sagte er. »Das Showbusiness ist nicht der richtige Weg, wenn man ein sorgenfreies Dasein führen will. Aber ich habe eine interessante Geschichte für euch.«

»Mann, klasse! Heh, Mädels. Eubie erzählt einen Witz.«

»Prima!« Marie und Coffee kamen zu unserem Ende der Bar, und Patsy ging vorn am Bühnenrand in die Hocke. »Schieß los.«

»Also, Präsident Nixon sieht sich ein Spiel der Baltimore Colts an. Nach dem Spiel wird er in den Umkleideraum eingeladen, damit er dem Gewinnerteam gratulieren kann, kapiert? Und da kommt der große Bubba Smith höchstpersönlich aus der Dusche, splitterfasernackt. Und Nixon sagt ...« Eubie zog die Schultern hoch und die Augenbrauen zusammen, schürzte die Lippen und verfiel in eine tiefere Stimmlage, bis er sich genau wie Tricky Dick anhörte. »›Nun, Bubba, ich muss sagen, ich bin beeindruckt. Sie haben den längsten Pimmel, den ich je gesehen habe.‹«

Dass so ein Spruch von Nixon kam, brachte uns alle zum Kichern.

»Darauf sagt Bubba (jetzt hörte er sich wie ein großer, schwarzer Footballspieler an): ›Ähm, danke, Mister President. Aber ich muss gestehen, dass er nicht immer so lang gewesen ist. Um ehrlich zu sein, früher ist meiner noch kleiner als Ihrer gewesen.‹

›Als meiner? Ist das alles?‹« Jetzt mimte Eubie wieder den finster aussehenden Nixon. »›Aber wie … wie ist er dann so groß geworden?‹

›Tja, Sir‹, sagt Bubba. ›Da gibt es diese Methode, die ich anwende. Jede Nacht, bevor ich mich schlafen lege, haue ich meinen Pimmel ungefähr zehn Minuten lang gegen den Bettpfosten. Und nach und nach ist er im Lauf der Jahre länger und länger geworden.‹«

Wir nickten unisono. Diese Methode leuchtete uns sofort ein.

»Und als Nixon dann am Abend nach Hause kommt, schläft seine Frau Pat schon. Das Licht ist aus, und da denkt er, es könnte ja nichts schaden, wenn er wenigstens einmal diese wundersame Methode ausprobiert, richtig? Also holt er einfach seinen Pimmel heraus und fängt an, ihn gegen den Bettpfosten zu schlagen. Und es tut höllisch weh, aber für das zu erwartende Ergebnis hält er durch, klar? Als er etwa fünf Minuten lang so durchgehalten hat, wacht Pat von dem Lärm auf.« Eubie riss die Arme hoch wie beim Aufwachen. »Und sie sagt …« Er hob die Stimme und machte die First Lady nach. »›Bist du das, Bubba?‹«

Mit lautem Gelächter amüsierten wir uns auf Nixons Kosten. Und da Ray noch immer draußen stand und die Straße im Auge behielt, gab ich unserem Komiker einen Screw Driver aus.

Eubie trank einen Schluck, schwang dann seinen Rucksack auf die Theke und zog eine Einliterflasche mit durchsichtiger Flüssigkeit heraus.

Ich fragte: »Was soll das? Bringst du deinen eigenen Wodka mit?«

Er drehte die Flasche um, damit ich das Etikett sehen konnte. »Nein, das ist nur Caro-Sirup.«

»Willst du einen Kuchen backen?«

»Der ist für die Vorstellung. Ich mixe diesen Zuckerrohrsirup mit roter Haarfarbe Nr. 2, und schon habe ich einen Liter unechtes Blut. Davon verschütten wir Unmengen während des My-Lai-Sketches.«

»Einen verfluchten Massaker-Sketch?« Coffee verzog das Gesicht. »Ich dachte, eure Vorstellungen sollen witzig sein.«

»Wir sind auch sozialkritisch und machen den Mund auf bei wichtigen Themen.«

Der Bauerntölpel am Ende der Theke hielt sein gezapftes Bier hoch. »He, du Hippie! Ehrt Amerika, oder haut ab!«

Eubie hielt sein Glas hoch und erwiderte: »He, du Redneck! Verändert Amerika, oder es ist weg. – Ich muss jetzt los, Mädels. Der Vorhang geht gleich hoch.«

Auf dem Weg nach draußen kam Eubie bei Buddy, dem Türsteher, vorbei, der immer noch die frivolen Vorzüge unserer Show ausrief. »Als Nächstes kommt Conchita auf die Bühne. Dieses kleine Latina-Feuer wird eure *Maracas* durchschütteln, Jungs. Coochie-Coochie!« Zur Veranschaulichung ließ er seine Hüften kreisen. »Hier bei Madame Julie's haben wir die jüngsten und schöö-nst-ten Mädchen des Südens! Für einen Drink kriegen Sie die ganze Vorstellung zu sehen!«

Ich drehte mich zum Spiegel hinter mir um und zupfte meine Perücke zurecht. Heute trug ich eine platinblonde Lockenmähne. Das Ding war aus Polyester und hatte nur zwanzig Dollar gekostet, aber alles sieht besser aus als mein echtes Haar, das so kraus ist, dass es nicht länger wird, sondern sich einfach zu winzigen, vom Kopf abstehenden Locken aufplustert. Mit der großen Nase und diesem Wust scheußlicher Haare könnte ich mich glatt als Janis Joplins weniger attraktive Schwester ausgeben.

Im Spiegel konnte ich sehen, wie Minerva mit einer Riesentüte vom Fischmarkt durch die Vordertür geschlurft kam. Sie zog einen gekochten Krebs heraus und hielt ihn feilschend hoch. »Seht mal, was ich gekauft habe!«

»Heh, gut!«, rief ich, ohne mich umzudrehen. »Hebst du mir ein Stück auf, so für einen Dollar?«

»Geht in Ordnung, Cherry. Wer Krebse möchte, ich verscheure sie hinten in der Garderobe.«

Minerva ist eine mahagonifarbene Alte, die im 9. Bezirk geboren wurde. Jedes der Revuemädchen hier zahlt ihr zwei Dollar pro Schicht, damit sie Botengänge erledigt (wobei sie mehr schlurft als geht). Außerdem steht sie hinter den Kulissen und hält unsere Klamotten, wenn wir sie ausgezogen haben. Sie soll unseren Vorstellungen einen Anflug von Eleganz verleihen. (Ja, als ob das klappen würde.)

Während Patsy noch auf der Bühne war, kam Tammy, die ›Tiger Lady‹ vom Circus Club ein paar Häuser weiter, keuchend durch die Tür, ließ sich auf den nächstbesten Stuhl fallen und legte einen Dollar auf die Bar. Das ist der Straßenpreis für einen echten Drink. Ich schenkte ihr einen Haig & Haig mit Canada Dry Club Soda ein. Da Ray nicht herübersah, gab ich ihr einen Doppelten.

»Danke, Cherry.« Sie nahm zwei große Schlucke und zog dann einen braunen Briefumschlag aus ihrer griechischen Umhängetasche. »Ich sammle Spenden für Brenda, die vorne bei Silver Frolics arbeitet.«

»Brenda? Wozu braucht sie das Geld?«

»Sie muss Doc Knight in der Jefferson-Gemeinde einen Besuch abstatten.«

»Doc Knight? Ach, Scheiße!« Marie schnappte sich ihren Barlappen. »Wieso hat die dumme Kuh nicht letzten Monat für *Gummis* gesammelt? Das hätte uns viel weniger gekostet.«

»Hat Brenda es bei Humphrey Eleven's versucht?« Ich ging zu dem Glas, in dem ich mein Trinkgeld sammelte, fischte einen Zehn-Dollar-Schein heraus und stopfte ihn in Tammys Umschlag.

»Klar, sie hat das ganze Röhrchen geschluckt. Kein Glück.«

»Ich glaube, die leiten deine Tage nur ein, wenn du *nicht* schwanger bist«, meinte Coffee.

»Zu was soll das denn gut sein? – Nun, Doc Knight ist gut.«

»Er hat viel Übung. Er ist der einzig richtige Arzt im ganzen

Staat, der gegen die Ärztevereinigung aufmuckt und Abtreibungen macht.«

»Ich hoffe nur, dass er nicht wieder verhaftet wird.« Marie lehnte sich über die Bar und fragte: »Warum hat Brenda zugelassen, dass ihr Alter sie schwängert, wenn er nicht mal eine Abtreibung bezahlen kann, geschweige denn ein Kind unterstützen?«

»Du kennst doch Floyd.« Tammy rümpfte die Nase. »Er arbeitet nicht.«

»Ja, aber nur, weil er nicht arbeiten *will*. Die arme Brenda kann ihn nicht zum Arbeiten bewegen. Aber schwängern lässt sie sich von ihm?«

Coffee zündete sich eine Zigarette an. »Das ist das Problem mit der Fruchtbarkeit. Sie wird auch denen zuteil, die als Eltern denkbar ungeeignet sind und sich auf keinen Fall ein Kind leisten können.«

»Da hast du verdammt Recht. In der Carson-Show habe ich gehört, dass Tiny Tim Vater wird.«

»Tiny Tim? Herrje.« Patsy reichte Minerva ihren Schal, die hinter den Kulissen stand und ihn vorsichtig zusammenlegte, damit die Sterne nicht abfielen. »Ich hoffe, das Kleine sieht wie Miss Vicky aus.«

Tammy holte den Inhalt des braunen Umschlages heraus und breitete die Fünfer und Zehner zu einem Fächer aus. »Sieht aus, als müsste ich jeden Club in der Straße abklappern, bis ich genug Geld zusammen habe. Doc Knight nimmt hundertfünfzig.«

Minerva streckte ihren Kopf hinter dem Vorhang hervor. »Ich kenn 'ne gute Frau, die's für fünfundsiebzig wegmachen kann. Aber dann muss das Mädchen es selber rauspressen.«

Ich legte die Hand auf den Bauch. »Klingt, als würde das wehtun.«

»Klar tut das weh. Aber immer noch besser als es kriegen.« Sie verschwand wieder in den Kulissen.

»He, Mädels.« Marie hatte ihre Ausgabe der ›Times-Picayune‹ aufgeschlagen. »Wollt ihr morgen ein bisschen früher

kommen? Dann können wir drüben bei *Brennan's* das billige Mittagsmenü essen. Kostet nur einen Dollar fünfzig.«
»Ganz schön teuer für ein Mittagessen.« Ich winkte ab. »Ich geh immer zu White Castle und hole mir den Hamburger für fünfzehn Cent und den Milchshake für zwanzig.«
Coffee schüttelte den Kopf. »Ich gehe zu Buster Holmes. Dort gibt es für fünfzig Cent einen Teller Bohnen und Reis.«
Unser Freund Paul Weiß schloss sich in dem Augenblick den (wie David Frost es ausdrückt) ›Feierlichkeiten‹ an. Er zog seine Maschine rückwärts in den Club und stellte sie neben die Musikbox. »Hallo, Mädels!« Da er draußen auf der Straße arbeitet, gab ich ihm seinen Bourbon mit Wasser für einen Dollar. Und er bekam Wild Turkey und nicht den Old Crow aus der Barflasche.
»Abend, Paul. Wie läuft das Geschäft mit den Ansteckern?«
»Nicht viel los heute Abend. Ist ja mitten in der Woche.«
Paul verdient sein Geld damit, dass er von Touristen Polaroidfotos macht und sie für fünf Dollar auf laminierte Anstecker zieht. Wenn man den Anstecker nicht haben möchte, kann man bei ihm auch einfach nur ein Foto für zwei Dollar machen. Sein Büro besteht aus dieser großen Maschine, mit der er die Anstecker macht und die er auf einem zweirädrigen Karren die Bourbon Street hoch- und hinunterschiebt.
»He, hört mal.« Marie war bei der Titelseite angelangt. »Präsident Nixon kommt morgen für einen Tag auf Besuch nach New Orleans. Hier heißt es: ›Er wird mit einer Wagenkolonne am Royal Orleans Hotel eintreffen ...‹«
»Toll, gleich vorn die Straße hoch«, kreischte Patsy. »Wir werden ihn alle zu Gesicht kriegen!«
Marie las weiter. »›... wo er mit Repräsentanten der städtischen Schulen aus sieben Bundesstaaten des Südens über die bevorstehende Integrationskrise in den öffentlichen Schulen konferieren wird.‹«
Coffee runzelte die Stirn. Ihre Lippen kräuselten sich um die Salem. »Wieso muss Schul-Integration immer gleich eine ›Krise‹ sein? Da wird sich eh nichts ändern.«
»Coffee hat Recht«, stimmte ich zu. »Bei mir daheim in

New Jersey ist die Boonton High School schon immer eine gemischte Schule gewesen, und wir haben nie die geringsten Probleme gehabt.«

Marie blickte von ihrer Zeitung auf. »Wie viele Neger habt ihr auf der Boonton High School gehabt?«

»Drei.«

»Ich finde Nixon eh nicht besonders gut.« Inzwischen hatte Patsy den Schal, der ihre Rückseite verdeckte, fallen lassen und tanzte nur in ihrem mit Sternen besetzten G-String und den Nippelsternen zu ihrem letzten Song. »Wenn ich einundzwanzig gewesen wäre, hätte ich meine Stimme Humphrey gegeben.« Sie hüpfte auf und ab, damit ihre Brüste wippten. (Dieser Teil ihrer Vorstellung fand bei den Gästen den größten Anklang.) »Ist doch egal, wer Präsident ist. Die Vereinigten Staaten sind das beste Land auf der Welt, egal, wer an der Macht ist.«

»Wie kommst du darauf?«, fragte Paul, der den Anschein vermitteln wollte, als würde er sich tatsächlich für ihre Meinung und nicht für ihre wippenden Brüste interessieren.

»Nun, letzten Sommer, als die beiden Amerikaner auf dem Mond spazieren gingen, haben wir die Russen im Rennen um den Weltraum geschlagen.«

»Die Sowjets«, korrigierte Coffee sie.

»Wir haben immer Russen gesagt.«

»Aber das stimmt nicht, Patsy. Russland ist nur das größte Mitglied der Sowjetrepubliken. Chruschtschow ist kein Russe, sondern Ukrainer. Breschnew auch. Und Stalin ist Georgier gewesen.«

In diesem Moment meldete sich der Kunde mit dem einen Drink, der bisher kaum etwas zum Gespräch beigesteuert hatte, zu Wort.

»Mein Cousin Len wohnt auch in Georgia.«

KAPITEL DREI

St. Charles Avenue, 1998

Als ich mich selbst aus dem Empfangszimmer der Jessups hinausbegleitete, entdeckte ich die verrückte alte Dame auf dem oberen Treppenabsatz und winkte ihr zu. »Wie ich höre, sind Sie eine Anhängerin der Prinzessin von Wales.«

»O ja!«, zirpte sie. »Mögen Sie sie auch so sehr?«

»Auf jeden Fall!«

»Dann kommen Sie doch hoch, und schauen Sie sich meine Fotos an.«

Die Einladung veranlasste mich, die Treppe in einem Tempo hochzustürmen, das ich seit Jahren nicht mehr an den Tag gelegt hatte. Mrs. Jessup führte mich in ein verspieltes Boudoir, wie es für ältere Damen typisch war. Der Raum war in Pink und Mauve gehalten und mit Rüschen, Spitzen und einem Sofa mit Schonbezug ausgestattet.

Das erste Bild, auf das mein Blick fiel, war ein Schwarzweißfoto von Patrick Demarchelier, das auf ein mal zwei Meter vergrößert worden war. Es zeigte eine lächelnde und gefasste Prinzessin von Wales kurz nach ihrer Scheidung. Der Raum war mit Fotos von Diana übersät, die alle Stadien ihres öffentlichen Lebens dokumentierten: die Verkündung der Verlobung aus dem Mund der errötenden Neunzehnjährigen (die Seine Königliche Hoheit mit einem Achselzucken und dem Kommentar ›Was immer Liebe sein mag‹ abgetan hatte), Aufnahmen von Diana in ihrem unerhört tief ausgeschnittenen schwarzen Abendkleid, Fotos, auf denen sie den winzigen Thronerben knuddelte und mit ihren Kindern Ski fuhr, Bilder von Wills, der schon groß und gut aussehend war, und einem sympathischen, lachenden Harry. (Es wird nie erwähnt, weil es nicht gerade ein Kompliment ist, aber der arme kleine Harry mit seinem langen Gesicht, den eng stehenden Augen, den abstehenden Ohren etc. kommt ganz nach Charles. Das Einzige, was er von Dianas Seite mitbekommen hat, sind die ›rostbraunen‹ Haare der Spencers.) Die fotografische Biographie reichte bis hin zu den letzten Aufnahmen, die von der Prinzessin gemacht wurden, als sie in ihrer Mienenfeldausrüstung mit dem Roten Kreuz durch Bosnien reiste. Alle Fotos waren golden gerahmt und nahmen – chronologisch gruppiert – alle vier Wände ein.

»Andrew hat sie für mich aufgehängt«, sagte die alte Dame. »Er ist ein sehr netter Zeitgenosse. Wenn er und die Krankenschwester, Miss Groves, nicht wären, hätte ich niemanden, mit dem ich reden könnte.«

»Wieso denn nicht? Sie sollten öfter ausgehen.«

»Ach, nein. Ich kenne doch niemanden.«

KAPITEL VIER

Bourbon Street, 1970

Die Wände unserer Garderobe sind mit nachgemachten Zeitungsseiten dekoriert. In der Spielhalle auf der Royal Street drucken sie für drei Dollar eine falsche Titelseite der ›New Orleans State‹ mit jeder Schlagzeile, die uns gefällt. Die über meinem Spiegel lautet ›Cherry ist das süßeste Biest auf der Bourbon Street!‹ Patsy hat sich ›Patsys Star bringt den Himmel zum Leuchten!‹ ausgedacht. Coffees Schlagzeile ist: ›Coffee hält New Orleans die ganze Nacht wach!‹ Und dann habe ich noch eine für Sostenne, meinen Süßen, mit nach Hause gebracht, auf der ›Sostenne langt ordentlich zu! Die Jax-Brauerei heuert eine dritte Schicht an!‹ steht.

Um Viertel vor zwei hatte ich meine letzte Vorstellung des Abends absolviert. Endlich durfte ich meinen mit Strass gesäumten G-String gegen ein schönes, bequemes Unterhöschen eintauschen. Die Unterwäsche, die ich in meiner Freizeit trage, ist aus reiner Baumwolle. (Um meinen spitzen Cajun-Mann von der Ölbohrinsel anzumachen, brauche

ich bestimmt keine Reizwäsche.) Danach zog ich Socken und Schnürstiefel an, schlüpfte in die Schlaghosen und warf ein eng anliegendes T-Shirt über.
Marie kam mit zugehaltener Nase in die Garderobe gerannt. »In dieser neuen Kleiderkammer stinkt es grässlich.«
»Vielleicht ist eine Ratte hinter die Wand gekrochen und dort verreckt«, spekulierte Coffee.
»Das würde mich nicht überraschen. Ich würde dort jedenfalls nichts aufhängen.«
Minerva kniete mitten auf einem abgetretenen Teppich und wickelte die Krebsschalen in Zeitungspapier, die in den Abfall wanderten. Ein Großteil ihrer Lebensmittel war verkauft und zwischen den Vorstellungen verzehrt worden. Für sich hatte sie nur zwei Krebse aufbewahrt, die sie jetzt mit einem Messer aus den Schalen löste.
»Minerva«, flötete Patsy. »Kennst du Rollo, den Hausmeister, der morgens kommt?«
»Ich seh ihn manchmal. Dicke, hässliche Lippen.« Sie zupfte das Krebsfleisch mit den Fingern ab. »Und?«
»Nun, er ist Witwer und hat eine feste Arbeit. Er hat mir erzählt, dass er gern wieder heiraten würde.«
»Und?«
»Das ist deine Chance, häuslich zu werden. Dir fehlt nur ein netter Ehemann.«
»Aber bestimmt nicht!« Sie biss ein Stück Krebs ab. »Ich hab schon 'nen Hund, der stinkt, und 'ne Katze, die sich die ganze Nacht rumtreibt, und 'nen Ofen, der raucht. 'nen Ehemann kann ich nich auch noch brauchen.«
Während wir uns über Minervas Eheaussichten unterhielten, ging Coffee nach vorn und wählte in der Musikbox ›Galveston‹, ihr Lieblingslied. Glen Campbell trug mit nasaler Stimme das Lied über einen Soldaten in Vietnam vor, der Angst vor dem Tod hatte, seine Waffe reinigte und dabei von seinem Mädchen daheim in Texas träumte. Coffee tänzelte dazu im Cha-Cha-Cha-Schritt nach hinten in die Garderobe.

Zu uns kommen eine Menge Soldaten. Manche sind auf Fronturlaub und andere, wie Gerry, toben sich ein letztes Mal mit Mädchen aus, die keine Schlitzaugen haben, bevor sie nach Südostasien geschickt werden. Vor ein paar Monaten hatte hier ein Sergeant von den Green Berets hereingeschaut. Er war auf Urlaub, und ich hatte mich seiner angenommen, weil ... Nun, er war eben von den Green Berets. Ich hätte es auch mit einem gefiederten Red Beret gemacht, aber sie sind zu klein und taugen nicht wirklich zum Freund.

Marie verschwand kurz auf die Damentoilette. Als sie zurückkam, war sie nachdenklich gestimmt. »Wisst ihr, manchmal träume ich, dass ich aufs Klo muss und überall nach einer Toilette suche. Irgendwann finde ich dann endlich eine und setze mich drauf, aber dann kann ich nicht, weil mir jemand zusieht oder das Ding nicht an die Kanalisation angeschlossen ist oder so. Das ist ganz schön frustrierend. Und dann wache ich auf und muss wirklich pinkeln.«

»Du kannst froh sein, dass du nicht träumst, dass das Klo tipptopp in Ordnung ist«, meinte Coffee. Dann schnupperte sie und fuhr blitzschnell herum. »Patsy, bist du bescheuert? Wieso rauchst du hier hinten Gras?«

Unbeeindruckt behielt Patsy den Rauch einen Moment lang in der Lunge, ehe sie beim Ausatmen antwortete: »Kriegt doch eh keiner mit.«

»Im Quarter treiben sich mittlerweile Unmengen von Drogenfahndern herum, kapierst du? Sie ziehen sich an und benehmen sich wie ganz normale Leute, und keiner merkt, wer oder was sie sind«, klärte Marie sie auf. »Jonnie Mae von der ›Society Page‹ ist letzte Woche verhaftet worden. Sie hat im Lager gekifft und auch geglaubt, dass keiner was mitkriegen würde.«

Coffee knallte ihre Salem-Schachtel auf den Schminktisch. »Jeder weiß doch, was im Lager bei der *Page* abgeht.«

»He, Cherry, wo gehst du denn jetzt hin?« Patsy drückte den Joint aus und fing an, ihr glänzendes blondes Haar zu bürsten.

»Heim.« Ich schüttelte die Perücke aus und warf sie in meinen Koffer. »Wohin denn sonst?«

»Wir treffen uns drüben bei Felix's mit Gerry, dem Soldaten.«

»Ihr verschwendet nur eure kostbare Zeit«, warnte ich sie. »Ich meine, der Junge ist pleite. Geht doch lieber mit irgendeinem Touristen aus, der euch die Miete für den nächsten Monat beschaffen kann.«

»Vielleicht kann er mir ja einen Orgasmus beschaffen. Das wäre echt gut.«

»Ja schon, wenn er dazu in der Lage ist«, gab ich bereitwillig zu. »Orgasmen sind eine ganz neue Erfahrung für mich.« Ich legte meinen Push-up-BH mit der Wattierung nach außen zusammen. »Bis ich Sostennne kennen gelernt habe, wusste ich nicht mal, dass ich das Zeugs dazu habe.«

»Wie kommt das?« Marie nahm ihre Nippelsterne ab, indem sie sie mit der rechten Hand im Uhrzeigersinn drehte und mit der linken die Brust fest hielt. »Du hast nicht gewusst, dass du eine Klitoris hast?«

»Nun, ich wusste schon, dass da unten etwas ist, aber nicht, wozu es nütze ist oder wie ich es einsetzen soll.«

»Woher hättest du das auch wissen sollen?« Coffee streifte ihren Bananenblätterrock ab. »Es ist ja nicht gerade so, als gäbe es Bücher darüber mit Schaubildern oder so. Auf den Trichter muss jedes Mädchen von ganz allein kommen.«

»Bei manchen klappt das nie«, sagte Patsy in den Spiegel und wischte sich den blauen Lidschatten ab.

»Es ist komisch, dass Cherrys Alter überhaupt wusste, wo dieses Ding ist.« Marie wickelte ihre Schals auf. »Die meisten Typen haben keinen Schimmer.«

An meinem Auge löste sich eine falsche Wimper. Ich schnappte mir die Tube mit dem chirurgischen weißen Klebstoff, drückte einen Klecks heraus und klebte sie wieder an. Auf meine Tube habe ich ein Stück Tesafilm mit meinen Namen geklebt. In jeder Gruppe Stripperinnen findet sich wenigstens eine, die lange Finger macht. Normalerweise kriegen wir erst raus, wer die Diebin ist, wenn jede von uns beklaut worden ist. Die Dinge mit einem Namen zu kennzeichnen hilft.

»Ich glaube, Sostenne hat sich eingehend mit ihnen beschäftigt.«

»Das passt. Bei einem französischen Cajun darf man erwarten, dass er sich in Sachen *Sex* auskennt.« Coffee legte den Bananenrock in ihren Koffer und kramte ihr Make-up heraus.

»Blöd ist nur, dass dieser Mistkerl sich hervorragend darauf versteht.« Mit vorgebeugtem Oberkörper bürstete ich die Knoten aus meinen Haaren. »Manchmal macht er mich so heiß, dass ich zu früh komme.«

»Zu früh?«, wiederholte Patsy. »Wie kann ein Mädchen zu früh kommen?«

»Ich meine, es ist so, dass man scharf wird und dann kommt, aber ohne dieses Kribbeln, wisst ihr?«

Coffee schnitt eine Grimasse. »Ja.«

»Von der eigenen Muschi überlistet!«

Marie schnorrte eine von Coffees Salems, nahm einen langen Zug und ließ sich mit geschlossenen Augen auf die Couch fallen. »Ich brauche dringend Erholung. Tagsüber arbeite ich drüben auf der anderen Straßenseite bei Papa Joe's und nachts hier.«

»Weshalb das denn?«

»Scheiße, ich will am Samstag achtzig Dollar zusammen haben. Das Getriebe von meinem Nash Rambler spinnt.«

»Als ich in eurem Alter war, musste ich nicht halb so viel arbeiten wie ihr.« Minerva holte ihre Packung *Bugle*-Tabak und Zigarettenpapierchen heraus und begann, eine Kippe zu drehen. »Wenn ich Mäuse brauchte, bin ich einfach spazieren gegangen und hinterher mit Geld zurückgekommen.«

Jetzt ist sie zu alt für diese Art von Spaziergängen und muss deswegen jede Arbeit annehmen, denn ihre Sozialhilfe reicht nicht aus. (Bei der Beschäftigung, der Minerva früher einmal nachgegangen ist, hat man keinen Anspruch auf Arbeitslosenunterstützung.)

»Du hast es leicht gehabt, Minerva«, meinte Marie müde. »Als du jung warst, damals in der Storyville-Ära, da haben die Bullen einen noch in Ruhe gelassen.«

KAPITEL FÜNF

Piety Street, Dezember 1998

Ehe ich meinen Stapel Weihnachtspost sortierte, schenkte ich mir ein Glas Eierpunsch aus einer Einliterflasche ein und schnitt mir ein Stück Früchtebrot mit Unmengen von Wal- und Pecannüssen ab. Das ist einer der Gründe, weshalb ich Weihnachten so liebe. Eierpunsch und Früchtebrot sind zu keiner anderen Jahreszeit erhältlich. Und sonst habe ich auch keine so gute Ausrede für meine Exzesse. Julian kam in einem Hausmantel aus Samt, den ich ihm vor fünf Jahren geschenkt hatte, damit er der Jahreszeit entsprechend festlich wirkt, ins Esszimmer. Jedes Jahr im November hole ich ihn aus der Zedernkommode.

Ich hielt mitten im Durchsehen der Karten und Briefe inne. »Sag mal, Neg, kennst du diese Postkarten, die die hiesigen Sexualstraftäter ihren Nachbarn schicken?«

Julian nickte. »Gehört wohl zu den Bewährungsauflagen. ›Ich, Tom Peeper, wohnhaft Clouet Street 421, bin der Kindesmisshandlung überführt worden.‹ Wir haben in diesem Jahr schon mindestens zwei erhalten.«

»Nun, wir haben gerade eben noch eine bekommen, dieses Mal von einer Frau.«

»Einer Frau?« Julian riss mir die Karte aus der Hand und las. »Ich, Honey Mae Baxter, wohnhaft Louisa Street 321, bin zum dritten Mal in zwei Anklagepunkten wegen Prostitution und widernatürlicher Unzucht verurteilt worden. Zusätzlich bin ich als Wiederholungstäterin verurteilt worden.« Er gab mir die Karte zurück. »Ach, du liebe Zeit! Dann wohnt also hier in unserer direkten Nachbarschaft eine ekelhafte Prostituierte, die Oralsex praktiziert. Ich bin schockiert.«

»Und sie gibt auch noch gleich ihre Adresse an, damit wir dieser grässlichen Person aus dem Weg gehen können.«

Er nickte ernst. »Du kannst ganz sicher sein, dass ich mich mit aller Macht von der Louisa Street Nr. 321 fern halten werde. Und ich werde auch all meine Freunde warnen, dass sie sich nicht dort herumtreiben sollen. Wie ist denn deine Unterredung mit Mr. Jessup gelaufen?«

»Das war vielleicht eine komische Sache, Neg. Er hat mir ein altes Foto gezeigt, das von uns gemacht wurde, damals bei Madame Julie's. Dann hat er mich über die anderen Mädchen ausgefragt.«

»Wieso im Himmel interessiert sich ein mächtiger Industriebaron für irgendwelche Stripperinnen aus grauen Vorzeiten?«

»Einen Grund hat er nicht genannt. Dafür spricht das hier Bände.« Ich zog den wunderbaren grünen Scheck heraus und wedelte damit vor seiner Nase herum.

Julian nahm ihn mir ab und stieß einen leisen Pfiff aus. »Mit zehntausend könnten wir hier im Haus einige Renovierungen vornehmen lassen.«

»Was für Renovierungen?«

»Wäre es nicht an der Zeit, sich über eine Zentralheizung Gedanken zu machen?« Mit einem Seufzer gab Julian mir den Scheck zurück. »Jede Nacht muss ich frieren.«

»Was kann ich denn dafür, wenn du niemanden kennen lernst?«

»*Jeder* kann jemanden kennen lernen. *Du* bist dafür der beste Beweis.«

»Tja, eine Zentralheizung ist ein Luxus, den ich mir fürs Alter aufhebe.«

»Dann also nächstes Jahr.«

Wir zogen ins Wohnzimmer um und sahen uns ›Conan's Show‹ an, wo sie eines von ihren Interviews ›via Satellit‹ mit ›Bill Clinton‹ zeigten. In Wirklichkeit sah man ein Foto von unserem grinsenden Präsidenten mit den einmontierten

Lippen eines Schauspielers, der unbekümmert wie ein freizügiger alter Knabe drauflosredete oder – besser gesagt – herumposaunte. Heute Abend präsentierte ›Clinton‹ uns einen Limerick.

»Es war einmal eine junge Dame namens Monica
Sie lernte ich kennen am ersten Tag von Hanukah
Eine Baskenmütze trug sie und hatte nicht viel zu sagen
Aber, alle Achtung, wie sie spielte die Harmonika.«

Und diesen Vortrag spickte ›Clinton‹ mit einem begeisterten »Hurra!«, während der schockierte Conan mit »Sir! Sir!« protestierte.

Ich aß den letzten Bissen Früchtebrot. »Sag mal, Julian, als wir in den Fünfzigern aufgewachsen sind, kannst du dir vorstellen, dass damals jemand den Mut gehabt und irgendwelche Anspielungen auf Präsident Eisenhowers Reproduktionsapparat gemacht hätte?«

»An die Fünfziger erinnere mich eigentlich nicht mehr, meine Liebe. War da nicht etwas mit krummen Bananen? Und Sputnik?«

»Dann kann ich dir ja verraten, dass Lenny Bruce in den Knast gegangen ist für weitaus weniger als das, was wir jetzt Abend für Abend im Fernsehen zu hören kriegen.«

Julian grunzte interessiert. »Das Amüsanteste an dem Fall Clinton ist seine Behauptung, dass das, was er mit der armen Monica getan hat, kein Sex gewesen sei.«

»Da pflichte ich ihm bei. Ein Penis, der in eine Vagina eindringt, das ist Sex. Alles andere ist etwas anderes.«

»Und wie nennst du das, was Homosexuelle tun?«

»Analverkehr.«

»Wie bitte?«

»Nun, du kannst es gern eine erotische Handlung nennen, oder, falls du romantisch veranlagt bist, kannst du es sogar als ›Liebe machen‹ bezeichnen, aber das hat nichts mit Reproduktion zu tun und ist kein Sex.«

»Die Republikaner behaupten, dass nicht der Vorgang als solcher ein Verbrechen sei, sondern die Lügen, die Clinton aufgetischt hat, um die Sache unter den Teppich zu kehren.«

»Aber wenn man eine außereheliche Affäre hat, *muss* man doch lügen. Das verlangen die guten Sitten.« Ich nahm einen kleinen Schluck Eierpunsch, der viertausend Kalorien hatte. »Tja, Neg, als ich damals noch auf die Mount Carmel Schule gegangen bin, habe ich ein Büchlein übers Lügen gelesen. Ein Priester hat es geschrieben, vielleicht ist er sogar Jesuit gewesen. Hinter seinem Namen standen ein paar Buchstaben.«

»Und?«

»Und dieser Priester, dieser ordinierte Mann Gottes, sagte, es wäre keine Sünde, wenn man eine Frage, die den Fragesteller nichts angeht, mit einer Lüge beantwortet.«

»Ich bin sicher, dass der gute Mann bei Mr. Clintons Aktivitäten trotzdem auf ein paar Sünden gestoßen wäre.«

Ich trank noch einen Schluck und konnte spüren, wie meine Schenkel dicker wurden. »Diesem Fall liegt die traurige Wahrheit zugrunde, dass der Präsident der Vereinigten Staaten nicht so viel Spaß kriegt wie der Präsident eines High-School-Schachclubs. Er kann nicht einmal heimlich ein bisschen Petting betreiben, ohne dass die ganze Welt über ihn herfällt.«

»Der prüfende Blick der Öffentlichkeit gehört zu diesem Beruf.«

»Aber ist es nicht armselig, dass ›der mächtigste Mann in der freien Welt‹ sich nicht mal eine ordentliche Mätresse zulegen kann? Ich meine, welche einigermaßen normale Frau würde sich mit diesem verheirateten Dummkopf einlassen, der nichts zu bieten hat? Clinton hat nicht einmal genug Geld, um ein Mädchen in ein schickes Stadthaus in Georgetown einzuquartieren und sie mit Pelzen und Juwelen zu überhäufen.«

»Dann muss der arme Tropf also alles mitnehmen, was er kriegen kann, jedes naive junge Ding, das auf der Suche nach einer kleinen Romanze durch die Korridore des Westflügels schleicht.«

»Wie dem auch sei, er wird von einer einflussreichen Kraft unterstützt. Larry Flynt.«

»Vom ›Hustler Magazine‹?«, spottete Julian. »Das ist nicht unbedingt von Vorteil.«

»Aber Flynt hat doch eine Anzeige in der ›Washington Post‹ geschaltet und demjenigen, der beweisen kann, dass sie (oder er) eine sexuelle Beziehung mit einem Kongressabgeordneten gehabt hat, eine Million Dollar geboten.«

Er lächelte niederträchtig. »Das wird ein Spaß. Wir brauchen uns nur zurückzulehnen und abzuwarten, was dabei rauskommt.«

In dem Augenblick kam mir die Erleuchtung. »Hör mal, Julian. Ich könnte durchaus etwas von diesem Kopfgeld gebrauchen. Ich werde das ›Hustler Magazine‹ anrufen und zugeben, dass ich, Margo Fortier, Sex mit einem Kongressabgeordneten hatte.«

»Das hätte wirklichen Unterhaltungswert. Hast du jemanden Bestimmten im Auge?«

»Hm ... ja. Den Abgeordneten Frank.«

»Barney Frank?«

»Richtig. Ich bin wirklich bereit, über mich und Barney auszupacken. Tag und Nacht hatten wir pausenlos Sex, von oben und unten, von hinten und vorn, raus und rein. Ja. So ist das gewesen.«

»Aber, Margo, Barney Frank ist *schwul.*«

»Ich habe nicht behauptet, es hätte ihm *gefallen.*«

Während der Pause bei Conan's zeigten sie eine Werbesendung, in der zwei vornehme Models mittleren Alters mit windzerzausten Haaren am Strand spazieren gingen. Das Problem war, dass eine der Frauen nicht sonderlich weit gehen konnte, weil sie gleich wieder zu ihrem Haus zurückrennen und die Toilette aufsuchen musste. (Für einen *Typen* wäre das logischerweise überhaupt kein Problem gewesen. Er hätte sich einfach umgedreht, seinen Schniedel rausgeholt und ...) Ein verschreibungspflichtiges Mittel für die überaktive Blase bot den Damen Abhilfe. Dieses medizinische Wundermittel versprach zwei Toilettenbesuche weniger innerhalb von vierundzwanzig Stunden, im Gegensatz zu dem Placebo, das nur einen Besuch weniger zum Ergebnis hatte. Na, dachte ich so bei mir, dann würde *ich* lieber das *Placebo* nehmen. Es funktioniert beinah genauso gut, hat keine lästigen Nebenwirkungen und kostet nur einen Bruchteil.

Auf einmal hörten wir ein Kratzen an der Wand, woraufhin Julian sich blitzschnell umdrehte. »Hast du das gesehen?«

»Was gesehen?«

»Hier ist gerade eben eine verflixte *Maus* durchgerannt!«

»Ach, das ist nur Elizabeth.«

»Margo, du kannst das Problem nicht lösen, wenn du deinem Ungeziefer aus lauter Faulheit einfach einen Namen gibst.«

»Keine Sorge. Catherine wird sich darum kümmern.«

»Was meinst du mit kümmern? Ich habe noch nie gesehen, dass sie eine Maus fängt.«

»Aber wenigstens scheucht sie sie manchmal durchs Haus.«

»Was wir brauchen, ist eine Katze.«

»Sostenne hat eine Katze gehabt.«

KAPITEL SECHS

Piety Street, August 1970

Ich lag schon im Bett und war fast am Einschlafen, als ich hörte, wie mein Gatte den Schlüssel ins Türschloss steckte. Ich sprang aus dem Bett, schaltete das Licht ein und flitzte zur Kommode. Dort riss ich mir das Lederband, das meinen Pferdeschwanz zusammenhielt, aus den Haaren, bürstete sie durch und trug etwas Yardley Lippenstift auf. Als ich den Flur hinunterrannte, um Sostenne zu begrüßen, war er schon in der Tür. Hinter ihm stand seine Reisetasche, an deren Träger sein Schutzhelm hing.

Er klang erschöpft. »Hallo, Süße.«

»Zuckerschnäuzchen, ich hatte gehofft, dass du heute Nacht noch heimkommst.«

Und dann stand er nur reglos da. Ich fragte mich, warum er mich nicht einfach in die Arme nahm, hochhob und wie sonst auch ins Schlafzimmer trug. »Gut.« Sein rechter Arm lag auf dem Rücken und war nicht zu sehen.

»Ähm … Margie. Ich muss dir was sagen. Ich hoffe, es macht dir nichts aus.«

»Ja? Was gibt es denn?«

»Es ist nur so …« Er schaute ein bisschen beschämt aus der Wäsche. »Wir haben jetzt einen Kater.«

»Ach ja? Klasse! Ist er auch hübsch?«

»Tja … ich will es mal so ausdrücken. Es ist einfach nur ein Kater.«

Dann nahm er seinen Arm hinter dem Rücken hervor und hielt diese kleine pelzige Ding in die Luft, das so räudig war, dass es eher einer Ratte ähnelte als einem kleinen Kätzchen. Das Tier hatte die Zeichnung einer grauen Tigerkatze, auf die jemand weiße Farbe geschüttet hatte, so dass das graue Tigermuster nur an ein paar Stellen zu erkennen war. Das Fell war angeklatscht, als hätte jemand versucht, die Katze in dreckigem Wasser zu ersäufen.

»Tja nun …« Es wollten mir absolut keine lobenden Worte wie ›niedlich‹ oder ›süß‹ einfallen, wie sie einem beim Anblick von kleinen Katzen normalerweise über die Lippen kommen. »Tja, auf jeden Fall ist es ein Kater, richtig? Wo hast du ihn her?«

»Draußen im Golf gefunden.«

Mit einem Finger streichelte ich das Tier am Kopf. Mit dieser Geste wollte ich ihm zeigen, dass es mir Leid tat, dass ich so gemein gewesen war.

»Und ich habe immer gedacht, auf Frachtern wären Tiere nicht erlaubt.«

»Sind sie auch nicht. Aber ich vermute mal, dass seine Mama die Schilder nicht lesen konnte. Sie muss an Bord des Frachtkahn geklettert sein, als er im Dock lag, und dort geworfen haben.« Das Kätzchen wedelte zustimmend mit seinem Schwanz. »Gestern Morgen habe ich die Röhren mit dem Kran aufgeladen, als mir dieses arme kleine Ding tropfnass und mauzend zugelaufen ist.«

»Dann warst du also der erste Mensch, den dieser kleine Streuner gesehen hat? Wie kam es, dass er sich nicht vor dir gefürchtet hat?«

»Das konnte er sich nicht leisten. Er war am Verhungern und wusste, dass ich seine einzige Hoffnung war. Er hat einfach unablässig miaut, als wollte er sagen: ›Hier, kümmere dich um mich.‹« Sostenne kraulte ihn hinter den kleinen, verfilzten rosa Ohren. »Und so habe ich ihn in eine von den Röhren gesteckt, bis ich die Ladung auf dem Schiff hatte. Und als eine flache Palette vom Kran heruntergelassen wurde, habe ich ihn draufgesetzt und Crazy zugerufen: ›He, ich schick 'nen Kater nach oben.‹ Und sie haben ihn genommen und in der Kommode in meiner Kajüte versteckt.« Der kleine Kater bedachte mich mit einem provozierenden Blick, falls ich es nur wagen sollte, ihn nach dieser entsetzlichen Geschichte wieder hinauszuschmeißen.

»Na, ... ich nehme mal an, das kleine Ding wird nicht viel Arbeit machen. Wie willst du ihn denn nennen?«

»Ich denke, ich werde ihn einfach ›ti Bougre‹ nennen. Das ist Cajun und heißt ›kleiner Kerl‹.«

»Gut. Willkommen daheim, ›ti Bougre‹.« Mit beiden Händen hob ich Sostennes Reisetasche hoch und folgte ihm und seinem neuen Freund den Flur hinunter zur Küche.

Unsere Küche ist der hellste Raum im Haus. Als mein Gatte das letzte Mal Landurlaub hatte, habe ich ihm aufgetragen, die Wandverkleidung aus Holz weiß und die Wand darüber ›herbstgelb‹ zu streichen. Ich hatte einfach das Gefühl, dass eine Küche gelb sein *sollte*, wie die Morgensonne am Himmel. Und die Sonne auf einer Corn-Flakes-Schachtel.

»Einmal abgesehen davon, dass du Freundschaft mit ›ti Bougre‹ geschlossen hast, wie ist deine Schicht gewesen?«

»Ganz gut.« Sostenne nahm einen Unterteller vom Abtropfregal. »*Mais*, diesmal hatten wir an Bord ganz gute Unterhaltung.« Er zog ein in Aluminium eingewickeltes Päckchen aus seiner Brusttasche, packte rohes Hackfleisch aus und gab es dem dreckigen Kater, der sich darüber hermachte mit dem Überschwang eines wählerischen Morris, dem neun Leben in Aussicht gestellt wurden.

»Einer von den Kombüsenhelfern hat einen Film mitgebracht, den sie uns auf der Messe gezeigt haben.«

»Einen Film? Großartig!« Ich stellte seine Reisetasche auf dem Küchenfußboden ab und zog den Reißverschluss auf. »Wer hat darin mitgespielt?«

»Da waren diese beiden Mädchen.«

Ich wühlte seine Tasche durch. Da die Kombüsenhelfer seine Arbeitsklamotten schon auf dem Schiff gewaschen hatten, musste ich sie nur herausnehmen und zusammenlegen.

»Was für zwei Mädchen?«

Sostenne kramte einen leeren Schuhkarton hinter dem Mülleimer hervor und legte ihn mit einer alten Zeitung aus.

»Sexy Mädchen. Eine Blondine und eine Brünette.«

»Hübscher als ich?«

»Sicher … ich meine, *nein*. Sie waren nicht so nett wie du. Aber gute Schauspielerinnen, weißt du?«

»Schauspielerinnen? Na schön. Und worum ging es in dem Film?«

»Also, zuerst ging es um diese Brünette, die der Blondine den Finger in die Muschi steckte.«

»Aha, *so* ein Film. Bäh!«

»Ja, war echt interessant. Und dann hat man gesehen, wie die Brünette der anderen noch einen Finger und dann noch einen reingeschoben hat, so lange, bis die ganze Hand drinnen war, verstehst du? Und die Blondine, ihr hat das natürlich gefallen.«

»Natürlich?« Ich sah, dass Sostennes Hosenbeine kleine, geschwärzte Löcher hatte, die vermutlich von den Funken des Acetylenbrenners stammten.

»Sicher. Und danach hat die Brünette weitergemacht und auch noch die andere Hand da unten reingeschoben.«

»Ach was! Du willst behaupten, dass das Mädchen *beide* Hände in eine … ähm …?

»Ja. Und hinterher hat sie sich zur Kamera umgedreht und gegrinst und irgendwie gezwinkert, als würde sie versuchen, in die Hände zu klatschen, weißt du?«

»Das ist die Geschichte gewesen?«

»Ja. Und, also, ich persönlich fand den Streifen gut, weil er geschmackvoll gemacht war.«

»Hört sich ganz so an.«

Er warf einen Blick in den Ausguss und drehte sich schnell um. »Na, sieh mal an! Wie kommt es, dass du dein Diaphragma auf dem Abtropfgestell liegen lassen hast?«

»Du weißt ganz genau, dass das die *Salatschüssel* ist, Sostenne.«

Ich brachte Sostennes Kleider in unser Zimmer. Als ich wieder in die Küche kam, hatte ›ti Bougre‹ wie ein Löwe, der sich an frischen Zebrasteaks labt, sein Hackfleisch verdrückt. Bei dem Tempo, das er vorlegte, würde er nicht lange dürr bleiben.

Ich zog das Nachthemd über den Kopf, und Sostenne musterte mich von oben bis unten.

»Wofür brauchst du all diese Anhänger?«

»Na, das hier ist ein Friedenszeichen.« Ich hielt es hoch. »Und das Symbol steht für N.A., also ›Nukleare Abrüstung‹. Diese kleine Faust mit dem Venuszeichen steht für die Frauenbewegung. Und der Letzte hier ist eine Marihuanapinzette aus Sterlingsilber, die ich in einem Headshop auf der Royal Street gekauft habe.«

»Zum Teufel, wozu soll das Ding gut sein? Du rauchst doch kein Marihuana.«

»Ich habe sie nur umgehängt, damit ich mithalten kann. Alle coolen Leute haben so eine.«

»Na, dann leg diese Ketten mal ab. Sonst kommt es mir ja so vor, als würde ich mit einem Sträfling schlafen.«

Und dann konzentrierte er sich darauf, worauf er sich immer konzentriert, und verzog das Gesicht. »Es wäre mir echt recht, wenn du dich dort unten nicht mehr rasieren müsstest.«

»Mir auch, Zuckerschnäuzchen. Aber es kann ja nicht angehen, dass ein Wust lockiger Haare aus dem G-String quillt. Ich bin noch gut dran, denn ich muss nur ein kleines bisschen wegrasieren. Du solltest mal die arme Marie sehen. Sie ist brünett und hat eine richtige Matte, die wie schwarzer Kunstrasen aussieht.«

»Was du nicht sagst?«

Maries Pech schien Sostennes Interesse zu erregen. Seine Augen leuchteten auf.

»Ja. Sie muss bis zur Hälfte der Schenkel runter rasieren.«

»*Mais*, das tut mir aber *Leid*, dass das arme Mädchen all diese Mühe auf sich nehmen muss«, meinte er ganz ernsthaft. »Also ich, ich habe eine sichere Hand beim Rasieren. Vielleicht sollte ich ja mal im Club vorbeischauen und meine Dienste anbieten …«

»Ist nicht nötig, Zuckerschnäuzchen.«

»Warum wirfst du deinen Job bei Madame Julie's eigentlich nicht hin? Jetzt hast du ja mich. Ich kann für dich sorgen. Dann bräuchtest du nicht mehr in einem G-String auf irgendeiner Bühne herumzuhüpfen.«

Ich konnte ihm ja nicht gut sagen, dass es mir *Spaß* machte, in einem G-String auf einer Bühne herumzuhüpfen und mich von den Männern bewundern zu lassen. Daher sagte ich nur: »Ich möchte mir noch ein bisschen Taschengeld verdienen, bis ich mit der Uni anfange.«

»Wofür brauchst du das Geld überhaupt?« Er breitete die Hände aus. »Du trinkst nicht, du rauchst nicht. Und du hast deine *eigene* Muschi.«

KAPITEL SIEBEN

Piety Street – 1998

Ro Brown, Sportberichterstatter bei Channel 6, interviewte den jungen Footballspieler Peyton Manning, der das Glück gehabt hatte, von seiner Mutter das Aussehen, vom Vater

Kaum war sie vorbei, zappte Julian weiter. »Auf welchen Kanälen werden alte Spielfilme gezeigt?«
Ich warf einen Blick auf den Decoder, der in hübschem Weihnachtsrot 20:02 Uhr anzeigte. »Turner Classics ist auf 59 und American Movie Channel auf 26.«
Er gab die Zwei und die Sechs ein. »Ich will nur sehen, was Bob Dorian über den Spielfilm zu sagen hat. Den Film brauchen wir uns dann nicht anzuschauen.«
Dorian hatte gerade erklärt, wie ›Leave Her To Heaven‹ Gene Tiernyes Karriere beeinflusst hatte, als das Telefon läutete. Ich nahm ab, ohne vorher einen Blick auf die Nummer des Anrufers zu werfen.
»Mrs. Fortier?«
»Ja?«
»Mein Onkel möchte sich noch mal mit Ihnen treffen.«
»Ähm? Aha.«
Ich hatte Andrew Jessups Stimme nicht sofort wieder erkannt. Die Stimme des armen Tropfes ist genauso langweilig wie alles andere an ihm.
»Können Sie gleich kommen?«
Ich sah zu Julian hinüber, der heute Abend die Fernbedienung garantiert nicht mehr aus der Hand legte, und entschied, dass ich auch ausgehen konnte.
»Das ist ein bisschen kurzfristig für ein Treffen, Andrew.«
»Ich weiß.«

KAPITEL ZEHN

St. Charles Avenue – 1998

»Mrs. Fortier!« Der alte Jessup begrüßte mich mit einem derartigen Schwung, den ich ihm nicht im Traum zugetraut hätte.
Ein junger, mir unbekannter Mann hatte sich vor dem Kamin aufgebaut. Er war hellhäutig und blond und wirkte in

dem zitronengelben Pullover mit rundem Halsausschnitt wie ein waschechter Absolvent einer Eliteuniversität. Für den Fall, dass seinen Mitmenschen nicht auffiel, wie gut er aussah, hatte er die Haltung eines Fotomodells eingenommen und vorsorglich einen Arm auf dem Kaminsims abgelegt.

»Ich möchte Sie mit Glen Watley bekannt machen.«

Watley lächelte höflich, ohne die Zähne zu zeigen. Das war genau die Art von Lächeln, das Frauen meines Alters von Männern seines Alters erwarten konnten.

Jessup wandte sich an ihn. »Mrs. Fortier ist Gesellschaftskolumnistin bei der Zeitung.«

Das Lächeln wurde einen Tick breiter. Vielleicht war das alte Wrack ja doch noch zu irgendetwas nütze.

»Glen hier möchte Ihnen eine Geschichte erzählen. Und ich will, dass Sie die Ohren spitzen«, befahl der alte Mann. »Es geht um die blonde Tänzerin auf dem Foto, das ich Ihnen gezeigt habe.«

Glen nickte ernst. »Das ist meine Mutter.«

»Verdammte Scheiße! Sie sind Patsy Stars Sohn?«

»Ja. Sie müssen wissen, dass meine Mutter zwar unter dem Namen Patsy Star aufgetreten ist. Ihr richtiger Name war allerdings Cathleen Evans Watley«, erläuterte der junge Mann. »Als sie 1970 aus New Orleans wegging, war sie mit mir schwanger. Zwei Monate danach hat sie sich in Minnesota niedergelassen, meinen Vater kennen gelernt und geheiratet.« Er zuckte mit den Achseln. »Das heißt, Bill Watley, der Mann, den ich immer für meinen Vater gehalten habe. Er ist 1992 gestorben.«

»Sie haben Ihren echten Vater nicht gekannt?«

»Nein. Vor einem Jahr haben sich bei Mutters Brustkrebs Metastasen gebildet. Erst dann haben sie mich über meine wahre Herkunft aufgeklärt.« Diese Informationen lieferte er ganz leise, mit gesenktem Blick. »Als die Ärzte ihr sagten, dass ihr nur noch wenig Zeit bleibt, hat sie mich an ihr Krankenbett gerufen und gesagt, sie wollte, dass ich die Wahrheit erfahre. Und dann hat sie mir diese alte Polaroid-

aufnahme gezeigt und gesagt, der junge Soldat wäre mein echter Vater.«
»Dann ist Ihre Mutter ...«
»Tot. Ja.« Als er seufzte, hoben sich die breiten Schultern. »Sie ist vor vier Monaten gestorben.«
»Das tut mir Leid.« Gewissermaßen ein ironischer Schicksalsschlag! Diese tollen Brüste, um die ich sie immer so beneidet hatte, hatten sie unter die Erde gebracht.) »Jetzt entsinne ich mich wieder, wie wir für dieses Polaroidfoto posiert haben. Ich glaube, es war spät nachmittags. Dieser Typ, er hieß Paul, hat sein Geld damit verdient, dass er Fotos von Leuten machte und sie auf Anstecker zog. Aber hin und wieder hat er für ein paar Dollar auch ein Foto einfach nur so verkauft, ohne Anstecker. Gerry stand in der Mitte, und wenn ich mich richtig erinnere, hat Patsy sich seinen Arm geschnappt ...«
Glen schnitt mir das Wort ab. »Erzählen Sie mir von meiner Mutter! Und zwar alles, was Ihnen zu ihr einfällt.«
»Hm, sie war ... sehr attraktiv.«
»Ist das alles?«
(Tja, viel mehr gab es eigentlich nicht zu sagen.)
»Eine richtige Schönheit, um ehrlich zu sein. Von den Mädchen in der Truppe hatte sie die beste Figur.«
Aber sie war alles andere als eine makellose Schönheit. Die arme Patsy hat immer irgendetwas eingeworfen oder geraucht. Wie sollte ich Glen erzählen, dass seine geliebte Mutter nicht gerade die Hellste und pausenlos high gewesen war?
»Aber ich hatte das Gefühl, sie war ein bisschen verunsichert. Vielleicht hatte sie damals noch nicht richtig zu sich gefunden.«
»Und nun habe ich im Mittleren Westen keine Familie mehr«, fuhr Glen mit der Geschichte fort. »Mich hat nichts mehr dort gehalten. Also bin ich aufgebrochen und habe mich auf die Suche nach meinen Wurzeln begeben.« Sein Grinsen verriet, dass er sich sehr wohl darüber im Klaren war, was für ein Klischee das war. »Zuerst bin ich nach

Washington geflogen und habe auf der Memorial Wall unter den eingemeißelten Namen der gefallenen Vietnam-Veteranen meinen Vater gesucht. Ich habe mir seinen Namen abgepaust. Dann habe ich herausgefunden, dass der Obergefreite Gerald Jessup am 4. September 1970 ums Leben gekommen ist, und habe beschlossen, hierher zu fahren und seine Familie – meine Familie – kennen zu lernen.«

»Dann sind Sie also zu Weihnachten nach Hause gekommen?«

»So könnte man sagen. Doch vorher habe ich noch einen kleinen Zwischenstopp bei den Millhiser Labors eingelegt, mir Blut abnehmen lassen und eine DNS-Analyse in Auftrag gegeben.«

Er legte die Hand auf seine Armbeuge, als würde der Einstich der Nadel immer noch wehtun.

»Das ist aber eine ziemlich ungewöhnliche Art, sich hier bekannt zu machen.«

»Und wahrscheinlich auch ein Zeichen dafür, wie verzweifelt ich bin, Mrs. Fortier.« Er sah zu dem alten Jessup hinüber, als bäte er um Erlaubnis, fortfahren zu dürfen. Und dann redete er einfach weiter, als hätte er sie stillschweigend erhalten: »Sie müssen wissen, dass ich gehofft habe, die Familie meines Vater würde mich anerkennen. Allerdings konnte ich natürlich nicht davon ausgehen, dass sie mich ohne einen Beweis der Familienzugehörigkeit willkommen heißen würden. Deshalb habe ich vorgesorgt, damit ich meine Identität beweisen kann.«

»Das ist ja eine faszinierende Geschichte«, meinte ich höflich. »Mir ist allerdings nicht ganz klar, wieso Sie sie mir erzählen.«

»Aus diesem Grund brauche ich Sie ja«, sagte Cyrus Jessup. »Sie arbeiten für die Zeitung.«

»Ich habe immer gedacht, Ihnen liegt nichts an dieser Art der Berichterstattung.«

»Wenn es um mich geht, nein. Verdammt noch mal!« Er verzog angewidert das Gesicht. »Das habe ich nicht nötig. Aber falls Glen tatsächlich mein Enkel ist, muss er hier in der Stadt eine entsprechende Position einnehmen. Dafür muss der Junge ein Profil in der Öffentlichkeit entwickeln, die richtigen Leute kennen lernen und zu den richtigen Anlässen eingeladen werden.« Er lehnte sich im Rollstuhl zurück und faltete die Hände. »Also, wie wäre es, wenn Sie einen längeren, wohlwollenden Artikel über ihn schreiben?«

»Ich berichte nur über wichtige gesellschaftliche Anlässe. Mr. Jessup. Millie Ball ist für die Herz-und-Schmerz-Artikel zuständig. Und ich habe da so meine Zweifel, dass sie einen Artikel über Glen fabriziert, solange er nicht etwas wirklich *Bemerkenswertes* getan hat.«

»Was soll denn das heißen?«

»Na ...« Ich musterte Glen ausführlich. »Ich würde sagen, dieser junge Mann ist zu alt für ein Bundesstipendium, und er wird auch keinen spielentscheidenden Touchdown mehr hinlegen. Und soweit ich weiß, hat er weder etwas erfunden noch entdeckt, stimmt's?«

»Hm. Nein.«

»Mal überlegen ...« Ich tippte mit dem Finger ans Kinn. »Vielleicht kann er ja was Künstlerisches schaffen. Ist er zufällig Künstler oder Architekt?«

»Nee.«

»Also kein Talent. Na gut. Dann muss er sich eben als Wohltäter einen Namen machen.« Ich richtete das Wort an Glen. »Haben Sie auf dem Gebiet etwas vorzuweisen?«

»Was vorzuweisen?«

»Na, haben Sie zum Beispiel einmal mit bedürftigen Kindern gearbeitet?«

»Nein.«

»Mit Behinderten?«

»Nein.«

»Mit armen alten Leuten?«

Er grinste. »Wohl kaum.«

Ich wandte mich wieder an Jessup. »Nun, Mr. Jessup, dann werden Sie ein bisschen Geld ausgeben müssen.«

Er hielt sich an den Rädern fest und beugte sich vor.

»Wie?«

»Glen kann eine gemeinnützige Organisation ins Leben rufen. Ein Zentrum für arme alte Leute mit bedürftigen, behinderten Kindern, etwas in der Art. Wenn er das Projekt der Öffentlichkeit vorstellt, kann ich ihn in meiner Kolumne erwähnen. Und dann noch mal bei der Grundsteinlegung und später bei der Eröffnung wieder. Jeder Auftritt und jede Benefizveranstaltung wird ihm jede Menge positive Kritik bringen.«

In dem Augenblick kam Andrew auf leisen Sohlen herein und richtete das Wort an seinen Onkel. Seinen neuen Cousin ignorierte er demonstrativ. »Der Schneider mit den Uhren ist hier.«

Glen strahlte. »Wenn Sie mich entschuldigen würden.« Und dann verließ er das Zimmer mit fröhlich wippendem Schritt.

»Wirklich ein gut aussehender Junge.« Der alte Mann strahlte übers ganze Gesicht. »Wir werden seine DNA mit der von meiner Frau und mir vergleichen, aber das wird nur beweisen, was ich eh schon weiß. Er sieht doch wie ein Jessup aus, finden Sie nicht?«

Ich fand eigentlich, dass Glen wesentlich besser als irgendein Jessup aussah, doch ich grinste zurück, als wäre ich voll und ganz seiner Meinung. Sein Zehn-Tausend-Dollar-Scheck tat meinem Bankkonto mehr als gut.

»Na, dann müssen Sie sich ja bestimmt sehr darüber freuen, dass Sie nun einen frisch gebackenen Enkel haben, der zu Weihnachten auf Besuch gekommen ist.«

»Im Grunde genommen müsste es so sein, hm? Doch die Sache hat einen Haken.« Der alte Mann runzelte die Stirn so stark, dass sich ein paar von seinen Altersflecken zusammenzogen. »Glen hat so einen jungen schwarzen Tunichtgut mit angeschleppt. Er ist einfach hier hereingeschneit und hat ihn als Chazz Smith, seinen besten Kumpel, vorgestellt.«

»Er schläft mit Glen in einem Zimmer?«

»Kommt gar nicht in Frage. Der Junge hat eine eigene Woh-

nung, irgendwo in der Banks Street, aber Glen trifft sich fast jeden Tag mit ihm.«
Jessup schnaubte verächtlich. »Ich halte nicht gerade viel von der Gesellschaft Schwarzer.«
»Ich gebe mir Mühe, die Menschen als Individuen zu sehen«, konterte ich taktvoll.
»Na, ein paar anständige Neger gibt es schon. Das will ich ja gern zugeben. Aber dieser ist ein ganz typischer Hallodri, wie sie einem auf der Straße haufenweise über den Weg laufen.«
»Womit verdient Smith sich denn seinen Lebensunterhalt?«
»Er arbeitet als Kellner in einem teuren Touristenschuppen.«
»Ein Tunichtgut kann so einen Job an Land ziehen? Kellner müssen sich doch benehmen können.«
»Nun, er redet und benimmt sich jedenfalls wie ein Drogenhändler.«
»Das ist gerade angesagt. ›Kriminellen Schick‹ nennt man das.«
»Mich wundert nur, was mein Enkel in ihm sieht.«
»Wenn sie keine Gemeinsamkeiten haben«, führte ich taktlos an, »dann ist Glen ja vielleicht gleich zweimal andersrum gepolt.«
»Was wollen Sie denn damit andeuten, verdammt noch mal?«, schnauzte er.
»Vielleicht ist Glen einer von diesen weißen Homosexuellen, die auf schwarze Männer stehen.«
»Ausgeschlossen!« Bei der Vorstellung begann eine Ader auf der Stirn des alten Kerls zu pochen. »Wenn in Glens Adern auch nur ein Tropfen Jessup-Blut fließt, dann kann er unmöglich eine Schwuchtel sein.«
Ich hob die Hände, denn ich wollte mich nicht streiten. »Sie kennen ihn besser als ich.«
»Darauf können Sie Ihren Hintern verwetten. Jetzt werde ich Ihnen mal sagen, was Sie für mich tun können. Ich habe vor, meinen Enkel all meinen Freunden vorzustellen. Und zu diesem Anlass will ich eine Weihnachtsparty veranstalten. Und zwar die Party der Saison. Stimmt's, Andrew?«

»Ja, Onkel«, antwortete er schläfrig. (Herrje, ich hatte doch glatt vergessen, dass er immer noch neben der Tür stand.)
»Das ist eine hervorragende Idee, Mr. Jessup.« Ich war die Rücksicht in Person. »Doch um eine Party zu schmeißen, ist es fast schon zu spät. Alle Partyservices und Entertainer sind bis zum sechsten Januar ausgebucht.«
»Aber doch nicht, wenn man das Dreifache springen lassen kann. Am liebsten hätten wir Miss Mooney.«
»Unmöglich!«, wandte Andrew ein. »Miss Mooney hat den beliebtesten Partyservice in der ganzen Stadt. Es ist absolut utopisch, dass wir sie noch für die Feiertage kriegen. Nicht einmal für das Dreifache.«
Ich hob den Zeigefinger. »Ich könnte Ihnen Miss Mooney besorgen.«
Andrew fiel die Kinnlade herunter. Der alte Mann nickte nur, ganz als ob er sich mit seinem Vermögen derlei Wunder jeden Tag leisten könnte.
»Dann wäre das ja geklärt«, sagte ich. »Und was kann ich sonst noch für Sie tun?«
»Helfen Sie meinem Neffen mit der Gästeliste. Ich fürchte fast, in meinen Kreisen fehlt die Jugend und das … hm, multikulturelle Flair für solche Partys. Andrew, bring doch Mrs. Fortier in dein Büro.«
»Ja, Sir.«
Gehorsam folgte ich Andrew in sein ›Büro‹, einen ehemaligen Abstellraum neben der Küche. Es war mit einem alten Schreibtisch, aufgetürmten Aktenordern und einer Olivetti ausstaffiert.
Auf einem Holzklappstuhl machte ich es mir unbequem.
»Für den Fall, dass Mr. Jessups Freunde so antiquiert wie Ihre Einrichtung sind, werden sie wahrscheinlich in ihren Hudsons und Studebakern zur Party fahren.«
Andrew lächelte. »Onkel kennt niemanden, der nicht alt, reich und weiß ist. Wenn er Gäste hat, sieht es hier aus wie beim Bridgespiel in ›Sunset Boulevard‹.«
»Das ist ja verständlich. Aber wieso laden Sie dann nicht einfach ein paar von Ihren Freunden dazu ein?«

»Wer hat denn Zeit, Freundschaften zu schließen? Wenn ich nicht gerade für Onkel im Geschäft arbeite, helfe ich Tante Lucille mit ihrer Sammlung von Lady-Di-Ausschneidepuppen.«

»Dann haben Sie also nicht oft die Chance, einen waschechten Gesellschaftssekretär zu spielen?«

Andrew zog eine Augenbraue hoch. »Seit Jahren versuche ich, meinen Onkel mit dem Hier und Jetzt vertraut zu machen. Aber New Orleans ist offenbar die letzte Bastion weltfremder Plutokraten.«

»Darüber weiß ich nur allzu gut Bescheid. Schließlich muss ich mir immer die Lobeshymnen für die Debütantinnen-Ausgabe aus den Fingern saugen.«

»Onkel Cyril will unbedingt Fotografen von den Tageszeitungen auf die Party einladen. Da werden wir wohl ein paar schwarze Gesichter in der Menge brauchen. Natürlich nur welche aus angesehenen Kreisen, hat er sich ausgebeten. Die Art von Leuten, die dazu passen.«

»Da kann ich Ihnen aushelfen. Ich kenne ein paar Schwarze mit erstklassiger Erziehung, die sogar einen eigenen Smoking besitzen.«

»Gut. Gut. Geben Sie mir einfach die Namen und Adressen.« Er spannte ein Blatt Papier in die Schreibmaschine ein. »Wir brauchen so viele, dass wir sie kreuz und quer im Raum verteilen können.«

»Sagen Sie mal, Andrew, wie kommen Sie denn mit Ihrem neuen Cousin zurecht?«

Er sah nicht von den Tasten auf. »Ich habe keinen Cousin.« (Klick, klick.)

»Ich meine Glen.«

»Ich weiß, wen Sie meinen.« Er verzog die Miene, als müsse er gleich spucken. »Das kaufe ich ihm nicht ab. Er ist ein Lügner.«

»Angeblich hat er eine DNA-Probe beigebracht, die seine Behauptung untermauert.«

»Die wird nicht übereinstimmen.«

»Und was, wenn doch?«

»Dann hat er Mittel und Wege gefunden, wie man sie fälscht. Und ich werde rauskriegen, wie er das angestellt hat.«

Bei Andrews gegenwärtiger Laune schien es mir das Beste, das Thema zu wechseln. »Als ich das letzte Mal hier war, hat mich Ihre Tante nach oben eingeladen und ich durfte ihren Di-Schrein bewundern.«

»Ein bisschen obsessiv, finden Sie nicht?« Andrew seufzte laut. »Im Leben der armen alten Tante Lucille gibt es nichts Schöneres, als die Karriere der Prinzessin zu verfolgen.«

»Das ist ganz schön traurig. Der schreckliche Unfall muss für sie ja ein herber Schlag gewesen sein.«

»Äh, nein.« Andrew senkte die Stimme zu einem Flüstern. »Wir haben es ihr nicht erzählt, müssen Sie wissen.«

»Wollen Sie etwa sagen, Mrs. Jessup glaubt, die Prinzessin ist noch am Leben?«

»Bis jetzt ist es uns gelungen, die Illusion aufrechtzuerhalten, ja.«

»Wie haben Sie das denn angestellt?«

Er verzog die Lippen und seufzte. »Miss Groves und ich haben jede neue Quelle, die wir auftreiben konnten, gesichtet und mehrstündiges Videomaterial mit Dianas öffentlichen Auftritte zusammengestellt. Diese Bänder spielen wir Tante Lucille immer wieder vor, als ob alles ganz neu wäre.«

»Und wie haben Sie das mit dieser gigantischen Beerdigung eingefädelt?«

»Wir haben Tante natürlich nicht wissen lassen, was da vor sich geht.«

»Aber in der Woche nach ihrem Tod musste man doch nur den Fernseher einschalten, und man hat nur Bilder von dem Sarg mit der Flagge drauf und den vielen Blumen zu sehen gekriegt.«

»Ja, die hat sie auch ein paar Mal gesehen, aber wir haben ihr einfach erklärt, dass das ein alter Film von Kaiser Hirohitos Beerdigung ist.«

»Mit Heerscharen von trauernden Bleichgesichtern?«

»Solche Feinheiten fallen Tante Lucille nicht auf.«
»Selig sind die geistig Armen ...«

Auf dem Weg nach draußen lief ich noch mal Glen über den Weg, der jetzt in Gesellschaft war. »Hallo, Mrs. Fortier.« Er strahlte. »Ich möchte Ihnen Chazz Smith vorstellen.«
Smith war ein gut aussehender, hellhäutiger Schwarzer. (Streng genommen ist diese Beschreibung ja ein Widerspruch in sich, doch sie bestehen ungeachtet ihrer Hautfarbe darauf, sich als schwarz zu bezeichnen.)
Die meisten hellhäutigen Schwarzen stammen von französischen Siedlern ab, und die meisten haben echt Klasse, sind gebildet und kommen aus guten Familien, oder wie immer man das ausdrücken möchte. Dieses Exemplar allerdings nicht. Aus seiner großstädtischen ›Getto‹-Herkunft machte der junge Mann kein Hehl. Ganz im Gegenteil: Die Wahl seiner Klamotten, ein brandneues HipHop-Outfit (eine auffällig weiß-rote Jacke und weite Hosen) vermittelten den Eindruck, als hätte er eine längere Haftstrafe abgesessen und gleich nach der Entlassung ein paar topmodische Klamotten geklaut.
»Nett, Sie kennen zu lernen«, flötete ich.
»Was liegt an?«, erwiderte Smith.
Glen grinste ein bisschen zu breit. »Sie werden sich vermutlich fragen, wieso wir beide so dicke Freunde geworden sind.«
»Ja.« (Das fragte ich mich allerdings.)
Er klopfte seinem Kumpel auf den Rücken. »Nun, Chazz und ich haben uns in Washington kennen gelernt, an der Vietnam Memorial Wall.« Glen kicherte. »Ganz nebenbei hat er erwähnt, dass er in New Orleans wohnt. Und ich hab ihm erzählt, dass mein leiblicher Vater in New Orleans gelebt und Gerald Jessup geheißen hätte. Chazz fand, das wäre ja ein Zufall, denn der Mann, dem die meisten Häuser in seiner Gegend gehörten, hieß auch Jessup. Und dann hat er mir angeboten, mir die Stadt zu zeigen.«
»Was für ein Glück für Sie.«

KAPITEL ELF

St. Charles Avenue – 1970

Wir waren auf dem Weg zu Schwegmann's, und aus Sostennes Autoradio dröhnte Kris Kristoffersons Song ›Loving Her Was Easier Than Anything I'll Ever Do Again‹.
Sostenne summte mit und trommelte dabei im Rhythmus auf das Lenkrad.
Ich fragte: »Wie kommt es, dass Männer immer auf Liebeslieder stehen, in denen es um Frauen geht, die sie nie mehr wieder sehen?«
Worauf er antwortete: »Ich muss tanken.«
Als wir an der St. Claude in die Alvar abbogen, strömten gerade die Jugendlichen aus der Francis T. Nicholls Public High School. Die Schule war nach einem General der Südstaaten-Armee und Kriegshelden benannt, der 1876 zum Gouverneur gewählt worden war und das Ende der Rekonstruktion in Louisiana eingeleitet hat.
Vor uns an der Tankstelle stand ein Wagen mit dem Aufkleber: ›Wo steckt Lee Harvey Oswald jetzt, wo wir ihn brauchen?‹
Der Tankwart erschien, putzte die Windschutzscheibe und trat an Sostennes Fenster.
»Wie viel soll's denn sein, Sir?«
Sostenne warf einen Blick in seine Geldbörse. »Ich bin total abgebrannt. Normal für drei Dollar.«
Bei Schwegmann's hatten wir Glück und erwischten eine Kasse, an der man schnell abgefertigt wurde. Die Kassiererin arbeitete schon so lange in diesem Job, dass sie die Preise auf den Etiketten mit einem Blick erfasste und ihn blind eingab.
Ich passte auf, welche Zahlen in dem kleinen Glasfensterchen der Registrierkasse auftauchten für den Fall, dass sie uns aus Versehen zu viel abzog, doch sie beherrschte ihr Geschäft. Als die Summe von »9,35 $« auftauchte, suchte ich im Geldbeutel den genauen Betrag zusammen und legte ihn auf das Band.

KAPITEL ZWÖLF

Franklin Avenue – 1998

Auf dem Heimweg hielt ich an einer Chevron-Tankstelle, fuhr an die nächste freie Zapfsäule und schob meine Karte in den Schlitz. Auf dem kleinen Fensterchen erschien: ›Karte wird gelesen. Bitte haben Sie einen Moment Geduld.‹ Ich schloss den Tankdeckel auf. Auf die Aufforderung ›Jetzt können Sie tanken‹, drückte ich auf den erleuchteten Knopf, steckte den Zapfhahn in den Tank und ließ für neun Dollar Benzin in den Tank laufen. Die Maschine druckte einen Beleg aus und erkundigte sich, ob ich den Wagen waschen lassen wollte. Ich drückte auf den Nein-Knopf. Dann bot mir die Maschine zwei Schachteln Marlboro für 2 Dollar 45 an, was ich auch mit Nein kommentierte.

Daheim schloss ich den Wagen ab, spazierte durch das Viertel und sah mir die Weihnachtsdekorationen an. Das schwule ›Bed & Breakfast‹ war am farbenprächtigsten geschmückt. Lichterketten schlangen sich um die blattlosen Regenbäume und waren kunstvoll durch die Balkongeländer gezogen. Ein paar Familien, die seit Generationen hier in Bywater wohnen, hatten im Lauf der Jahre Unmengen von weniger geschmackvollem Plastikweihnachtsschmuck angehäuft und klatschten damit jede freie Außenfläche zu. Zugegeben, das ist ein bisschen de trop, aber mir gefällt es. Ich schlenderte die Louisa Street hinunter und musste vor der Hausnummer 321 die Straßenseite wechseln, denn dort standen Horden von Männern Schlange.

Auf meinem kleinen tragbaren Radio spielte ›LITE 105‹ ein Stück aus Karen Carpenters neustem Weihnachtsalbum. Mit seidiger, samtweicher Stimme sang sie »… in my dreams I'm ›Christmassing‹ with you«. Würg! Ich schaltete sofort auf einen anderen Sender. (Ich weigere mich hartnäckig, die Verwendung eines Wortes wie ›christmas‹ in *Verbform* zu tolerieren.)

Einer der Gullys war von Laub verstopft. Ich blieb prompt stehen und atmete den Geruch der abgestorbenen Blätter ein, der mich an den Beginn der kalten Jahreszeit in meiner Heimatstadt in New Jersey erinnerte. Hier im Süden sind die meisten Bäume das ganze Jahr über grün. Deshalb können wir kein Laub rechen, es nicht zu Bergen auftürmen und hineinspringen. Zudem ist es auch noch strafbar, Laub zu verbrennen.

An der Ecke Alvar Street fiel mir auf, dass über der Tür unseres denkmalgeschützten Schulgebäudes eine neue, frisch gestrichene Holztafel hing, auf der ›Frederick A. Douglass Senior High School‹ stand. Darüber prangten in Stein gemeißelt der Name und das bärtige Antlitz von Francis T. Nicholls, dem General der Südstaaten-Armee, nach dem die Schule ursprünglich benannt worden war.

Dass die Douglass High School mit solchen Annehmlichkeiten wie Metalldetektoren ausgestattet ist, zeigt ganz deutlich, wie sehr die Zeiten sich geändert haben. Die Schulen in dieser Gegend sind mit allen möglichen ultramodernen Sicherheitsanlagen ausgestattet. Was nichts daran ändert, dass hin und wieder ein Lehrer verprügelt oder ein Schüler ermordet wird. (Als ich – Abschlussjahrgang 1959 – auf die Lady-of-Mount-Carmel-Schule ging, wurden wir weder von Metalldetektoren noch bewaffneten Wachen in Schach gehalten. Wir hatten Schwester Catherine Bernadette.)

Vor kurzem erst hatte ich einen Artikel über Präsident Clintons Vortrag vor der amerikanischen Lehrervereinigung hier in der Stadt geschrieben. Das Thema war – wie sich von selbst verstehen dürfte – die Sicherheit an Schulen.

»Lehrer können nicht unterrichten, wenn sie um Respekt kämpfen oder um ihre Sicherheit fürchten müssen«, hatte er mit demonstrativ erhobenem Präsidentenfinger erklärt. (Harte Worte, Mann!)

An der Ecke Franklin und Louisa Street gibt es ein schnuckeliges Café mit kleinen weißen Tischen auf der Straße. Ich musste um eine kleine Bank herumgehen, auf der eine mollige junge Schwarze mit angeschweißten blonden Haarsträhnen saß. Sie unterhielt sich mit einem schlaksigen Weißen ihres Alters. Beide hatten aufgeklappte Notebooks auf dem Schoß. Das Pärchen wäre mir gar nicht weiter aufgefallen, hätte ich im Vorbeigehen nicht ein paar Worte aufgeschnappt. Mit dem linken Ohr, das vermutlich wie wild geschlackert hat.

»Also, wann zieht sich die Klitoris wieder zurück?«, fragte der weiße Junge. »Das wird im Examen garantiert abgefragt.«

»Steht unten auf Seite 209 im Arbeitsbuch«, erwiderte seine Kommilitonin. »Siehst du, gleich da, unter dem Schaubild.«

Mit zusammengekniffenen Augen beugte er sich über die Seite, auf die sie zeigte.

»Dann passiert das also im dritten Stadium?«

»Genau. Nachdem sie lange genug stimuliert worden ist. Kurz vor dem Höhepunkt.«

»Entschuldigung.« Ich blieb hinter ihrer Bank stehen und steckte den Kopf zwischen die beiden. »Ich will ja nicht neugierig sein, aber … was studiert ihr eigentlich?«

»*Pädagogik*, im Hauptfach«, antwortete der Junge, als könnte das jeder aus ihrer Unterhaltung schließen.

»Die Sexualität des Homo sapiens«, führte das Mädchen aus. »Alle haben gedacht, das Seminar wird total easy. Aber die Materie ist echt kompliziert.«

Der Junge nickte zustimmend. »Ich hab geglaubt, dass das 'ne sichere Eins gibt. Aber morgen schreiben wir die Abschlussklausur, und ich stehe immer noch auf 'ner Zwei.« Er widmete sich wieder seinen Notizen. »Die vier Merkmale für den weiblichen Orgasmus. Erröten, richtig? Harte Nippel, oder? …«

Ich ließ sie in Ruhe und ging weiter.

Gerade als ich mich auf den Heimweg machen wollte, sah ich, dass unser britischer Nachbar Ken auf der Treppe vor seinem Haus saß und ganz engagiert mit Harold, dem Drogendealer, diskutierte.

»Eins sage ich dir«, sagte Harold und hob einen knochigen

Finger. »Wenn wir bloß Ricky Williams unter Vertrag kriegen könnten, der würde aus den Saints ein Weltklasseteam machen.«

»Träum ruhig weiter«, entgegnete Ken. »Aber mit nur einem kompetenten Spieler auf dem Platz kann nicht mal Mike Ditka ein Spiel gewinnen.«

Ich winkte den beiden zu. Ken hatte mir Harolds Geschichte erzählt. Anscheinend ›braucht‹ der arme Kerl zwölf Fünfundzwanzig-Dollar-Päckchen Heroin am Tag. Und dieses ›Bedürfnis‹ finanziert er mit einem kleinen Straßenhandel an der Ecke Burgundy Street. Interessant daran ist, wie viele wohl situierte Vorstadtbewohner dort in ihren teuren Gelände- und Sportwagen vorfahren und mit Harold ein Schwätzchen halten.

»Schöne Weihnachten, Ken.« Ich blieb vor der Treppe stehen. »Und wie geht es dir, Harold?«

Auf einmal hatte ich so eine Vorahnung, dass man unseren Kiez-Drogendealer wahrscheinlich bald nicht mehr an seiner Ecke finden würden. Jedes Mal, wenn ich ihn treffe, kommt er mir dünner und klappriger vor. Mittlerweile ist seine Haut gelb, und seine wässrig-blauen Augen liegen tief in den Höhlen und haben rote Ränder.

»Hm … nicht besonders gut«, murmelte Harold. »Meine Pisse ist grün.«

»Das hört sich schwer nach einem negativen Befund an«, meinte ich. »Wieso machst du denn keine Entziehungskur?«

»Muss ich wohl«, stimmte er mir heiser zu. »Wäre klasse, wenn ich es auf vier Päckchen pro Tag runterschrauben könnte.« Er zog eine Schachtel Merits aus der Brusttasche und zündete sich gierig eine Kippe an.

»Unser Freund betreibt ein gefährliches Geschäft«, meinte Ken. »Er ist schon zweimal wegen Drogenhandels verurteilt worden, und wenn sie ihn noch mal erwischen, ist er endgültig weg vom Fenster. Das schreibt das Gesetz in Louisiana vor. Dann kommt er lebenslang hinter Gitter.«

»He, hör auf ihn, Harold. Noch eine Verhaftung, und du wohnst für immer im Staatsgefängnis in Angola.«

In diesem Augenblick hielt ein Peugeot Baujahr 98 an der Ecke. Ein blonder Yuppie mit rosigen Wangen hupte und winkte. »Entschuldigt mich.« Harold steckte sich die Zigarette in den Mund, damit er sich beim Aufstehen mit beiden Händen abstützen konnte. »Das Geschäft ruft.«

Ich setzte mich auf seinen Platz, neben Ken. »Im Knast wäre er besser dran. Dort würden sie ihn zwingen, einen Entzug zu machen.«

»Stimmt, länger leben würde er da auf alle Fälle. Aber wäre er auch glücklich?«

Dann kam Ira, der Kellner aus der Bywater Eatery, in seinem neusten Outfit vorbeiflaniert.

»Das ist aber mal ein interessantes Kleidungsstück«, meinte Ken taktvoll.

Ira strich die Falten zurecht. »Gefällt dir mein schottischer Kilt?«

»Das ist kein Kilt«, verspürte ich den Drang, ihn aufzuklären. »Das ist ein karierter Wollrock für Mädchen, mit einer großen Sicherheitsnadel vorne dran. Genau so einen hatte ich mit elf.«

»Aber nein, Margo. Das ist ein echter Tartan-Kilt.« Er packte die beiden Rockklappen auf Hüfthöhe und riss sie auseinander. »Seht ihr?«

»Ich gebe zu, es ist wirklich ein Muster des Stewart-Klans. Aber echte Schotten tragen zu ihren Kilts keine schwarzen Strumpfhosen und Ballettschuhe. Und außerdem bist du polnischer Abstammung.«

»Pfff! Na, ich sehe euch später, ich habe jetzt nämlich eine Verabredung.« Und das schottische Klanmitglied stolzierte in seinem schwingendem ›Kilt‹ davon.

»Du warst ganz schön hart zu Ira«, fand Ken.

»Das hier ist ein freies Land, und die kleine Tunte kann im Rock herumlaufen, wann immer sie will, aber ich finde nicht, dass Ira sich deswegen hier als ›Braveheart‹ aufspielen darf.«

Dann kam Mackie, Kens Nachbar, zu uns herübergeschlendert. Er zog fest an einer merkwürdig dünnen Zigarette und redete beim Ausatmen mit zusammengepressten Zähnen. »Seht ihr Harold dort drüben? Der dealt ganz offen auf der Straße. Diese Drogendealer, die sich in unserem Viertel breit machen, sind daran schuld, dass die Immobilienpreise sinken.« Er zeigte mit dem Joint in die entsprechende Richtung. »Ist doch eine Schande, und …«

»Sag mal«, unterbrach Ken ihn elegant. »Kaufst du dein Gras nicht auch bei Harold?«

»Hm, ja. Manchmal. Aber ich kaufe eben nur Pot. Und es sind ja die Cracksüchtigen, die hier Probleme machen.«

Mackie inhalierte noch mal tief, erinnerte sich dann daran, dass er ein Gentleman war, und bot mir einen Zug an. Ich schüttelte den Kopf.

Eine Schar Spatzen hatte sich in dem Baum vor Kens Haus eingenistet und forderte nun, dass er nach drinnen ging und ihre tägliche Ration Brotkrumen holte. Wie Ken sind auch Spatzen englische Importe, und als Ken vor zwanzig Jahren in das Viertel zog, hörten die kleinen Vögel sofort seinen Akzent heraus und kamen vermutlich zu dem Ergebnis, dass die Krone von England ihn geschickt hatte, damit er sich um sie kümmerte.

»Tut mir Leid.« Er stand auf. »Ich muss jetzt die Vögel füttern.«

Chris, einer von den Obdachlosen, schleppte sich mit zwei Plastiktüten, in denen sein ganzer irdischer Besitz verstaut war, die Straße hoch. Noch vor ein paar Jahren hatte er ziemlich gut ausgesehen und konnte noch zusammenhängende Sätze formulieren. Damals fand sich immer ein schwuler Bewunderer, bei dem er unterkommen konnte. Doch in der Zwischenzeit hat er sich um den Verstand gefixt und gesoffen. Seine schwarzen Haare haben unter der schlechten Ernährung gelitten und die Farbe verändert, und er murmelt nur noch vor sich hin, anstatt sich richtig zu unterhalten. Niemand nimmt ihn mehr auf. Jeden Monat kriegt Chris einen Scheck vom Sozialamt, doch es fiele ihm nicht im Traum ein, etwas von dem Geld für Miete auszugeben. Zuerst muss er sich einen neuen Gettoblaster kaufen, als Ersatz für den, der ihm im letzten Monat abhanden gekommen ist. Außerdem gibt er eine ganze Menge Kohle für Wodka aus. Wenn im Winter die Nächte richtig kalt werden, zieht er von einem Obdachlosenasyl zum nächsten. Im Mission kann er umsonst pennen, darf aber nur eine Nacht bleiben. Im Ozanam Inn könnte er länger bleiben, muss für die Gastfreundschaft aber drei Dollar pro Nacht von dem Geld abzwacken, das er fürs Trinken reserviert hat. An milderen Abenden wickelt er sich deshalb wie eine Mumie in eine Decke und schläft auf der Türschwelle eines ahnungslosen Hausbesitzers.

Ich sah Chris hinterher, bis er in die Royal Street abbog, und sagte: »Was für eine Verschwendung.«

»Spiel nicht die Überlegene«, mahnte Mackie. »Gott ist dir wohlgesinnt …«

»Gott ist mir was?«

»Vergiss nicht, dass du irgendwann auch mal obdachlos werden könntest.«

»Ich wüsste nicht wie, Mackie. Das Haus, in dem ich wohne, gehört mir.«

»Und was, wenn es niederbrennt?«

»Dann steige ich in einem Hotel ab, bis …«

Er schnitt mir das Wort ab. »Nimm mal an, du hättest kein Geld für ein Hotel.«

»Dann würde ich eben zu meiner Freundin Gabi gehen und anfragen, ob ich bei ihr übernachten kann.«

»Und was, wenn du keine Freundin wie Gabi hättest?«

»Kein Haus, kein Geld, keine Freundin, die mich aufnimmt?«

»Genau.«

»Dann würde ich meinen Bruder Tom anrufen und ihn bitten, mir einen Scheck zu schicken, damit ich über die Runden komme.«

»Und wenn du keinen Bruder hättest, der …«

»Jetzt mach aber mal halblang!«, gebot ich ihm Einhalt.

»Ich habe ein Haus gekauft, ich habe Geld zusammengespart, ich habe mir Freundschaften aufgebaut. In den dreiundfünfzig Jahren meines Lebens habe ich mir ein soziales Netz aufgebaut, auf das ich mich verlassen kann. Wie das jeder andere normale Mensch in diesem Land getan hat, es sei denn, er ist gerade eben erst mit einem Schlauchboot aus Kuba herübergekommen.«

Als ich die Piety Street erreichte, stand meine Nachbarin auf der Veranda und sah die Post durch. Sogar vom Bürgersteig aus konnte ich erkennen, dass sie nur falsche Millionengewinnmeldungen von Ed McMahon erhalten hatte.

»Hallo, Lydia!«, rief ich und winkte ihr zu. »Wie geht es Bobby?«

»Wunderbar!« Sie strotzte vor mütterlichem Stolz. »Mein Sohn ist gerade zum Manager des größten Reifengeschäfts in Alexandria befördert worden. Willst du dir die neusten Fotos von meinen Enkeln ansehen?«

»Klar«, log ich höflich und trat an den Zaun. Lydia baute sich auf der anderen Seite auf. Die Fotos steckten in der Tasche ihrer abgetragenen alten Strickjacke.

»Siehst du, das hier ist Chip.« Ein stupsnäsiger Junge in Cowboy-Klamotten. »Sieht er nicht genau so aus wie sein Vater in dem Alter?«

Ich überlegte kurz, bis ich mich an Bobby als Schuljungen erinnerte. »Ja, stimmt.«

»Chip ist jetzt fast sieben. Und seine kleine Schwester Tiffany (mit Puppe) wird demnächst vier. Sie geht zur Vorschule und kann schon das Alphabet aufsagen.«

»Aha!« Mehr Enthusiasmus konnte ich für diese Leistung nicht aufbringen.

KAPITEL DREIZEHN

Piety Street – 1999

Ich bog gerade um die Kurve, hinter der mein Haus lag, da entdeckte ich meine Nachbarin, die Jazzsängerin Cinnamon Newburg. Sie brachte gerade die Wertstofftonne nach draußen.

»Hallo, Cinnamon!«, rief ich und ging zu ihr. »Ich weiß, du bist wahrscheinlich schon ausgebucht.« Sie betrachtete mich müde, und ich machte schnell weiter. »Aber ich habe da einen Partyauftritt für dich in der St. Charles Avenue, Freitagabend. Sie wären sogar bereit, für eine kurzfristige Buchung die dreifache Gage zu zahlen.«

Sie stellte die Tonne ab und fuhr mit der Hand über die Stirn. »Diese Weihnachten wollte ich eigentlich frei machen und mit den Kindern verbringen.«

»Verstehe.«

Cinnanom ist allein erziehende Mutter. Ich habe mich nie getraut zu fragen, wie es dazu gekommen ist. Ich vermute mal, uneheliche Kinder entsprechen einfach ihrer Familientradition, genau wie ihr ausgeprägtes musikalisches Talent.

»Aber jetzt muss ich doch arbeiten. Ich brauche Geld, damit ich den Anwalt bezahlen kann.«

»Das tut mir Leid. Wozu brauchst du einen Anwalt?«

»Für Travis, mein Baby.«

»Aha?«

(Ihr ›Baby‹ ist zweiundzwanzig.)

»Es ist etwas ganz Schreckliches passiert, Margo.« Ihre Stimme versagte. »Seine Freundin Taniqua ist tot in ihrem Haus aufgefunden worden. Mit einem Schraubenzieher im Genick.«

»Ach, wirklich?« (Ich kannte ihren Sohn Travis.) »Ist er zufällig zu dem Zeitpunkt daheim gewesen?« (Und hat er womöglich einen Schraubenzieher in der Hand gehabt?)

»Nein, er war nicht mal in der Nähe, als es passiert ist.« Sie

blinzelte hektisch, damit ihr nicht die Tränen herunterliefen. »Aber das Schlimmste ist, dass die Polizei meinen Jungen nicht aus dem Gefängnis lassen will.«
»Du liebe Zeit. Wieso das denn?«
»Vermutlich, weil Travis gestanden hat.«
»Aha. Er hat also gestanden.«
»Ja, aber er war es nicht.«
»Dann hätte er aber kein Geständnis ablegen sollen.«
»Genau das habe ich ihm auch gesagt.« Cinnamon schlang die Arme um den Oberkörper. »Jetzt tut es ihm Leid, dass er klein beigegeben hat.«
»Klein beigegeben?«
»Als sie ihn aufs Revier gebracht haben. Travis wusste, dass er unschuldig ist und nichts zu befürchten hat, und darum hat er einfach unterschrieben und auf seine Rechte verzichtet.«
»Wie jemand, der unschuldig ist.« Ich schnalzte teilnahmsvoll mit der Zunge.
»Genau. Weißt du, wenn mein Baby nämlich wirklich Mist gebaut hat, dann ruft er immer sofort einen Anwalt an.«
»Immer, hm?«
»Immer.«

»Hör mal, Julian!«, krähte ich, als ich zur Haustür hereinrauschte. »Für die Weihnachtsparty bei den Jessups habe ich einen echten Treffer gelandet. Wir kriegen Cinnamon Newburg.«
»Sie ist die beste Sängerin im ganzen Bundesstaat. Wie hast du das denn angestellt?«
Ich berichtete ihm von Baby Travis' neuster Bedrouille.
»Na, als er auf seine Rechte verzichtet hat, gab es kein Zurück mehr. Die Polizisten, die ihn verhört haben, haben den Jungen weder essen noch schlafen noch aufs Klo gehen lassen. Sie haben ihn die ganze Nacht über wach gehalten und abwechselnd mit dem Telefonbuch auf seinen Kopf eingedroschen, bis er endlich klein beigegeben und ein Geständnis unterschrieben hat.«

»Ich kapiere es einfach nicht«, meinte Julian. »Wieso hat er das denn nur getan?«

»Rate mal. Wie oft hat man dir ein Telefonbuch um die Ohren gehauen?«

»Also, ganz ehrlich gesagt, noch nie.«

»Mir auch nicht. Aber ich kann schon nachvollziehen, dass es einem nach einer Stunde auf den Wecker fällt. Wie auch immer, er hat sicher gedacht, wenn sein Anwalt am nächsten Morgen kommt, könnte er erklären, dass das Geständnis unter Zwang entstanden war und die ganze Sache wieder zurechtrücken. Doch kaum war seine Unterschrift auf dem Papier, konnte er nichts mehr zurücknehmen. Man hat ihn in eine Zelle geworfen, und damit war der Fall erledigt. – Übrigens hat man mich damit beauftragt, ein paar fotogene schwarze Persönlichkeiten aufzutreiben, damit die Jessup-Party etwas farbenfroher wird.«

Julian zog eine Augenbraue hoch. »Was für fotogene schwarze Persönlichkeiten willst du denn dorthin schleppen?«

»Klare Sache. Frank und Chloe Washington.«

»Da irrst du dich aber gewaltig. Frank hat bestimmt kein Interesse, sich in Schale zu werfen und auf eine Party mit verkniffenen Pseudoaristokraten zu gehen.«

»Nein, aber Chloe wird darauf abfahren. Was für uns von Vorteil ist, weil wir dann wenigstens zwei interessante Leute haben, mit denen wir uns unterhalten können.« Ich drückte ihm meine Liste in die Hand. »Und wir laden auch ein paar Morials und Bagnerises ein. Die werden Jessup gefallen; sie sind hellhäutig und politisch ziemlich einflussreich. Und dann versuchen wir, noch ein paar Nevilles, Marsalises und Marie und Larry Bonds einzuladen.«

Julian schüttelte den Kopf. »Diese speziellen Leute sind unter Garantie bis zum Dreikönigstag voll ausgebucht.«

Nach dieser niederschmetternden Einschätzung schnappte er sich die neuste Ausgabe des ›Smithsonian Magazine‹ und zog sich zur Lektüre ins Schlafzimmer zurück.

So kam es, dass ich mir die Weihnachtsepisode von ›Saturday Night Live‹ allein ansah. Und das Material war wieder einmal so erbärmlich, dass nicht einmal richtige Größen wie Alec Baldwin und John Goodman das Ruder herumreißen konnten. Ana Gasteyer, die so behandelt wird, als ob sie für die Hauptsendezeit noch nicht gut genug sei, ist die dritte Schauspielerin in der Geschichte, die tatsächlich singen kann. (Die anderen beiden waren Garrett Morris – in den Siebzigern – und Christine Ebersole – in den Achtzigern. Offenbar wird uns in jedem Jahrzehnt nur einer beschert.) Doch anstatt Gasteyer zur Freude der Zuschauer ein nettes Weihnachtslied singen zu lassen, musste sie eine quäkende Celine-Dion-Parodie hinschmettern. Da ich das bald satt hatte, schaltete ich auf TV Land um, wo ›Hogan's Heroes‹ gezeigt wurde. Erst mit einem Abstand von dreißig Jahren kapiere ich, wie großartig ›Klink‹ gewesen war. Damals war mir das nicht aufgefallen. Und wer hätte in den Sechzigern schon gedacht, dass ›Heroic Hogan‹ (Bob Crane), der Prototyp des freundlichen Nachbarn schlechthin, sich als zwanghafter Anhänger perverser Sexualpraktiken entpuppen und nackt und ermordet in einem Motel in Arizona aufgefunden werden würde.

Nachdem ich mit viel Spaß ›Klink‹ angesehen hatte, schaltete ich kurz zur ›Jerry Springer Show‹. Da machten sich Versager mit niedrigem Einkommen zum Affen, damit sich Versager, die am Monatsende ein paar Kröten mehr nach Hause brachten, überlegen fühlen konnten. Auf dem nächsten Kanal lief gerade der Spot einer Aufklärungskampagne der Regierung. In Nahaufnahme war der Schauspieler Carroll O'Connor zu sehen, der mit traurigem Hundeblick wieder mal erzählte, wie sehr er um seinen drogenabhängigen Sohn gerungen hatte, der jahrelang Kokain genommen und dann Selbstmord begangen hatte. Er schloss mit den Worten: »Tun Sie alles, was in Ihrer Macht steht, um Ihre Kinder von den Drogen abzubringen.«

Ach, wirklich? Was für ein klasse Vorschlag! Wenn ein liebe- und hingebungsvoller Vater wie O'Connor (der brillant, ge-

bildet, erfolgreich, reich und berühmt ist) seinen Jungen nicht vom Schnee abbringen kann, wie groß ist dann die Chance einer allein erziehenden Mutter in einer Sozialbausiedlung wie St. Thomas, frage ich mich.
In der Fernsehzeitung wurde als Mitternachtsfilm ›Gidget Goes To Rome‹ angekündigt. In der Vorschau stand dazu: ›Die neusten Abenteuer des wohlerzogenen Teenagers. In den Hauptrollen Cindy Carol und James Darren.‹
Der Film war 1963 gedreht worden, also ein Jahr, ehe sich alles grundlegend änderte, und war deshalb für mich als Zeitdokument ganz unterhaltsam. Die schrill quiekende Gidget machte wirklich einen wohlerzogenen Eindruck, als sie ihren ›Daddy‹, gespielt von Don Porter, anflehte, dass sie mit ihren Freundinnen nach Rom fliegen durfte und ihm versicherte, dass sie während der ganzen Reise beaufsichtigt wurden. Und dann sagte sie: ›Immerhin bin ich achtzehn.‹
Ich habe das alles miterlebt, und es war ganz genau so. (Wieso nicht: Ich war damals in dem Alter. Und genau so ist es abgelaufen!)
Was sich innerhalb von fünfunddreißig Jahren alles ändert. 1998 würde ›Gidget‹ ›Daddy‹ anbetteln, dass ihr tätowierter, mehrfach gepiercter, arbeitsloser Freund bei ihr einziehen darf. Und Daddy müsste dem zustimmen, wenn ihm etwas daran lag, dass das Mädchen ihren Schulabschluss machte. Möglicherweise könnte er verlangen, dass im Elternhaus keine illegalen Substanzen aufbewahrt werden. Möglicherweise.
Und außerdem wäre die Tochter heute vierzehn. Und nicht achtzehn.
Jemand hat mal vorhergesagt, dass die Sechziger, von den neunziger Jahren aus betrachtet, wie die Fünfziger aussehen würden. Wer immer das war, er hat Recht gehabt.

KAPITEL VIERZEHN

Canal Street – 1970

Ich stehe darauf, mit Sostenne zu Fuß nach Downtown zu gehen und Händchen zu halten. Und zwar nicht nur, weil er der bestaussehende, männlichste Kerl im ganzen Staat ist. Nein, er geht einfach schneller als die meisten hier – genau wie ich. Südstaatler scheinen von Natur aus langsam zu sein, und mitten im August, wie jetzt, bewegen sie sich eigentlich überhaupt nicht. Wenn wir mit großen Schritten die Canal Street hinuntermarschieren, müssen wir einen großen Bogen um sie machen oder uns durch die übrigen Passanten schlängeln.

Wir gingen gerade über den breiten Mittelstreifen, den die Busse nutzen, und ich fragte: »Wieso wird dieser Streifen eigentlich neutraler Boden genannt? Bei uns im Norden heißt so etwas Mittelstreifen.«

Sostenne wusste die Antwort aus dem Unterricht über die Geschichte Louisianas. »Ursprünglich stammt der Begriff aus dem 17. Jahrhundert. Damals bildete dieser Streifen die Grenze zwischen dem alten Viertel, in dem die Französisch sprechenden Kreolen wohnten, und dem der Englisch sprechenden ›Kain-tucks‹.«

»›Kain-tucks‹? Wer soll das gewesen sein?«

»Anglos wie du. Schottische und irische Siedler, die auf Flachbooten den Fluss hinunterfuhren und sich auf der Uptown-Seite der Canal Street niederließen.«

»Ich vermute mal, die Kreolen und die ›Kain-tucks‹ konnten einander nicht ausstehen.«

»Nein, überhaupt nicht. Also, immer wenn meine Vorfahren, die Franzosen, und diese rotärschigen Anglos sich geschäftlich treffen mussten, dann fand das ganz offiziell auf diesem neutralen Boden statt. Und irgendwann hießen dann alle Mittelstreifen in New Orleans ›neutraler Boden‹.«

»In den Läden ist diese Woche Schlussverkauf.« Ich hielt meinen Kerl am Ellbogen fest, bis er stehen blieb. »In der

Zeitung habe ich gesehen, dass bei Porter's Anzüge ein Drittel runtergesetzt sind. Für 89,95 Dollar könnten wir dich sicher mit erstklassiger Qualität einkleiden.«
Sostenne brummte missmutig. »Und wohin soll ich in einem Neunzig-Dollar-Anzug?«
»Überallhin.«
»Margie, ein Cajun wie ich trägt nur bei drei Gelegenheiten einen Anzug: auf Hochzeiten, bei Beerdigungen und im Gerichtssaal. Wenn er unter Anklage steht.«
Ende der Diskussion. »Dann besorgen wir uns wenigstens die gleichen Hüfthosen und T-Shirts.«
»Wieso das denn? Seit wann passen uns die gleichen Klamotten?«
»Kein Problem. Das ist der Unisex-Look. Das trägt jetzt jeder.«
»Nein, das trägt eben nicht jeder. Ich bleibe bei dem Look, wo die Geschlechter noch auseinander zu halten sind. Ich bin der Kerl und du das Mädchen.«
An der Kreuzung St. Charles Avenue hatte eine Horde Verrückter in safrangelben Gewändern neben den Straßenbahngleisen einen orientalischen Teppich ausgerollt. Sie standen nebeneinander, schlugen auf Tamburine, warfen die Beine in die Luft und sangen ein Lied, das nur aus fünf Noten bestand.
›Hari Ramna, Hari Ramna, Hari Ramna, Hari Hari.‹
Eingängiger Text.
Die zweite Strophe war nicht minder inspiriert. ›Hari Krishna, Hari Krishna, Hari Krishna, Hari Hari.‹
Die dritte Strophe begann mit ›Krishna, Krishna …‹ Und so ging es ewig weiter. Offenbar verbrachten diese Irren den ganzen Nachmittag damit, dieselben drei Worte in verschiedener Reihenfolge zu wiederholen. Die Typen hatten sich die Köpfe kahl rasiert, und die Mädels hatten Akne. Und sie hatten durch die Bank weiße Kringel auf der Stirn, die wie Zahnpasta aussahen.
Auf der Uptown-Seite der Canal Street sind die teuersten Geschäfte, Godchaux's und Gus Mayer's. Manchmal gehe

ich nur dahin, damit ich zwischen den schicken Parfümerieständen herumlaufen und mich wie Jackie Onassis oder so jemand fühlen kann.
Heute blieben wir in Downtown und kamen an Holmes's Kaufhaus vorbei, einem historischen Denkmal aus dem Bürgerkrieg. Holmes's ist ein Kaufhaus für die Mittelschicht. Die Preise sind ungefähr so wie bei Altman's in New York.
Ich drückte Sostennes Hand. »Ich habe gehört, dass es ganz schön viele obdachlose Frauen gibt, die im Puderraum von Holmes's sozusagen ihr Quartier aufgeschlagen haben.«
»Willst du damit sagen, dass die einfach da reinmarschieren und keiner sie rauswirft?«
»Mit ihren Plastiktüten fallen sie nicht groß auf. Deswegen können sie da einfach reinmarschieren, genau wie richtige Kundinnen, sich waschen, auf bequeme Sessel flacken, bis der Laden schließt, und im Fernsehen Seifenopern ansehen.«
Ein Block weiter die Canal Street hinunter steht das Maison-Blanche-Gebäude. Auf den ersten vier Stockwerken hat sich ein ganz alteingesessenes Kaufhaus ausgebreitet; auf den anderen drei Etagen sind Büros und Praxen. Mein Arzt, Dr. Gomilla, hat dort seine Praxis. Er ist Spezialist für Geschlechtskrankheiten und hat viele Patienten von der Bourbon Street. Er behauptet, dass er nur durch Abtasten der Lymphdrüsen feststellen kann, ob jemand Syphilis hat. (Meine Lymphdrüsen sind übrigens in Ordnung. Ich gehe nur zu Dr. Gomilla, damit er mir die Pille verschreibt. Pro Besuch verlangt er fünf Dollar.)
»Margie, sieh dir mal das Mädchen da vorn an.«
Eine kurvenreiche Brünette kam die Straße hinunterflaniert. Sie trug eine enge Hosen und ein rückenfreies Oberteil, das mehr freilegte als bedeckte. Dass sie die Blicke auf sich zog, gefiel ihr.
»Erkennst du sie nicht? Sie ist die Hauptattraktion im 500 Club. Die ›Sexbombe von der Bourbon Street‹.«
»Mann!«, keuchte er. »Die Sexbombe!«

»Und früher war sie ein guatemaltekischer Kellner namens Alfredo.«

Sostenne stolperte, blieb stehen und ging dann weiter.

»Dann muss ich mich schämen für das, was mir gerade durch den Kopf gegangen ist.«

»Ich glaube, sie war in Dänemark. All die Kurven, die du gerade eben bewundern durftest, sind mit Silikon aufgepeppt.«

Ich wurde von Alfredo abgelenkt, weil uns eine Vierergruppe College-Studenten entgegenkam, die alle etwa die gleiche Größe und blonde Haare hatten. Sie sahen aus wie ein Wurf junger Hundewelpen.

Kaum waren wir an ihnen vorbei, hörte ich: »Entschuldigung, Miss …?« Ich drehte mich um. »Haben Sie das hier verloren?«

Der Niedlichste aus dem Wurf war stehen geblieben. Mit den gestreiften Hüfthosen, dem geblümten Hemd und der Bahnwärterkappe sah er umwerfend aus. Er streckte mir das Lederband hin, mit dem ich mir immer einen Pferdeschwanz band.

»Ah, ja.« Ich fuhr mir mit den Händen durch das offene Haar. »Es muss sich gelöst haben. Danke.«

Er verbeugte sich zum Spaß und lächelte.

»He, Julian!«, rief einer seiner Kameraden. »Lass uns mal einen Blick ins Pussycat Theater werfen.«

Während der Pfadfinder winkte und mit seinen Freunden davonlief, sagte ich: »Was für ein niedlicher Junge.«

»Aber klar doch«, murmelte Sostenne. »Wenn man auf welche vom anderen Ufer steht.«

»Ach nein, das glaube ich nicht.«

»Wer, verdammt noch mal, trägt solche Klamotten, wenn er nicht schwul ist?«

»Das ist jetzt angesagt, Zuckerschnäuzchen. Der Carnaby-Street-Look ist endlich auch in New Orleans angekommen.«

Wir gingen bis zum 1400er Block zu Krauss's, dem letzten Kaufhaus in der Straße. Dort probierte ich ein hübsches Minikleid aus fester Baumwolle an. Sostenne schrieb einen Scheck über 8,95 Dollar aus, den die Verkäuferin dem Rohrpostsystem anvertraute und zum Büro des Buchhalters in den obersten Stock schickte. Fünfzehn Minuten später spuckte die Röhre den genehmigten Scheck aus, und dann gehörte das Kleid mir. Das wollte ich feiern.

»Zuckerschnäuzchen, sollen wir nicht ins Café du Monde gehen und Beignets essen?«

Drei von den warmen, quadratischen Donuts kosteten fünfundzwanzig Cent; heiße Schokolade gab es für zwanzig. Normalerweise verdrückte ich meine drei und dann noch zwei von Sostennes. Er bröselte immer von seinen den Zucker ab. Ich nicht.

KAPITEL FÜNFZEHN

Piety Street – 1998

Das einzig Nervige an Weihnachten ist, dass ich wegen der Gäste aufräumen muss. Und diesmal kamen – wie üblich – Gaby und Brad auf Besuch. Ich holte die bunte Lichterkette heraus, die sich im Schrank in einen gordischen Knoten verwandelt hatte. Ich setzte mich auf den Teppich vor dem Fernseher und entwirrte das Durcheinander. (Als Serienmörderin wäre ich garantiert eine von der Sorte, die *unsystematisch* vorgehen.)

Auf CNBC diskutierte Geraldo mit seiner üblichen Riege telegener Anwältinnen die Impeachment-Anhörung.

Damals in den Fünfzigern hatte ich mir auf CBS immer die Vorankündigung für die Sendung ›Was ist mein Beruf?‹ angeschaut. Zu sehen war eine grobkörnige Nahaufnahme einer hübschen, athletisch wirkenden Blondine, die wie ein Standbild aus Leni Riefenstahls ›Olympia‹ aussah.

Aus dem Off war die Stimme des Gastgebers John Daly zu hören. »Können Sie den Beruf dieser Frau erraten? Ein Model? Tja, das hätte sie werden *können*. Doch sie verdient sich ihren Lebensunterhalt als *Anwältin.*«

Toll, was? Während der Eisenhower-Ära waren gut aussehende Anwältinnen eine so seltene Spezies, dass eine von ihnen problemlos eine Arlene Francis oder eine Bennett Cerf übertrumpfen konnte.

Heutzutage sind die Diskussionsreihen im Fernsehen gerammelt voll von Anwältinnen.

Julian kam mit der Zeitung von heute ins Zimmer. »Wir haben soeben den Irak mit Marschflugkörpern angegriffen.«

»Haben wir Krieg?«

»Der arme Bill!« Er ließ sich in seinen Sessel fallen. »Da hat das Repräsentantenhaus seine Impeachment-Anhörung für morgen angesetzt, und nun sieht es ganz danach aus, als müssten sie den Termin wegen der Luftangriffe verschieben.«

»Das wird ihm echt nahe gehen.«

»Aber das ist das wirklich Witzige an der Sache, Margo: Der Angriff läuft unter dem Codewort ›Operation Wüstenfuchs‹!«

»Wer hat sich denn den Namen ausgedacht?«

»Jemand, der niemals einen Geschichtskurs mit Schwerpunkt Zweiter Weltkrieg belegt hat.«

»Willst du damit sagen, dass keiner in der gesamten politischen Infrastruktur es für problematisch gehalten hat, eine Operation des amerikanischen Militärs nach einem Nazi-General zu benennen?«

»Nicht einmal der Verteidigungsminister, dessen Name zufälligerweise Cohen ist.«

KAPITEL SECHZEHN

Bourbon Street – 1970

»Willkommen bei Madame Julie's.« Ich knallte eine Cocktailserviette auf die Theke. »Was möchten Sie heute Abend trinken?«

Der abgefahrene Typ schüttelte das dreckige, schulterlange Haar.

»Nichts. Ich bin wegen Patsy hier.«

»Patsy Star?«

»Ja. Ich bin Neddy Zero.«

Ich ließ die Cocktailserviette wieder verschwinden. »Der Name passt hervorragend!«

»Ja, ich finde, er klingt klasse. Ist mir letzten Monat eingefallen, als ich mit Patsy ein paar Trips eingeschmissen habe.«

»Sie hat erwähnt, dass du vorbeikommst.« Ich senkte die Stimme. »Du hast ihr doch was für die Stimmung mitgebracht, oder?«

»Verdammt richtig.« Er legte den Rucksack ab. »Ein paar Uppers, heftige Downers und LSD.«

»Da schleppst du aber 'ne Menge mit dir herum.« Ich schaute mich um, weil ich mich vergewissern wollte, dass uns niemand belauschte. »Hast du keinen Schiss vor den Bullen?«

»Klar doch, aber ...« Er beugte sich vertraulich vor. »Ich verkaufe das Zeugs nur vorübergehend weiter, wegen der Kohle. Wenn ich erst mal mit meiner Band in einem von diesen Klubs spiele, brauche ich nicht mehr zu dealen.«

»Ach, du hast 'ne Band? Abgefahren.«

»Dog Fight«, verkündete er stolz. »So heißt die Band.«

»Echt klasse Name.« Ich beugte mich über die Bar und sah nach, ob Ray immer noch hinten im Büro war. »Willst du 'ne Coke?«

»Lieber Seven-up. Ohne Eis.«

Ich zapfte ihm ein Glas. »Wie viele Mitglieder hat denn deine Band?«

»Bis jetzt gibt's nur mich. Ich bin noch auf der Suche nach den richtigen Jungs.«

»Ach so. Und was für Songs spielt ihr?«

»So weit bin ich noch nicht. Vielleicht was in der Art wie Chuck Berry. Oder die Bee Gees. Wir sind nicht richtig auf Kommerz aus, kapierst du?«

»Ja, aber klar. Und was für ein Instrument spielst du?«

»Ich, na, ich habe diese Gitarre.« Mit ausgestreckten Armen zeigte er mir, wie groß sie war. »Ist ein richtig fies aussehendes Ding, elektrisch mit roten Neonbuchstaben. Die habe ich gleich aufgeklebt. Dog Fight steht jetzt drauf. Der Bandname.«

»Klingt großartig. Dann bist du also der Gitarrist.«

»Tja, irgendwann werde ich sie auch spielen. Richtig spielen, meine ich.«

»Äh? Warum auch nicht? Was willst du denn sonst damit anfangen?«

»Ich werde dort oben auf der Bühne stehen mit dieser phantastischen Axt, kapiert? Aber ans Mikro schließe ich sie nicht an.«

»Wenn du sie nicht anschließst, wird dich doch keiner *hören*.«

»Mich soll ja auch keiner *hören*«, meinte Neddy Zero. »Spielen kann ich ja nicht. Aber dann können mich alle dort oben stehen *sehen*, und das ist, na, echt cool. Drei Torten haben mir schon geschworen, ich würde genau wie Jim Morrison rüberkommen.«

»Na, wenn nur genug Mädels dieser Meinung sind, was willst du mehr?«

Auf einmal tat es mir Leid, dass ich das Seven-up an ihn verschwendet hatte, auch wenn es nicht auf meine Kosten gegangen war.

»Ich hab keine Kippen mehr.« Needy kramte zwei Viertel-Dollar-Stücke für Zigaretten aus der Jeans. »Ist heute schon das zweite Mal.«

»Na, du hämmerst die Sargnägel ja nur so weg.«

»Aber ich bin echt cool. Meine Zigarettenmarke ist nicht

gefährlich. Schau mal.« Er hielt die Schachtel hoch, damit ich sie besser sehen konnte. »Weil Parliaments einen zurückgesetzten Filter haben, kommt das Nikotin nicht mit meinen Lippen in Berührung. Ist echt gesund, die zu paffen.«

KAPITEL SIEBZEHN

St. Charles Avenue – 1998

Wie üblich machte Andrew mir die Tür auf.

»Einen guten Abend wünsche ich Ihnen, Mrs. Fortier.«

»Ich Ihnen auch, aber was soll ich hier?«

»Mein Onkel wollte, dass Sie kommen, weil Dr. Bullock hier ist. Er hat einen Test durchgeführt und die DNS meiner Tante und meines Onkels mit der von Glen Watley verglichen.«

»Aber ich dachte, es dauert *Wochen*, bis so ein Test durchgeführt ist.«

»Nicht, wenn man genug dafür zahlen kann.«

Ich trat in den Empfangsraum. Dort saß Jessup wie gewohnt im Rollstuhl vor dem Kamin. Ihm gegenüber stand ein großer, kahlköpfiger Mann, den man offenbar nicht aufgefordert hatte, den Mantel abzulegen. Jessup winkte mich herbei. »Kommen Sie nur, Margo. Ich will Ihnen Dr. Bullock vorstellen. Er hat ein paar Neuigkeiten für uns.«

»Schön. Ich bin genauso neugierig wie Sie.« Ich setzte mich neben den alten Mann und gegenüber von dem Besucher auf einen Stuhl.

»Jetzt, wo Mrs. Fortier hier ist, können Sie loslegen.«

»Ja, Sir.« Dr. Bullocks Unterlagen steckten in einem Minihefter.

»Das hier sind die Ergebnisse.« Er klappte den Hefter auf und zeigte mit dem Finger darauf. »Das hier ist ein Ausdruck von der Zusammensetzung Ihres Blutes. Auf der zweiten Seite stehen Mrs. Jessups Daten. Und hier, auf der letzten, ist die Analyse, die Ihnen der junge Watley gebracht hat. Wenn Sie vielleicht einen Blick drauf werfen ...«

»Lassen Sie den Unsinn.« Der alte Mann wedelte mit der Hand, als wollte er eine Kreidetafel abwischen. »Sagen Sie mir nur, zu welchem Ergebnis Sie gekommen sind.«

»Ja, Sir. Zuerst belegen diese Tests, dass Sie und Ihre Gattin nicht miteinander verwandt sind.«

»Es versteht sich doch wohl von *selbst*, dass wir das nicht sind!« Jessup platzte der Kragen. »Was glauben Sie eigentlich, mit was für Leuten Sie es hier zu tun haben?«

Bullock lief rot an. »Es lag nicht in meiner Absicht, etwas Gegenteiliges anzudeuten, Sir. Und dennoch ist dieser Punkt wichtig. Soweit ich weiß, ist Ihre Frau nicht hier geboren.«

»Nein. In South Carolina. Was soll das?«

»Das ist insofern relevant, da die Person, deren Bluttestergebnisse auf dem dritten Ausdruck festgehalten sind, mit Ihnen beiden verwandt ist.«

»Sind Sie sich da ganz sicher?«

»Absolut.«

»Na schön.« Der alte Mann nickte bedächtig. »Es gibt nur eine Möglichkeit, wie das passiert sein kann.«

Bullock legte die Unterlagen wieder in den Hefter und händigte sie dem alten Mann aus.

»Aufgrund der Information, die Sie mir zur Verfügung gestellt haben, Sir, stammt Glen Watley mit nahezu hundertprozentiger Sicherheit von dem einzigen Verwandten ab, den Sie und Ihre Frau gemein haben – von Ihrem Sohn Gerald. Und ja, das legt die Schlussfolgerung nahe, dass er Ihr Enkel ist.«

»Großartig. Dann werde ich jetzt mal Glen suchen und ihm die frohe Nachricht überbringen. – Helfen Sie mir mal«, sagte er und zeigte auf Dr. Bullock, der gehorsam hinter den Rollstuhl trat und ihn schob. »Sie warten hier, Mrs. Fortier. Sie organisieren ja immer noch mit meinem Neffen diese Party am Freitagabend.«

»Ach ja, die Party.« Ich nickte zustimmend, was er nicht sah, weil er mir den Rücken zudrehte, als er aus dem Zimmer geschoben wurde. Und dann grinste ich Andrew an, der zurückgrinste, doch bei ihm wirkte es aufgesetzt.

»Kaum hatte ich Ihren Namen erwähnt, erklärte Miss Mooney sich bereit, für die Speisen und Getränke zu sorgen. Wie Sie das hingekriegt haben, wird mir auf ewig ein Rätsel bleiben.«

»Sie war mir einen Gefallen schuldig.«

»Und Sie haben es auch geschafft, Cinnamon Newburg zu verpflichten? Sie sind ein Genie. Ich konnte als Unterhaltung nur noch eine von diesen Kriminalaufführungen auftreiben, bei denen die Gäste mit ins Geschehen einbezogen werden.«

»Ich habe noch nie so etwas gesehen. Erzählen Sie mal, wie das funktioniert.«

»Alle Schauspieler werden als ganz normale Partygäste eingeführt, mischen sich unter die Leute und spielen den ganzen Abend über ihre Rolle. Und wenn dann der Mörder überführt ist, staunen die anderen nicht schlecht.«

»Hört sich witzig an, aber die Schauspieler werden niemals als normale Gäste durchgehen. Jeder kennt die hiesigen Schauspieler.«

»Wir nehmen keine Schauspieler von hier, Mrs. Fortier«, meinte Andrew. »Wir fliegen die Besetzung von der Westküste ein. Und es ist sogar eine echte Berühmtheit dabei.«

Ich spitzte die Ohren. »Eine Berühmtheit?«

»Der Detektiv wird von unserem Hausgast gespielt, der über Weihnachten bei uns zu Besuch ist. Und das ist kein anderer als der große Bernie Dumas.«

»Ah? Wer ist denn das?«

»Sie werden sich doch an Bernie erinnern. Er hatte die Hauptrolle in der Fernsehserie ›Smart Alec‹.« Andrew griff in die Jackentasche und reichte mir ein Farbfoto von einem sommersprossigen Jungen mit blauer Baseballkappe.

»Ach ja.« Ich warf einen kurzen Blick auf das Foto, bevor

ich es zurückgab. »Die Serie habe ich ein paar Mal gesehen. Sie ist vor zehn, fünfzehn Jahren gelaufen.«
»Ja, aber sie wurde über einen ziemlich langen Zeitraum ausgestrahlt. Dumas war der größte Kinderstar der Achtziger.«
»Jetzt erinnere ich mich wieder. ›Smart Alec‹ war für den Jungen eine phantastisches Rolle. Dem kleinen Alec wurden alle Witze in den Mund gelegt. Es hat fast so ausgesehen, als wären die anderen Schauspieler nur dazu da, ihm die Stichworte zu liefern.«
»Er war der bestbezahlte Jugendliche in der Geschichte des Fernsehens, müssen Sie wissen.« Andrew lächelte. »Und das nur, weil er glücklicherweise an einem Nierenleiden erkrankt war.«
»So was nennen Sie Glück?«
»Na ja, auf verdrehte Art und Weise stimmt das. Eine Fehlfunktion der Nieren ist schuld daran, dass der arme Bernie nicht gewachsen ist, sondern für sein Alter recht klein war. Die Zuschauer dachten, sie würden ein siebenjähriges Wunderkind sehen. In Wirklichkeit bekamen sie einen zu kurz geratenen Zwölfjährigen serviert. Deswegen hat er die Rolle des Smart Alec gekriegt.«
»Ja, was für ein Glück.«
»Die Serie lief sechs Jahre lang, bis sich seine Stimme veränderte«, fuhr Andrew fort. »Damals war er achtzehn und musste sich zweimal pro Tag rasieren. Und dann merkten alle, dass Bernie gar kein Wunderkind war, sondern nur ganz durchschnittlich begabt.« Andrew zuckte mit den Achseln. »Und da war er plötzlich überhaupt nicht mehr so niedlich.«
Als wäre sein Stichwort gefallen, kam in diesem Moment der ›Star‹ Bernie Dumas höchstpersönlich mit wippendem Gang in den Empfangsraum spaziert. Er strahlte eine Energie aus, als ginge es um einen bedeutenden Auftritt. Der Schauspieler war gerade mal ein Meter fünfzig groß – mit Schuhen –, und sein rundes Gesicht hatte wirklich etwas Kindliches. Aber nein, als niedlich konnte man ihn wirklich nicht mehr bezeichnen.

»Das ist ja genial. Vielleicht gibt er mir ja ein Interview für die Medienseite in der Zeitung.«

»Kann nichts schaden, ihn zu fragen.«

Ich ging zu ihm hinüber. »Entschuldigung, Mr. Dumas?«

»Ja?« Er setzte ein unverschämt breites Grinsen auf. Mir blieb gar nichts anderes übrig, als zurückzulächeln.

»Ich bin Margo Fortier und helfe Andrew mit der Party.« Ich hielt ihm den Presseausweis unter die Nase. »Hätten Sie ein paar Minuten Zeit für ein Interview.«

»Hm.« Er warf einen Blick auf die Uhr. »Okay, zehn Minuten kann ich erübrigen.«

»Ach, vielen Dank.« Ich sah zu Andrew hinüber und zog die Augenbrauen hoch. Er kapierte sofort und gab mir einen Bogen Briefpapier und einen Kugelschreiber. Bernie ließ sich in einen Sessel fallen, während ich mich auf einem Kniekissen neben ihm niederließ und das Datum notierte.

Die Berühmtheit ließ sich wieder zu einem Lächeln herab. »Sie haben große Ähnlichkeit mit Sharon Galvin, der Schauspielerin, die unsere Mrs. Twombly spielt.«

»Ach wirklich? Sie muss sehr schön sein.«

»Eigentlich nicht. Aber sie ist ungefähr in Ihrem Alter und hat auch so einen Wust roter Haare.«

»Klasse. Ich würde sie gern kennen lernen.«

»Dazu dürften Sie Freitagnachmittag Gelegenheit finden. Sharon fliegt wegen der Aufführung her.«

»Das ist aber knapp, die Party ist doch schon am Freitagabend. Viel Zeit zum Proben bleibt da nicht.«

»Für diese Krimiabende brauchen wir nicht lange zu üben. Da wird viel improvisiert. Die Schauspieler von der Truppe schlüpfen einfach in ihre Rollen, benehmen sich wie ganz normale Partygäste und halten sich an das Szenario.«

»Daran schließt auch meine nächste Frage an, Mr. Dumas. Ich hätte nie gedacht, dass ein so berühmter Schauspieler wie Sie bei improvisierten Detektivspielen mitmacht.«

»Ich auch nicht, glauben Sie mir.« Mit gerunzelter Stirn musterte er seine nikotingelben Finger. »Aber meine Mittel sind knapp, müssen Sie wissen. Auch ich muss Miete bezahlen, und das hier ist das beste Engagement, das ich an Land ziehen konnte. Und wenn mein Bruder Andrew Jessup nicht vom Studium auf der Tulane University kennen würde, hätten wir nicht mal diesen Job gekriegt.«

Das war ein Thema, über das es sich lohnte zu schreiben. »Wie kommt es, dass Sie Geld brauchen? In den sechs Jahren ›Smart Alec‹ müssen Sie doch Millionen eingestrichen haben.«

»Stimmt, ich habe Millionen *verdient.*« Er lachte tonlos. »Doch abzüglich des Höchststeuersatzes und der Agentenprovisionen, dazu noch ein paar dummer Investitionen, zu denen mein Manager mir geraten hat ... Und dann ging noch weg, was meine Eltern mir gestohlen haben, die verdammten Abzockerschweine.« Er zog die schmalen Schultern bis zu seinem riesigen Kopf hoch. »Hinterher ist für den Kleinen nicht viel übrig.«

»Wenigstens sind Ihnen wunderschöne Erinnerungen geblieben.« Mittlerweile gelang es mir, jedes vierte Wort zu notieren.

»Ja, massenhaft«, meinte er mürrisch. »Damals, als die Serie die Nummer eins in der Hauptsendezeit war, hat mir die Welt zu Füßen gelegen. So viel Fanpost wie der Kleine hat niemand sonst im Sender bekommen. In meiner Freizeit hatte ich zusätzliche Auftritte. Die Hälfte aller Filmsternchen in Hollywood war scharf darauf, mich zu entjungfern.« Bei der Erinnerung daran grinste er süffisant. »Und jede von ihnen hat dazu Gelegenheit gekriegt. Der kleine ›Smart Alec‹ und seine Truppe bekamen immer die besten Tische in den exklusivsten Restaurants an der Westküste.« Bernies Hühnerbrust schwoll vor Stolz an. »An einem Abend haben sie mir bei Spago sogar noch vor dem verdammten Gregory Peck einen Tisch gegeben!«

»Und wenn ich mich recht entsinne, sind Sie in einer Woche auf dem Titelblatt von ›Time‹ und ›Newsweek‹ gewesen«, sagte ich.

»November 86. Habe sie rahmen lassen.« Er holte eine Packung Billigzigaretten aus der Hemdtasche und klopfte eine heraus. »Mitte der Achtziger hatte ich die angesagteste Serie zur Hauptsendezeit. Damals war Seinfeld noch ein *Niemand*. Ich war der Star, der dem Sender Donnerstag abends die höchsten Quoten eingebracht hat.« Er klopfte die Zigarette gegen die Stiefelspitze. »Doch kaum war ich erwachsen, interessierte sich keiner mehr für mich.«

»Na, als ich erwachsen wurde, hat sich auch niemand mehr für mich interessiert«, gab ich zu. »Da musste ich allein sehen, wie ich zurechtkam.«

Auf meine Bemerkung ging er nicht ein. Stattdessen riss er ein Streichholz an, hielt schützend die Hand darüber und zündete die Zigarette an. Meine kleinen Problemchen waren nicht von Interesse. (Aber ich bin ja auch nie ein Star gewesen.)

Bernie inhalierte tief und blies den Rauch aus, ehe er fortfuhr. »Kaum war ›Smart Alec‹ abgesetzt, war ich Schnee von gestern. Noch am selben Abend haben sie meinen Parkplatz Soleil Moon Frye gegeben und meinen Namen überpinselt. Sechs Monate später wurde ich behandelt wie ein hergelaufener Niemand. Die Einladungen zu Late-Night-Shows blieben aus, und mein Agent rief mich nicht mehr zurück. Und als ich dann wieder in einem Restaurant auftauchte, haben sie mich an einen Tisch neben der Küche gesetzt. Vorher musste ich allerdings noch Spießruten laufen, vorbei an den guten Tischen, und die Mistsäcke aus der Filmindustrie, die mir früher die Wangen und den Arsch geküsst haben, haben sich hinter ihren Speisekarten versteckt, damit ich sie nur nicht anquatsche. Genauso, wie man auf der Straße die Bettler übersieht.«

»Aber Sie müssen sich doch Freunde gemacht haben, als die Serie noch lief.«

Bernie brummte verächtlich. »An der Westküste hat man keine Freunde, höchstens Beziehungen. Schauspieler, die in meiner Serie ihre Karriere begonnen haben, machen jetzt ihre eigene Serien. Aber keiner von denen würde mir jetzt auch nur eine Statistenrolle anbieten.«

Ein junger Mann, der Bernie sehr ähnlich sah, brachte Kaffee in den Empfangsraum. Er sah wie eine normal gewachsene Kopie des zwergenhaften Kinderstars aus.

»Mrs. Fortier, das hier ist mein Bruder Butchie«, bestätigte Bernie, was ich mir schon gedacht hatte. »Er ist mein Manager und einer der Schauspieler, die bei der Krimiaufführung mitmachen.«

»Hallo.« Butchie stellte den Kaffee ab. »Schlechte Neuigkeiten, Bernie. Sharon, unsere Mrs. Twombly, wird es doch nicht bis zur Aufführung schaffen.«

»O Gott!«

»Sie wollte gerade losfliegen, als es losging.«

Dumas schlug sich mit der Hand aufs Knie. »Wie kann sie uns nur so *hängen lassen*?«

»Sie hat uns vorgewarnt, erinnerst du dich? Sie hat gesagt, dass es vielleicht über die Feiertage passiert.«

»Ja, aber sie hätten es ja auch bis nach Neujahr hinauszögern können.«

»Du kannst nicht das Unmögliche verlangen, Bernie. Niemand kann genau vorhersagen, wann die Wehen kommen.«

»Wehen?« Ich sah von meinen Notizen auf. »Eine Frau in *meinem* Alter wird *Mutter*?«

»Großmutter.«

»Aha.«

»Dann müssen wir also Freitagabend eine Vorstellung geben, und genau zu diesem Zeitpunkt wird unsere weibliche Hauptdarstellerin mit Tochter und Schwiegersohn irgendwo in Encino in einem verfluchten *Kreissaal* sitzen.«

Butchie zuckte mit den Achseln. »Hier in New Orleans gibt es etliche gute Theaterschauspielerinnen. Ich rufe mal beim Schauspieler-Verband an.«

»So kurzfristig und dann noch an Weihnachten? Vergiss es! Dann muss ich halt das ganze Szenario umschreiben, damit es ohne die Twombly funktioniert.«

Butchie schüttelte den Kopf. »Aber Twombly hat die ganze letzte Szene.«

»He, vergessen Sie das mit dem Umschreiben.« Ich hüpfte auf dem Fußkissen auf und ab. »Ich kann die Twombly spielen.«
»Wie bitte?« Er musterte mich von oben bis unten. »Sie, Mrs. Fortier?«
»Sie haben doch gesagt, dass ich vom Typ und Alter her passen würde.«
»Aber Sie sind doch keine …«
»Doch, doch, das bin ich! Sogar eine *hervorragende* Schauspielerin.« Ich setzte meinen Ellbogen ein. »Finden Sie nicht auch, Andrew?«
»Was? Ja, sicher.« Er bewegte zustimmend die Hand. »Soweit ich weiß, ist sie mal professionell aufgetreten.«
»Ich wäre bestimmt phantastisch in der Rolle.« Ich wandte mich an Butchie. »Und Sie müssten mich nicht einmal bezahlen!«
»Müssten wir nicht … hm.«
»He«, lenkte Bernie ein. »Das könnte wirklich hinhauen. Und wir müssten Ihrer Figur nicht mal einen Namen verpassen. Sie tauchen einfach als Mrs. Fortier auf. Niemand würde Verdacht schöpfen, dass Sie zur Aufführung gehören.«

KAPITEL ACHTZEHN

Bourbon Street – 1970

»Patsy hat beschissene Laune«, warnte Marie mich. »Ihr Dealer ist gestern Abend einkassiert worden.«
»Neddy Zero? Der ist doch gestern Abend noch hier gewesen. Ich habe mit ihm gequatscht.«
»Dann müssen die Bullen sich ihn geschnappt und seinen Rucksack durchsucht haben, gleich nachdem er hier abgezischt ist«, meinte Coffee.
»Die Hälfte der jungen Typen auf der Straße haben ’nen

Rucksack. Woher sollten die wissen, dass Neddy in seinem Drogen hat?«

»Na, vorsichtig ist er nicht gerade gewesen«, erzählte ich ihr. »Er hat das Ding aufgemacht und mir alles gleich hier an der Bar vorgeführt.«

Marie setzte eine viel sagende Miene auf. »Vielleicht arbeitet Cherry ja fürs Drogendezernat.«

In dem Moment kam Brenda aus dem Silver Frolics durch die Tür getrottet und ließ sich auf einen Barhocker fallen. Sie war blass und sah müde und mager aus.

Ich schenkte ihr eine Coke ein. »Wie ist es bei Doc Knight gelaufen?«

»Er war sehr nett. Es hat kaum wehgetan.«

»Nächstes Mal sorgst du dafür, dass Floyd 'nen Gummi anzieht«, riet Coffee ihr.

»Ich hasse ihn!« Brenda ließ den Kopf auf die Theke fallen. »Er hat mein Leben ruiniert. Wenn ich ihn doch nur nie mehr wieder sehen müsste.«

»Wo ist da das Problem?«, fragte Marie. »Ich habe einen Kombi. Wir können dir beim Auszug helfen.«

»Ich kann nicht ausziehen. Er hat gedroht, dass er mich umbringt, wenn ich ihn verlasse.«

Minerva am anderen Ende der Bar schaute von der Zigarette auf, die sie gerade drehte. »Genau wie bei meiner Freundin Gladie. Ihr Alter, Leon, hat auch gesagt, er bringt sie um. Darum ist sie zu ihrer Mutter bis nach Mississippi gefahren, um von ihm wegzukommen.«

»Gut«, sagte ich. »Dann hat es ja funktioniert.«

»Scheiße, nee, hat es nicht. Leon hat rausgekriegt, wo sie steckt, und ist rübergefahren und hat sie direkt vor dem Haus ihrer Mama erschossen. Sie ist gerade vom Einkaufen gekommen, und die Sachen aus der Tüte sind über den ganzen Gehweg gekollert. Das Gericht hat gesagt, es wäre nur ein ›Verbrechen aus Leidenschaft‹, und hat ihn nur zu drei Jahren in Parchman verdonnert.«

»Nur drei Jahre für Mord?«

»Schert sich keiner drum, wenn ein Mann seine Alte umbringt. Und schon gar nicht, wenn es Neger sind. Und jetzt ist Leon draußen und hat 'ne neue Alte. Und brüllt klar wieder rum, dass er *sie* umlegen will.«

»Ich weiß, dass Floyd das auch tun würde«, jammerte Brenda. »Wenn ich abhaue, wird er mich finden. Er hat es gesagt, es gibt keinen Ort, wo ich mich vor ihm verstecken kann.«

Ich wrang meinen Barlappen aus. »Dann kannst du ihn nicht verlassen.«

»Ich weiß.«

»Aber er kann dich verlassen.«

»Was?«

KAPITEL NEUNZEHN

Bienville Street – 1998

Das Movie Pitchers Theater heißt so, weil dort ›Pitchers‹, also Krüge mit Bier, und dazu Popcorn und richtiges Essen serviert werden. Während der Filmvorstellung können Gaby (meine vierundachtzigjährige deutsche Freundin) und ich in bequemen Sesseln an einem Tisch sitzen und Sandwiches verdrücken. An diesem speziellen Abend lag mir das Roastbeef-Baguette mit Salatblättern und Tomaten viel mehr als der Film.

Seit Gabys Freund Brad mit einem Berg von Geschenken und einer Firmenrente bei ihr eingezogen ist, gehen wir viel öfter miteinander aus. Und sie hat das Programm dieses Abends bestimmt – einen Film mit Untertiteln über arme, hässliche, verrückte und perverse Menschen in den Slums von Montreal, die ganz besessen sind von allem, was ihren Unterleib betrifft. In den besten Szenen – allesamt garantierte Lacher beim Publikum – sah man, wie der junge Held mit Hilfe einer Leber masturbiert, den Opa in der Badewanne erhängt und Katzen vergewaltigt. Ich kapiere einfach nicht, wie jemand, der nicht Ausländer

ist, diese undurchsichtigen ausländischen Filme genießen kann.
Als wir endlich auf dem Parkplatz waren, kämpfte ich immer noch damit, die düstere Stimmung abzuschütteln, während Gaby grinste und gut gelaunt drauflos plapperte.
»Ach, das war phantastisch, Margo! Fabelhaft.«
»Du fandest diesen Film nicht deprimierend?«
»Das ist echte Kunst. Echte Kunst kann mich gar nicht deprimieren.«
Ich blieb kurz vor dem Wagen stehen und bewunderte mein Spiegelbild in der Heckscheibe. Mein Hut war von Fleur de Paris in der Royal Street. Gaby hatte ihren bei Hattie Carnegie oder Mr. Mort gekauft. Sie musste ihn mit beiden Händen fest halten, damit der Winterwind ihr das Ding nicht vom Kopf riss.
»Findest du nicht, dass der Hut ein bisschen altmodisch ist?«
»Der hier?« Sie strich die Pfauenfeder glatt.
»Ich meine mich zu erinnern, dass Betty Grable genau so ein Modell in ›Wie angelt man sich einen Millionär‹ aufgehabt hat.«
»Er war teuer.« Sie zuckte mit den Achseln. »Und er passt noch. Was spricht also dagegen, dass ich ihn trage?«
»Deine Klamotten sind immer hübsch, aber ein wenig retro, meinst du nicht?«
»Retro?«
»Das ist eine neue Umschreibung für ›alt‹.«
»Ich war sehr arm während des Krieges, weißt du. Damals hatte ich nur zwei gute Kleider. Und als ich dann 1953 den Baron geheiratet habe, bin ich auf einmal reich gewesen und losgerannt und habe innerhalb von einer Woche alle Kleider gekauft, die ich brauchte.«
»Gott sei Dank hast du dich nicht in den Sechzigern mit dem Baron zusammengetan.« Ich schloss die Beifahrertür für sie auf. »Sonst würdest du jetzt in Minikleidern von Mary Quant und weißen Courrèges-Stiefeln rumlaufen. He, guck mal! Den Typen kenne ich.«

›Der Typ‹ schloss gerade drei Autos weiter die Tür eines Ford Escort auf. »Hallo, Andrew!«, rief ich ihm zu.
Er schaute auf, sah uns und wirkte plötzlich recht panisch.
»Ach, Mrs. Fortier ... Schön, Sie zu sehen.«
»Das ist Andrew Jessup«, weihte ich Gaby ein.
»Selbstverständlich kenne ich Andrew«, sagte sie, lächelte und winkte. »Früher war ich gut befreundet mit seiner Tante Lucille.«
»Ja. Wie geht es Ihnen, Baronesse?« Er schaute an uns vorbei, über unsere Schultern, in Richtung Kino.
»Komisch, dass wir Sie drinnen gar nicht bemerkt haben, Andrew. Haben Sie auch den französischen Film gesehen?«
»Nein. Wir haben uns ›Elizabeth‹ angeschaut. Cate Blanchett spielt die Rolle hervorragend.«
»Das haben Siskel und Ebert auch gesagt.«
»Stimmt ... hm, ›zwei Daumen hoch‹.«
Wir tauschten noch ein paar vorweihnachtliche Freundlichkeiten aus, und dann stiegen Gaby und ich ein und nahmen die Bienville Street Richtung Heimat.
»Andrew hat ›wir‹ gesagt«, meinte ich. »Wer ist ›wir‹?«
Gaby winkte ab. »Offensichtlich möchte er nicht, dass wir erfahren, wer noch zu ›wir‹ gehört.«

KAPITEL ZWANZIG

Lark Lane – 1998

Anfang der siebziger Jahre pflegte die Familie Mangiacaballo enge Beziehungen zur Mafia. Zu jener Zeit war Carlos Marcello noch der Boss gewesen, und die Organisation hatte in der Stadt das Sagen. Es versteht sich von selbst, dass ein irgendwie gruseliger kleiner Kümmerling wie Donnie nicht gerade Maries Traummann war, doch wenn sie sich nicht an ihn rangemacht hätte, wäre es ihr nie gelungen, diesen – auf fragwürdige Weise erworbenen – Lebensstandard zu pflegen. Immerhin hatte sie ein Kind zu versorgen. Also ließ sie sich auf Kompromisse ein.

Marie Iroli Mangiacaballo lebte ihre Phantasie eines idyllischen Familienlebens in einem großen Backsteinhaus auf mehreren Etagen draußen am See aus. Dort sind die Rasenflächen so manikürt wie auf Golfplätzen, und nirgendwo sprießt auch nur ein Blättchen Unkraut. Als ich auf die beleuchtete Klingel drückte, ertönte eine Melodie mit fünf Noten, die sich fast wie der Anfang von ›Faith Of Our Fathers‹ anhörte. Eine schwarze Frau in einem bunt bedruckten Baumwollkleid machte die Tür auf. (Wenn ich für meinen Teil ein Hausmädchen anstellen würde, dann müsste sie eine Uniform tragen.) Ich nannte meinen Namen und wurde zur Dame des Hauses geführt, die mich lächelnd und mit gefalteten Händen in ihrem ganz in Weiß gehaltenen Wohnzimmer empfing. (Klasse lässt sich einfach nicht verhehlen.)

»Ach, Cherry! Ich meine, Margo. Es ist so schön, dich nach all den Jahren wieder zu sehen.«

Wären wir uns zufällig begegnet, hätte ich Marie überhaupt nicht erkannt. Als erwachsene Frau gab sie sich wesentlich kultivierter als früher. Sie hatte sich die Haare aufhellen und färben lassen. Und vor den Ohren waren sorgsam zwei bauschige Locken drapiert, die meiner Meinung nach gerade nach ›Gesichtslifting‹ schrien. (Jetzt wollen wir aber mal diese Narben verdecken!) Die Nase hatte sie sich auch richten lassen. Die Spitze zeigte jetzt eher nach oben als nach unten, und der Nasenrücken war ausgesprochen dünn.

Im Sitzen klopfte sie auf die weiße Couch, damit ich mich neben sie setzte. Was ich auch tat, doch das Ding war so tief, dass ich zu früh auf die Dienste meiner Schenkelmuskeln verzichtete und die letzten fünfzehn Zentimeter mit einem Wumm nach unten sackte.

»Alice!«, rief Marie nach dem Mädchen. »Würden Sie mir ein Glas Weißwein bringen und für Mrs. Fortier … eine Coke?« Sie sah mich an und wartete auf eine Bestätigung.

»Inzwischen trinke ich Diet Coke«, verriet ich ihr.

Nachdem das Mädchen verschwunden war, neigte die Gastgeberin den Kopf und musterte mich. »Weißt du was, Cherry? Mit diesen hübschen roten Haaren hätte ich dich gar nicht erkannt!«
»Also, danke.«
»Früher war dein Haar doch …«
»Furchtbar?«
»Furchtbar hätte ich nicht gesagt. Dann schon eher grässlich!«
Wir mussten beide lachen, und sie schob eine Schachtel Whitman-Pralinen näher, die mein Herz vor ein paar Jahren in helle Aufregung versetzt hätten. »Hast du Lust auf etwas Süßes?«
»Nein, nicht für mich.« Ich schob die Schachtel weg. »Ich esse keine Schokolade mehr.«
»Komisch. Was ist? Hast du Diabetes?«
»Nein, ich bin nur von meiner Schokoladensucht runter.« Da der Begriff sie anscheinend irritierte, erklärte ich ihr das Phänomen. »Früher habe ich in Sam's Club Hershey's Schokoladensirup literweise gekauft und drei- oder viermal am Tag Schokolade verputzt, egal in welcher Form.«
»Ehrlich?«
»Und wenn ich mal ein paar Stunden ohne war, bin ich ganz zittrig geworden vor Unterzuckerung. Kennst du das?« Ich schüttelte zu Demonstrationszwecken die Hände. »Ich hätte beinah einen Tropf gebraucht, damit mein Blutzuckerspiegel nicht unter ein bestimmtes Quantum fiel.«
»Eigenartig. Hört sich an, als wärst du richtig körperlich abhängig gewesen.«
»War ich auch. Schokolade ist eine Droge und hat genauso böse Nebenwirkungen. Meine Arthritis ist dadurch schlimmer geworden, und ich hatte andauernd fliegende Hitze und Atemnot.« Ich legte die Hand an den Hals. »Und ich bin immer hin und her geschwankt zwischen diesem hyperaktiven Zuckerhoch und einem abgeschlafften Insulin-Tief.«
»Hätte ich gar nicht gedacht.«

»Ich auch nicht. Wie sehr mir das Zeugs schadet, ist mir erst aufgefallen, als ich damit aufhörte und die ganzen Symptome weggingen.«
»Aber wenn du wirklich von Schokolade abhängig warst, wie kannst du jetzt darauf verzichten? Gibt es so was wie ein Zwölf-Stufen-Programm für Leute, die Pralinen in sich reinstopfen? Ein Tag nach dem anderen?«
»Es war gar nicht schwer, damit aufzuhören. Ich habe damals angefangen, blaugrüne Algen zu essen, und dadurch war die Gier ganz weg. Jetzt esse ich seit einem Jahr keine Schokolade mehr und habe auch gar keine Lust mehr darauf.«
»Sehr schön, dann sind die alle für mich.« Marie nahm eine von den köstlichen ovalen Pralinen, die vermutlich mit Orangencreme gefüllt waren, und biss hinein. »Ich bin froh, dass du dir einen Fortier angeln konntest«, meinte sie. »Es gibt schließlich keinen guten Grund, einen Mann zu heiraten, wenn er nicht außergewöhnlich erfolgreich ist.«
Ich musste an den kleinen Kümmerling denken, den sie sich ausgesucht hatte.
»Ich nehme mal an, du meinst *finanziell* erfolgreich?«
»Nun, das ist die einzige Währung, mit der ich was anfangen kann.« Sie lachte kurz auf. »Was bringt es mir, wenn ein Mann tolle Soufflés machen kann oder wenn er mit seinem inneren Kind im Reinen ist.«
Das Hausmädchen ohne Uniform tauchte wieder auf. Sie brachte eine Diet Coke für mich, Maries Wein und eine Platte mit warmen süßen Teilchen. Dankbar nahm ich mir eins und biss hinein. Ich musste feststellen, dass sie aus diesen faden Fertigteigmischungen aus der Dose gemacht worden waren, die man aufbricht und dann auf ein Backblech gibt. Wenn ich solchen Müll esse, fühle ich mich hinterher immer aufgebläht und schlecht ernährt. Aus Gründen der Höflichkeit aß ich es auf, tätschelte dann meinen Bauch, was so viel heißen sollte, dass ich einfach nicht mehr konnte.
Heutzutage ist es wirklich ein Problem, ein Mädchen aufzutreiben, die das Haus in Schuss halten kann. Dann auch

noch zu erwarten, dass sie richtig backen kann, wäre wirklich zu viel verlangt. Doch was bringt es, reich zu sein, wenn man dann nur solchen Krempel aufgetischt kriegt?

»Hör mal, Marie, ich möchte dir gerne etwas zeigen.«

Ich wühlte in meiner Tasche nach der Farbkopie von Glens Polaroidfoto und legte sie auf den Tisch. Marie setzte eine extrem schicke Lesebrille auf.

»Ach, ich weiß, was das ist.« Sie seufzte. »Beschwört ein paar Erinnerungen herauf.«

»Ich versuche, etwas über Patsy zu erfahren. Du hast sie besser gekannt als ich.«

»Auch nicht viel besser. Das Mädchen kam mir immer vor wie eine sexy Hülle ohne was dahinter. Keine Substanz. Nicht voll da.«

»Ja, irgendwie nicht richtig zu fassen. Weißt du vielleicht, wie sie in Wirklichkeit war oder wohin sie nach der Bourbon Street gegangen ist?«

»Hm ... lass mich mal überlegen ... Sie ist ...« Marie tippte kurz an ihre Stirn und schüttelte dann frustriert den Kopf. »Tut mir Leid, ich bin dir leider keine große Hilfe. Seit den Wechseljahren habe ich echt Probleme mit dem Gedächtnis. Ich kann mich an fast gar nichts mehr erinnern.«

»Das kenne ich auch. Deshalb nehme ich zusätzlich zu den Vitaminen jeden Tag Ginkgo Biloba. Und ich kann dir sagen, meinem Gedächtnis hat es auf die Sprünge geholfen.«

»Tatsächlich? Wie lange nimmst du es schon?«

»Weiß ich nicht mehr.«

»Na gut.« Während Marie das zweite Tiefkühlteilchen verschlang, studierte sie das Foto. »Ich habe damals die Umschläge mit der Gage verteilt, und ich erinnere mich genau, dass sie immer mit ›Patsy Star‹ quittiert hat. Aber ich bin sicher, das war ein Bühnenname. Zu der Zeit wollten wir nicht unbedingt, dass unsere richtigen Namen bekannt wurden.«

»Weil wir Gewissensbisse hatten und uns wegen unserem Job schämten«, stimmte ich ihr zu. »Falls mich nicht alles

täuscht, haben anständige junge Frauen vor dreißig Jahren nicht gestrippt.«
»Wie die Zeiten sich ändern. Heute treten Arzttöchter unter ihrem richtigen Namen in Pornofilmen auf.« Sie kicherte. »Und winken in die Kamera und rufen ›Hi, Dad‹. So kann man den Eltern die Scheidung heimzahlen.«
»Oder den Durchbruch im Showbusiness schaffen.«
»Wo wir gerade vom Showbusiness sprechen, wie geht es deinem Bruder Eubie?« Im nächsten Moment bereute ich schon, dass ich gefragt hatte.
Sie schüttelte den Kopf. »Er hatte Aids.«
»Oje, das tut mir Leid.«
(Ich sollte aufhören, mich nach schwulen Männern zu erkundigen, die ich schon länger nicht mehr gesehen hatte.)
»Mir auch. Er ist einer von den Ersten gewesen, in den Achtzigern, noch bevor Protease-Blocker auf den Markt kamen. Er hat nicht lange durchgehalten.«
Marie aß das süße Teilchen auf und schnitt ein weniger ernstes Thema an. »Ich erinnere mich noch an den Cajun-Typen, mit dem du damals zusammengelebt hast.«
»Sostenne.«
»Ja, Sostenne. Mann, der war echt umwerfend. Ich bin eigentlich davon ausgegangen, dass ihr beide heiratet.«
»Das hätte ich auch getan, aber er wollte unbedingt eine Familie gründen. Und wie die meisten Cajuns am liebsten eine große.«
»Das kannst du ihm nicht übel nehmen. Es liegt in seiner Natur.«
»Stimmt, aber ich hatte keinen Bock, die besten Jahre meines Lebens mit einer Horde kleiner Hosenscheißer zu vergeuden.«
»New Orleans ist nicht der richtige Ort, um Kinder großzuziehen«, meinte Marie reumütig.
»Wieso denn nicht? Ein Sohn kann lernen, wie er sein Taschengeld mit dem Verkauf von Crack aufbessert, und eine Tochter würde mir noch vor dem High-School-Abschluss ein Mischlingsgör anschleppen.«

Da musste sie lachen. »Genau das meine ich.«
»Und ich hatte auch keine Lust, in irgendeinen stinklangweiligen, kindersicheren Vorort zu ziehen. Der arme Cajun hat sich zwei Jahre lang in Geduld geübt, bis er endlich geschnallt hat, dass ich nicht mitziehe. Und dann ist er flussaufwärts gezogen und hat gelaicht.«
»Flussaufwärts?«
»Sostenne ist wieder nach Hause gezogen, in die Evangeline-Gemeinde, und hat irgendwann ein blutjunges Cajun-Mädchen geheiratet, eine gewisse Eupheseme oder Eunice oder sonst wie. Als Letztes habe ich gehört, dass die beiden einen ganzen Wohnwagen voll von kleinen Langustenfressern haben.«
In diesem Augenblick ging die Eingangstür auf, und Maries geliebter Gatte Donnie kam hereingeschlurft. Obwohl sein Anzug garantiert maßgeschneidert war, sah es doch so aus, als wäre er ihm viel zu groß.
Mir fiel auf, dass die Haare an den Schläfen dünn und grau waren, das Deckhaar aber dick und braun wie ein Biberpelz. Der Übergang war deutlich zu erkennen. (Das muss man diesen Italienern lassen – sie *tragen* ihre Toupets.)
»Schön, dass du da bist, Liebling. Das hier ist Margo Fortier«, flötete Marie und zeigte mit einer ausladenden Geste auf mich. Genau so hätte Vanna White einen Jahresvorrat an Turtle-Wachs präsentiert.
»Ja.« Die große Liebe ihres Lebens warf mir auf dem Weg in die Küche einen kurzen Blick zu. »Ich will nur hoffen, dass das Abendessen rechtzeitig auf den Tisch kommt.«
»Nach der Arbeit ist er immer total erledigt«, nahm Marie ihn in Schutz. Ich nickte verständnisvoll.
Es gibt da ein altes Sprichwort, das da lautet: ›Wer des Geldes wegen heiratet, muss sich jeden Pfennig sauer verdienen.‹

KAPITEL EINUNDZWANZIG

Bourbon Street – 1970

Sostenne stand am Ende der Bar und redete mit dem schlaksigen Bohnenstange-Typ, der genau wie String Bean aussah, über die Liebe auf dem Lande.

»Das Problem ist nur, dass man von diesem verdammten Baumstumpf herunter und dann um die Färse rumgehen muss, bis man sie küssen kann, aber ich habe rausgefunden …:«

»Sostenne«, unterbrach ich ihn. »Könntest du mal kurz mit diesen Schweinereien aufhören und mir Eis holen?« Ich reichte den Eimer über die Bar.

»Klare Sache, Baby. Das hier ist mein Kumpel Elroy.« Er klopfte seinem frisch gebackenen Trinkkumpanen auf den Rücken. »Ein klasse Bursche aus Mississippi. Ist auch auf den Baumwollfeldern groß geworden.«

»Aber sicher.« Als Elroy beim Lachen den Mund aufriss, konnte man seine Zahnlücken sehen, und auf einmal sah er aus, als wäre er sogar zu blöd zum Baumwollpflücken.

»Weißt du«, sagte Sostenne, »wir haben uns gerade über dein enges rotes Kleid unterhalten.«

»Echt sexy.« Elroy warf mir anzügliche Blicke zu.

»Genau das habe ich auch gesagt. Zu sexy«, pflichtete Sostenne bei. »Die Typen kriegen vielleicht einen falschen Eindruck von dir.«

»Einen falschen Eindruck?«

»Ja. Ich mag Blau am liebsten. Warum ziehst du nicht mal etwas Nettes, Feminines in Blau an?«

»So was habe ich nicht im Kleiderschrank.«

»Die Blondine hat sich ein richtig hübsches Outfit in Blau zugelegt.« Elroy grinste. »Kannst es dir ja von ihr borgen.«

»Ich ziehe Patsys Klamotten nicht an.« Ich beugte mich über die Theke und flüsterte: »Könnte durchaus sein, dass sie Syph hat. Oder mindestens Sackratten.«

»Draußen auf der Ölbohrinsel haben wir ein prima Mittel gegen Sackratten.«
»Ja? Was für eins?«
Sostenne stieß Elroy den Ellbogen in die Rippen, damit er mitkriegte, dass jetzt gleich eine klasse Geschichte kam. »Zuerst muss man die Schamhaare halb abrasieren, kapiert? Auf die andere Hälfte leert man Kerosin und zündet es an. Und wenn diese kleinen Mistviecher dann rausgekrochen kommen …« Er machte eine Handbewegung, als würde er mit einem Messer auf etwas einstechen. »Dann erledigen wir sie mit einem Eispickel!«
»Mann, ihr Jungs da draußen auf dem Meer seid wohl eine richtig harte Truppe, was?«

KAPITEL ZWEIUNDZWANZIG

Bourbon Street – 1970

Es war eine halbe Stunde vor Schichtende, und ich war ganz allein in der Garderobe. Draußen lief Java, Coffees vierter Song; deshalb wusste ich, dass sie auf der Bühne war. Doch dann knarzte die Platte plötzlich, und die Musik ging aus. Minerva hatte die Taste der Musikbox gedrückt, mit der die Platten hochgehoben wurden – das Signal, dass die Sitte im Haus war. Ich hatte mir überhaupt nichts zu Schulden kommen lassen, aber in der Garderobe stank es immer noch nach Gras, und außerdem lag Patsys angefangener Joint im Aschenbecher. Mir blieben fünf Sekunden. Auf die Toilette zu rennen und das verräterische Ding hinunterzuspülen dauerte länger. Mir blieben nur noch mein Mund und die Cola. Ich rannte los, stopfte mir die Kippe in den Mund und spülte sie gerade mit der Cola hinunter, als die Tür aufflog. »Polizei! Rühren Sie sich nicht!« Ein Arsch mit Bürstenschnitt kam mit einem riesngroßen Schäferhund an der Leine hereingestürzt.

»Hä?« (Schluck.)
»Jemand hat hier hinten einen Joint gerochen.«
»Aber nein, Officer. Das war sicher die Pizza. Sehen Sie?« Ich zeigte auf die kalte, pappige Peperoni-Pizza, die halb angegnaschelt in der Schachtel lag.
Hinter Officer Bürstenschnitt tauchte ein schmähbäuchiger Bulle auf, der ganz im Stil der alten Schule schwarze Schuhe und weiße Socken trug.
»Unser Informant hat gesagt, dass es definitiv Gras war«, sagte er in breitem ostirischen Akzent.
»Also, woher weiß er denn, wie Gras riecht, wenn er nicht schon mal selbst geraucht hat?«
»Werd nicht frech, Mädchen. Uns wurde gemeldet, dass hier hinten illegale Substanzen konsumiert werden.«
Er rümpfte die Nase. »Man riecht es noch.«
Der Bürstenschnitt führte den schwanzwedelnden und schnüffelnden Hund in jede Zimmerecke. Fünf Minuten später wandte er sich an seinen Partner. »Bowser ist ganz aufgeregt. Irgendwas muss hier sein. Die Frage ist nur, wo.«
»Ich habe daheim ein junges Kätzchen. Bestimmt riecht er das.«
Der Bürstenschnitt musterte mich von oben bis unten. »Wir könnten das Mädchen filzen.«
»Was gibt es da zu filzen?«, erwiderte der alte Bulle. »Sie hat doch nur einen G-String an.«
Grinsend machte ich einen Knicks.
»Tja ... hm ... Sollen wir eine Polizistin anfordern, damit sie ihr mal unten reinguckt?«
»Mist! Wenn wir das tun, müssen wir sie verhaften. Und wir haben nichts in der Hand für eine Verhaftung. Sie steht nur nackt da und trinkt eine Cola.«
Fünfzehn Minuten später machte der Klub dicht. Patsy kam mit roten Wangen und großen Pupillen in die Garderobe. »Mann, hatte ich vielleicht Schiss, dass diese Mistkerle mein Dope finden. Wo hast du es versteckt?«
»Ich hab's geschluckt.«
»Verdammt! Dann ist es also weg?«

»Ja, das nehme ich mal *stark* an.«
»Wenn dein Dope nicht weg wäre, wärst *du* jetzt weg«, konstatierte Coffee. »Und zwar im Parish-Knast.«
»Du hast Recht. Danke, Cherry. Ich bin dir was schuldig.«
»Ich möchte nur wissen, wer uns verpfiffen hat?«, meinte Marie. »Jemand muss Patsys Gras gerochen und uns dann die Bullen auf den Hals gehetzt haben.«
»Vom wem sollen die Schweine denn erfahren haben, dass wir Gras rauchen?«
»Dass *du* Gras rauchst, Patsy.«
»Dass ich Gras rauche. Was für einen Unterschied macht das?«
»Das Herrenklo ist draußen auf dem Hof, gleich rechts. Als wir die Tür aufgemacht haben, muss es den Rauch nach draußen geweht haben. Und vermutlich hat ein Bulle von der Drogenfahndung es gerochen.«
»Aber heute Abend sind keine Drogenfahnder im Klub gewesen.«
»Es muss aber einer da gewesen sein.«

KAPITEL DREIUNDZWANZIG

Piety Street – 1998

Als ich endlich ins Bett fiel, war es zwei Uhr früh, und die Außentemperatur war auf zwei Grad gefallen. Brrr! Nachts können wir keine Heizlüfter laufen lassen, denn sie funktionieren nur mit Stadtgas. Sollte die Flamme aus irgendeinem Grund ausgehen, strömt Gas ins Haus, und dann gehen *wir* armen Hunde drauf.
Ich wälzte mich zwischen den Laken hin und her, damit sie warm wurden, doch trotz zwei Bettdecken wurde mir einfach nicht richtig warm. Also stand ich wieder auf, schlich auf Zehenspitzen den Flur hinunter und machte Julians Tür auf. Er schlief wie ein Murmeltier und atmete gleichmäßig.

»Catherine?«, flüsterte ich. Ein grauer, schwarz gefleckter Schwanz wedelte im Licht, das aus dem Flur hereinfiel. »Komm«, wisperte ich. »Schlaf bei Mami.«
Glücklicherweise schlummerte Julian wie ein Baby und merkte nicht, wie Catherine vom Bett heruntersprang und mit zu mir kam. Ich stieg ins Bett, hob die Decken, und meine praktische Wärmflasche kuschelte sich neben mich. Zusammen schliefen wir ein.
Es war kurz vor Morgengrauen, dem grauen Licht vor dem Fenster nach zu urteilen, als ich aufwachte, weil meine Tür aufging. Julian stand mit mürrischer Miene im Türrahmen.
»Margo!«
»Was ist denn los?«
»Du hast Catherine aus meinem Bett gestohlen! Das ist los! Und ich bin eiskalt und bibbernd aufgewacht und musste feststellen, dass meine Heizquelle verschwunden war.«
»Hä? ... Ich hab keinen Schimmer, wovon du redest. Catherine ist nicht bei mir.«
»Nein? Nun, wie erklärst du dann diese schwarze Nase, die da unter der Bettdecke hervorschaut?«
»Das ist ... äh ... nur mein neuer Freund, Clearow.«
»Und was ist mit dem Schwanz, der sich da unter der Decke bewegt?«
»Das ist kein Hundeschwanz ... also ... Clearow wird um diese Uhrzeit immer ganz munter.«
»Sehr wahrscheinlich. Komm, Catherine.« Er stieß einen Pfiff aus. »Zurück ins Schlafzimmer des Herrn und Meisters.«
(Tapp, tapp.)
Wie alle Köter ist auch Catherine immer darauf bedacht, es dem Alpha-Männchen recht zu machen. Gut gelaunt rutschte sie unter der Decke hervor und trottete dem Mann im Haus hinterher den Flur hinunter in sein Zimmer.

KAPITEL VIERUNDZWANZIG

Bourbon Street – 1970

»Komm mal hier rüber, Cherry.« Marie winkte mir zu. »Wir wollen uns mit dem Soldaten fotografieren lassen.«
»Wartet. Ich muss die Lippen nachziehen.« Ich drehte mich zum Spiegel um und trug beigefarbenen Perlmuttglitzer auf. Coffee ging hinüber und wollte sich neben den stolzen, grinsenden Gerry stellen, doch Patsy gelang es, sich zwischen die beiden zu zwängen, und schnappte sich den linken Arm des Jungen. Dann stieß Marie dazu und nahm den anderen Arm, ehe ich mich daran fest halten konnte. Als ob das meine Absicht gewesen wäre. (Just in diesem Moment stand Sostenne bei uns daheim in der Küche und kochte zum Abendessen eine leckere sauce piquante für mich. Sollten die anderen Mädchen sich doch wegen ihrem tollen Obergefreiten in die Haare kriegen.)
»Ich kann nicht weiter zurück.« Paul baute sich vor der gegenüberliegenden Wand auf und drehte den Polaroidfilm weiter. »Ihr Mädels müsst näher zusammenrücken.«
G.I. Gerry freute sich wie ein Schneekönig darüber, dass er der ›Star‹ auf diesem Foto war. Ich nahm die Haltung einer Tänzerin ein, stellte die Hüften leicht schräg, die Schultern frontal der Kamera zu. Und dann schaute ich direkt ins Objektiv, damit Paul meine Riesennase nicht von der Seite erwischte.
»So bleiben«, rief Paul. Er drückte einmal auf den Auslöser. (Schließlich wurde er ja nur für eine Aufnahme bezahlt.) Dann zog er den Film heraus. »Wird ein paar Minuten dauern, bis er entwickelt ist. Das macht dann zwei Dollar.«
Ich duckte mich unter der Theke durch und holte mir eine Cola.
»Cherry, würdest du mir mal meine Handtasche dort unten vorgeben? Die aus rotem Krokodilsleder.«
»Das ist kein Kroko, sondern Plastik.«

»Das zeigt mal wieder, was für 'ne Ahnung *du* hast. Das ist echtes Leder mit Krokoprägung.«
»Na schön.« Ich legte die Tasche auf die Theke, drehte mich zum Spiegel um und kontrollierte den Sitz meiner rostroten Kanekalon-Perücke, mit der ich fast wie Ann-Margret in ›Kitten With A Whip‹ aussah. »He, hat eine von euch gestern Abend ›Wall Street Week‹ gesehen?«
Marie blinzelte wie verrückt. »Warum sollte eine von uns so eine Sendung ansehen? Wir haben keine Aktien.«
»Nein, ich seh sie mir nur an, weil ich sonst nie reiche Typen in schicken Anzügen zu Gesicht kriege.«
»Louis Rukeyser ist niedlich«, räumte Marie ein. »Mit diesen süßen Locken.«
»Na, diese Woche ist ein Fonds-Manager zu Gast gewesen. Louis hat ihn einen ›Goldkäfer‹ genannt. Er hat behauptet, dass Gold die einzige Wertanlage ist, die auf jeden Fall im Wert steigen wird. Finanziell umsichtigen Zuschauern hat er geraten, Krügerrands zu kaufen.«
Da regte Coffee sich auf. »Kein Mensch mit sozialem Gewissen würde Krügerrands kaufen.«
»Wieso nicht?«, fragte Patsy.
»Weil sie aus Südafrika sind, du Dummchen. Apartheid.«
Darum ging es mir gar nicht. »Wie auch immer, er saß mit gespreizten Beinen auf dem Sofa, wie Männer das eben tun.«
»Die haben einfach kein Schamgefühl.«
»Und ich habe mich gefragt, wie sein Ding, ganz zusammengequetscht in der Unterhose, wohl in diesem Augenblick aussieht. Und dann kriegte ich Schuldgefühle. Da sitzt dieser seriöse und ernsthafte Mann im Anzug und so da, und ich mache mir Gedanken über sein Ding.«
»Männer mit Klasse würden erst gar nicht so dasitzen«, erklärte Coffee. »William F. Buckley schlägt beispielsweise immer ein Bein über das andere, damit die Leute nicht über sein Ding nachdenken – falls er überhaupt was zwischen den Beinen hat.«
Marie ging unter der Bar durch und nahm das Geld aus der Kasse. »Bei konservativen Männer ist da tote Hose.«

»Aber sie sind trotzdem besser als die Liberalen«, meinte ich. »Die Liberalen tun immer so, als wären sie für die Gleichberechtigung der Frau. Dabei wollen sie nur vögeln.«
»Sie haben keine Kohle.« Marie warf die verworrene Kassette auf die Theke. »Cherry? Bringst du das nach hinten zu Ray?«
»Klar doch.«
Ray war eifrig damit beschäftigt, das Geld zu zählen. Er schichtete die Münzen zu Türmen von einem Dollar auf und sortierte die Scheine mit den Gesichtern der Präsidenten nach oben. Seine Rechenmaschine stand auf dem Boden. Ächzend hob er sie hoch und stellte sie auf den Schreibtisch.
Ich sagte: »Ich wünschte, ich hätte eine von diesen Maschinen. Dann könnte ich im Supermarkt alles gleich zusammenzählen und immer unter zehn Dollar bleiben.«
»Keine schlechte Idee. Sie würde genau auf den Kindersitz im Einkaufswagen passen.«

KAPITEL FÜNFUNDZWANZIG

St. Claude Avenue – 1998

»Wie viel haben wir bisher ausgegeben?«
Julian blieb mit dem Wagen stehen, schob den Ärmel hoch und benutzte den Taschenrechner seiner Armbanduhr. »Wenn wir unter hundert bleiben wollen, müssen wir was zurücklegen. Oder wir zahlen die Mehrwertsteuer nicht.«
Die Getränke hatten wir schon ausgewählt. Weißwein für Gaby, importiertes Bier für Brad. Cognac für Julian. Diet Coke pour moi. (Meiner Meinung nach ist Wein, egal welcher Qualität, nichts anderes als verhunzter Traubensaft.) Ich nahm einen Sechserpack Cokes, der für 1,69 Dollar im Angebot war.

»Wir machen einfach Brotpudding zum Nachtisch, dann können wir den Kuchen und die Eiscreme zurückstellen.«
An der Kasse stand die neuste Ausgabe des ›Star‹ im Regal. Auf der Titelseite war die liebreizende Diana. Sechzehn Monate nach ihrem Tod und vier Monate, nachdem ihre eigenen Söhne offiziell das Ende der Trauerzeit verkündet hatten, konnte man mit der tragischen Prinzessin immer noch Boulevardblätter verkaufen.
Wenn man diesem ›sachlichen Blatt‹ glauben durfte, empörte Al Fayed sich immer noch über die ›Verschwörung hoher Regierungsmitglieder‹, die die Ermordung Dianas kurz vor der bevorstehenden Hochzeit mit seinem wunderbaren Sohn organisiert hatten, damit der zukünftige englische König nicht von einem moslemischen Weiberhelden großgezogen wurde.
Falls es eine Verschwörung gab, steckte natürlich Fayed selbst dahinter. Der betrunkene Fahrer am Steuer des Todesfahrzeugs hatte für ihn gearbeitet, und sein Sohn war der Hohlkopf, der dem Chauffeur befohlen hatte, endlich mal richtig auf die Tube zu drücken.«
Auf Seite 37 war ein Bericht über die heißeste Schauspielerin des Jahres, Gwyneth Paltrow, die vergangene Woche bei einer Filmpremiere anwesend gewesen war und die First Lady begrüßt hatte. Zu diesem Anlass hatte sie ein dermaßen durchsichtiges Kleid von Armani getragen, dass sie darin selbst in einem Mädchenumkleideraum Aufsehen erregt hätte.
Unser Kassierer, ein dünner junger Mann mit Diamantohrstecker namens Roland, zog die Lebensmittel mit dem Computercode nach unten über den Scanner. Die Summe von 97,35 Dollar leuchtete in roten Digitalziffern auf. Anstelle der Plastiktüten verlangten wir welche aus Papier. Ich zeigte Roland meine Kreditkarte. Auf dem kleinen Kasten vor mir stand ›Karte bitte durchziehen‹, was ich tat. Anschließend war eine Weile lang ›Karte wird gelesen‹ zu sehen, und dann wurde der Vorgang mit ›Danke, dass Sie bei uns eingekauft haben‹ beendet.

Während Julian unsere Papiertüten ins Haus trug, blieb ich stehen, weil mir auffiel, wie schlecht meine bedauernswerte Nachbarin aussah. Sie stand auf der Veranda und wirkte noch abgekämpfter und ausgemergelter als sonst.
»Tag, Lydia.« Als sie in meine Richtung sah, ging ich zum Zaun. Sie kam mir entgegen. »Du hast deine Lichterkette für Weihnachten noch gar nicht draußen.«
»Arthritis.« Mit schmerzverzerrter Miene bewegte sie die Finger. »Meine Hände sind ganz schön eingerostet.«
»Hör mal, ich habe gerade nichts zu tun. Ich könnte rüberkommen und sie für dich auf der Veranda aufhängen.«
»Ach, vielen Dank für das Angebot, Margie«, sagte sie herzlich. »Aber das ist nicht nötig.«
(Also, selbstverständlich brauchen wir Lichterketten nicht so *nötig* wie Sauerstoff, aber sie haben ungefähr den gleichen Stellenwert wie Farbe und Musik.)
»Mir steht der Sinn zurzeit nicht nach Weihnachtsdekoration«, fuhr sie fort. »Ich habe einen grauenvollen Tag hinter mir. Meine Küchenschränke sind von der Wand gefallen und liegen jetzt auf dem Boden, kannst du dir das vorstellen?«
»Ruf doch Ken, den Engländer, an, der einen Block weiter die Straße runter wohnt«, schlug ich vor. »Er könnte vorbeikommen und sie wieder anbringen.«
»Aber dann müsste ich dafür bezahlen.«
»Ken verlangt keine Unsummen. Er repariert bei uns auch alles. Julian hat zwei linke Hände.«
»Ich weiß. Dein Mann ist kein Heimwerker.« Sie sah an mir vorbei und fixierte einen Punkt am Haus hinter mir. »Der andere, der war praktisch veranlagt.«

KAPITEL SECHSUNDZWANZIG

Piety Street – 1970

In der Pause kam eine Werbesendung mit Porter Waggoner, der seiner staunenden Gesangspartnerin Dolly Parton eine Reihe bunt gestreifter Geschirrhandtücher vorführte. Sie tat so, als könnte sie es gar nicht erwarten, auch ein paar von diesen tollen Dingern zu kriegen. Dann unterbrach Porter ihr Geblubbere mit: »Kaufen kannst du sie nicht.«

Dolly war wie vor den Kopf geschlagen. »Ich kann keine kaufen?!«

»Nee. Aber die gibt's *gratis*, wenn man eine Schachtel Duz-Waschpulver kauft.«

Da strahlte Dolly wieder. Und ich freute mich für sie.

»He, Margie!«, unterbrach Sostennes durchdringender Bariton das Mini-Märchen. »Komm mal und sieh dir das an!«

»Was ist denn, Zuckerschnäuzchen?«

Ich legte das Studienbuch der Louisiana State University of New Orleans weg, rannte in die Küche, stellte mich neben ihn und betrachtete die Stelle, auf die er zeigte.

»Siehst du die braunen Flecken da oben?«

»In der Ecke?«

»Ja. Das sind Wasserflecken.«

»Aha. Glaubst du, dass ein paar von den Dachziegeln verrutscht sind?«

»Ein paar? Mais, ich bin gerade auf dem Dach gewesen. Fast die Hälfte ist kaputt.«

»Ach, Mist! Ich musste das Haus ›im gegenwärtigen Zustand‹ kaufen. Ohne irgendwelche Garantien.«

»Du brauchst dir keine Sorgen zu machen.« Er klopfte mir auf die Schulter. »Ich werde das Dach von dieser Schrotthütte so decken, dass es dreißig Jahre lang dicht hält.«

»Wird das nicht tierisch teuer, Zuckerschnäuzchen?« Ich schlang die Arme um ihn und drückte mich an seine Gürtelschnalle mit der Südstaatenflagge. »Glaubst du, du kannst dir das leisten? Ich meine, ich will nicht, dass du auf dein Bier verzichten musst.«

»Wird nicht viel kosten. Ich werde einfach meinen Schwager Ravis herbestellen, und dann ist die Angelegenheit in drei Tagen erledigt. Kostet mich nur das Material.«

»Das wäre echt prima. – Übrigens, was du da kochst, riecht richtig gut.«

»He!« Er sah aus dem Fenster, lief hinüber und schwang die Faust. »Verschwinde!«

»Wen brüllst du da an?«

»So 'ne alte Katze, die nicht mal *verwandt* ist, macht sich über ti Bougres Fressen her!« Er stürmte nach draußen, brüllte wie ein Löwe und verscheuchte den Eindringling. Danach hielt er ein paar Minuten Wache, bis der kleine Kater aufgefuttert hatte. Dann kam er wieder herein und stellte sich an den Herd. Er hob den gusseisernen Deckel. »Ich hoffe nur, du hast mächtigen Appetit auf Jambalaya.«

»Ja, ich habe 'nen Mordshunger. Sag mal, ist das ein französisches Gericht?«

»Eigentlich nicht.« Er rührte mit einem riesigen Kochlöffel um. »Ist in Louisiana früher mal so was wie eine Variation der spanischen Paella gewesen. Aber das Wort kommt aus dem Französischen: ›Jambon à la yà‹. Oder ›Schinken mit Reis‹. ›Yà‹ heißt in irgendeiner afrikanischen Sprache Reis.«

»Ist es gleich fertig?«

»Noch nicht ganz. Braucht noch ungefähr zwanzig Minuten.«

Sostenne nahm mich in die Arme. »Weißt du was?« Er ist so groß, dass ich den Hals recken muss, wenn ich ihm bei einer Umarmung in die Augen schauen will.

»Nein.«

»Du musst mich heiraten und dir von mir ein Baby machen lassen. Ja, das wäre echt super.«

»Sicher. Aber, Zuckerschnäuzchen«, argumentierte ich rational, »du arbeitest auf einer Ölbohrinsel und bist immer zwei Wochen am Stück weg. Wenn wir ein Baby kriegen,

wer sorgt dann für den kleinen grienenden Hosenscheißer?«
Er runzelte die hübsche Stirn und schaute sich kurz in der Küche um, ehe er antwortete. »Du?«
»Ich?« Ich ließ ihn los und wich zurück. »Junge, da bist du aber *schief* gewickelt!«
»Ich versteh dich nicht, Margie. Die Cajun-Mädchen daheim sind alle ganz *wild* darauf, Mutter zu werden. Das will die *Natur* so.«
(Klar doch, bei diesen Cajun-Mädchen will die Natur es so, dass sie mit sechzehn heiraten, jedes Jahr ein Kind werfen und mit dreißig fett, abgehalftert und von geplatzten Äderchen überzogen sind. Doch wenn ich von dieser Jambalaya etwas abkriegen wollte, konnte ich das nicht so offen sagen.)
»Tut mir Leid, aber ich habe einfach keinen Bock, neunzig Prozent meiner Zeit auf Kinder zu verschwenden, damit du hin und wieder mal Vater spielen kannst.«

KAPITEL SIEBENUNDZWANZIG

Piety Street – 1970

»He, Zuckerschnäuzchen.« Ich schaute bei Sostenne herein, der in seinem Schaukelstuhl saß und sich im Fernsehen Frauenturnen ansah.
Der kleine Kater hatte sich auf seinem Schoß zusammengerollt und schnurrte laut.
»Ich möchte kurz mit dir reden; du hast doch gerade eh nichts zu tun.«
»Doch, ich habe was zu tun: Ich muss einen Kater halten.«
Der kleine Kater streckte sich und kuschelte sich an Sostenne, der seinen kleinen Kopf kraulte. »Siehst du das? Ti Bougre hat eigene Pläne.«
»Der kleine Kater, den du gerettet hast, wirkt wirklich ziemlich zufrieden.«

»Aber glaubst du, er liebt mich tatsächlich, oder meinst du, er tut nur so?«
»Der liebt dich garantiert. Ist doch gut möglich, dass du das erste Lebewesen warst, das er zu Gesicht gekriegt hat, als er auf dem Boot die Augen aufgemacht hat. Vermutlich hat er dich angenommen.«
»Was soll das denn heißen?«
»Dass er dich für seine Mutter hält.«
Im Fernsehen schwang Ludmila Turischeva sich elegant um den Stufenbarren.
»Diese junge Russin ist noch nicht mal zwanzig«, sagte ich. »Und schon die beste Turnerin der Welt.«
»Das ist mir total egal. Turnen interessiert mich nur, weil ich dann zusehen kann, wie diese niedlichen Dinger die Beine breit machen.«
»Dann unterscheidest du dich *nicht* groß von allen anderen männlichen Zuschauern , Sostenne. Aber die meisten Leute zeigen wenigstens so viel Klasse und sprechen es nicht offen aus. Hör mir mal kurz zu. Wir müssen einer Freundin helfen, die ein Problem hat.«
»Wem?«
»Brenda, die im Silver Frolics arbeitet. Ihr Alter, Floyd, verdrischt sie dauernd. Letzte Woche hat er ihr fast den Arm gebrochen.«
»Dieser Floyd ist mir schon mal unter die Augen gekommen. Der ist doch bloß ein Würstchen. Mit dem wird doch jeder fertig.«
»Jeder Typ, das kann schon sein. Aber Brenda ist ein Mädchen, und sie hat eine Heidenangst.«
»Und? Willst du, dass ich ihn mal ordentlich durch die Mangel drehe?«
»Mir persönlich würde das gut gefallen. Aber wenn du ihn fertig machst, lässt er es an Brenda aus, sobald du wieder auf der Bohrinsel bist. Und vielleicht krieg ich auch noch was ab.«
»Was dann? Willst du ihr ein Flugticket spendieren?«
»Das bringt auch nichts. Floyd hat ihr gedroht, er würde ihr bis ins letzte Kaff folgen, wenn sie ihn verlässt.«

»Das ist gequirlte Hühnerkacke. Wird er ihr auch nach Lima, Peru, folgen?«

»Brenda kann nicht nach Lima abhauen, Zuckerschnäuzchen, sie kann kein Spanisch. Sie kann eigentlich überhaupt nicht weg von hier. Sie ist nicht so weltoffen und gebildet wie wir beide.«

»Dann willst du sagen, dass ihr niemand helfen kann?«

»Nein, ich hätte da noch einen anderen Vorschlag.«

KAPITEL ACHTUNDZWANZIG

Piety Street – 1998

Julian hantierte in der Küche herum, dem schönsten Raum im ganzen Haus. Im letzten Herbst war unsere Küche sogar im ›New Orleans Magazine‹ präsentiert worden.

Vor zehn Jahren hatten wir zwölf Lackschichten von der Vertäfelung heruntergeholt, sie abgeschmirgelt, bis die Maserung wieder zu sehen war, und hinterher gebeizt und lasiert. Auf die Wand darüber hatten wir eine elegante, gestreifte Tapete geklebt, die Julian von einer Geschäftsreise nach Paris mitgebracht hatte. Die Kupfertöpfe hängen nur zur Dekoration an den Wänden, denn zum Kochen benutzt Julian lieber gusseiserne Töpfe und Pfannen.

»Hast du die E-Mails abgerufen?«, fragte ich.

»Ja. Nur Müll. Ich habe alles gelöscht.«

»Ich habe draußen gerade mit Lydia geredet. Sie hat keinen Weihnachtsbaum, keine Weihnachtsdekoration, nichts.«

»Vielleicht will sie sparen.«

»Wie viel würde sie der Strom für eine lausige Lichterkette kosten?«

Julian goss Olivenöl in die Pfanne. »Vermutlich nicht viel.«

»Und dann hat sie noch erzählt, dass ihre Küchenschränke runtergefallen sind, und weißt du was? Sie hat sie einfach auf dem Boden liegen lassen.«

»Wieso ruft sie nicht Ken an?«

»Genau das habe ich ihr auch geraten. Aber sie will kein Geld ausgeben.«

»Wer sein Haus vor die Hunde gehen lässt, spart auf lange Sicht überhaupt nichts.«

»Lydias Haus muss inzwischen eine Bruchbude sein. Letzten Monat sind vorn zwei Regenrinnen abgefallen. Wenn es jetzt schüttet, läuft das Wasser an der Wand runter.«

»Na, wenn sie da nicht bald etwas dagegen unternimmt, wird ihre Holzverschalung morsch.«

»Das habe ich ihr auch gesagt.«

»Ich vermute mal, dass unsere Nachbarin wartet, bis ihr verlorener Sohn Bobby wie ein Ritter auf einem Schimmel auftaucht und wieder alles für sie herrichtet.«

»Das wäre eine Erklärung, Neg. Die arme Seele lebt in einer Traumwelt mit liebevollen Kindern, die sich um ihre Eltern kümmern.«

»Solche Illusionen sind sicher tröstlich und angeblich harmlos … Genau wie ›Jesus liebt dich‹.«

»Und wenn man bedenkt, dass die arme Lydia diesen undankbaren Rotzlöffel ganz allein großziehen musste. Kannst du dir vorstellen, dass Bobbys Vater gleich nach der Geburt des Sohnes abgehauen ist und nicht einen Pfennig Unterhalt gezahlt hat?«

»Das tun die meisten Väter nicht, die abhauen.«

»Aber das kapiere ich einfach nicht. Es ist unnatürlich.«

»Ganz im Gegenteil, meine Liebe, das Syndrom des ›verschwundenen Vaters‹ ist mehr als natürlich, wenn man das ganze Bild betrachtet.«

»Aber wenn das Kind eines Mannes verhungert, bevor es erwachsen ist, dann werden die Gene dieses Mannes nicht weitervererbt. Und das liegt den Menschen nicht in den Genen.«

»Im weiteren Sinne schon«, entgegnete Julian. »Du darfst nicht vergessen, dass Männer bis vor kurzem gar nicht wussten, wer ihre echten Kinder sind.«

»Gut, ich gebe ja zu, im paläolithischen Zeitalter hat es noch keine Bluttests gegeben.«

»Und du darfst auch nicht übersehen, dass Kinder, sobald sie laufen konnten, wirklich ein großer Vorteil waren.«
»So kleine Knöpfe sollen von Vorteil gewesen sein?«
»Sicher. Damals in der Steinzeit haben sie die Familie bei der Nahrungsbeschaffung geholfen, gejagt und gesammelt. Und nach der Entwicklung der Landwirtschaft haben sie ohne Lohn auf den Feldern mitgearbeitet. Sie konnten an der Seite des Mannes kämpfen, wenn Feinde den Stamm angegriffen haben. Solange ein Höhlenmensch mit einer bestimmten Frau zusammengelebt hat, konnte er sich auch auf die Mithilfe ihrer Kinder verlassen. Das war ein Teil der Abmachung. Und wenn sie sich getrennt haben, musste er auch auf die Arbeitskraft der Kinder verzichten.«
»All die kleinen Jäger und Sammler waren dann weg. Wie traurig.«
»Doch wenn er Glück hatte, durfte er zu einer anderen Frau in die Höhle ziehen, die vielleicht noch *mehr* Kinder hatte. Du musst wissen, dass ein Mann seine beschränkten Ressourcen nicht aufteilen konnte. Darum musste er wohl zwangsläufig die ersten Kinder vergessen, die wahrscheinlich eh einen neuen Stiefvater hatten.« Das Olivenöl war heiß, und Julian gab ein paar Zwiebelringe in die Pfanne und dünstete sie. »Für unsere Vorfahren ist das Leben ein permanenter Kampf gewesen, und für das Überleben der Spezies war es unabdingbar, dass der Mann Verantwortung übernahm für die Kinder in seiner Obhut. Ob sie mit ihm verwandt waren oder nicht, spielte dabei keine Rolle.«
»Willst du nun behaupten, dass ganz natürlich ist, wenn irgend so ein Penner für seine eigenen Kinder keine Alimente zahlt und stattdessen die ganze Kohle für die Kinder seiner neuen Freundin ausgibt?«
Er drehte die Zwiebeln mit einem Spatel um. »Es ist illegal und unmoralisch, aber rein instinktiv.«
Ich machte mir ein Glas Ovomaltine (die mit dem Malzgeschmack, ohne Schokolade) und ließ mich auf einen Stuhl fallen. »Nur eins von vielen Verbrechen, das Männer Frauen antun. Rein instinktiv.«

»Bei diesem Thema geht es nicht um Männer gegen Frauen, Margo.« Er drehte die Flamme herunter, bis man nur noch ein blaues Leuchten sehen konnte: »Das ist eher ein Verbrechen, das ein Mensch einem anderen antut.«

»Wie meinst du das denn?«

»Ohne Hilfe kann ein einzelner Mann gar nicht zu einer richtig üblen Mistsocke werden. Jeder Vater, der keinen Unterhalt zahlt, hat eine ganze Reihe von Frauen, die ihn darin bestätigen.«

»Frauen?«

»Klar doch. Mutter, Schwestern und die neue Freundin fördern sein unverantwortliches Handeln nur noch. ›Gut für dich, Skippy. Gib dem Miststück nichts. Sie verprasst die Kohle sowieso nur.‹ Oder: ›Sie redet zu viel.‹ Oder: ›Sie isst zu viel.‹« Julian ging zu seinem Hackbrett und schnitt die grünen Paprikaschoten klein. »Weißt du, wenn ihr Frauen zusammenhalten und die Männer, die Frauen schlecht behandeln, zum Teufel jagen würdet, dann könntet ihr wirklich die Welt verändern.«

»Keine schlechte Idee. Vielleicht stelle ich sie ins Internet.«

KAPITEL NEUNUNDZWANZIG

Piety Street – 1970

Lydia Halley, die bedauernswerte, geschiedene Frau von nebenan, hatte es wie üblich sehr eilig. »Ach, Margie! Ich musste ganz schnell zu Mrs. Pinkney und Bobby abholen, vor sechs natürlich, sonst verlangt sie was extra für Überstunden. Und darum musste ich ihn mit zu Schwegmann's nehmen, und er ist zu groß für den Kindersitz im Einkaufswagen. Jetzt kommt er schon an den Schokopuffmais ran. Den wir uns natürlich nicht leisten können. Es reicht gerade für Cornflakes.«

»Versteh ich, Lydia. Ich habe dir die Zeitungsseite mit den

Sonderangeboten mitgebracht. Da sind 'ne Menge guter Coupons drin.« Dankbar nahm sie sie an. Sie hat keine Zeitung abonniert und spart so 85 Cents in der Woche. Aber das sind zwei Laibe Brot für ihr Kind. Sie muss auf jeden Pfennig achten.

»Danke. Aber brauchst du die Coupons wirklich nicht selber?«

»Bei uns geht meistens Sostenne einkaufen, und ihm ist das zu viel Aufwand mit den Dingern.«

Lydia lächelte. »Dein Freund ist richtiger Schatz.«

»Ja, er sieht klasse aus.«

»Und er verdient draußen auf der Bohrinsel ein Heidengeld.«

»Der Stundenlohn ist gar nicht so umwerfend, aber bei vierundachtzig Stunden pro Woche kommt einiges an Überstunden zusammen.«

Sie faltete die Zeitungsseite so zusammen, dass die Angebote von Schwegmann's nach außen zeigten. »Ich nehme an, bei euch beiden werden bald die Hochzeitsglocken läuten.«

»Ist eher unwahrscheinlich.«

»Aber warum denn nicht? Mir kommt es so vor, als würde er sehr an dir hängen. Bestimmt will er dich heiraten.«

»Klar, Lydia. Wir reden oft darüber. Dumm ist nur, dass Sostenne Kinder will.«

»Selbstverständlich will er welche, Margie. Das ist doch ganz natürlich.«

»Für ihn ist das vielleicht natürlich. Aber er hätte auch den *lockeren* Part. Die Mutterrolle passt einfach nicht zu mir.«

»Ich versteh einfach nicht, wie du so empfinden kannst, Margie. Kinder sind ein Segen!«

»Aber nicht, wenn man keine haben will. Nicht mal *Eiscreme* ist lecker, wenn man keine will. Und außerdem bin ich in Zukunft viel zu beschäftigt, um Windeln zu wechseln.« Womöglich habe ich ein bisschen zu selbstgefällig gewirkt, als ich sagte: »Ich will doch auf die Uni gehen.«

»Ich verstehe.« Sie seufzte. »Ich hätte auch lieber aufs Col-

lege gehen sollen, anstatt Tad zu heiraten. Ach, aber dann hätte ich meinen kleinen Bobby nicht.« Ihr Lächeln war mir ein bisschen zu herausfordernd. »Na, ich denke mal, so ist es für alle am besten. Ja. So ist es gut.«
Gerade als ich ins Haus gehen wollte, kam Sostenne nach draußen.
»Wohin gehst du?«
Er grinste. »Je pars en France a go-go planche.«
Das heißt so viel wie: ›Ich gehe nach Frankreich mit dem Arsch auf einer Planke.‹ Cajuns halten das für eine witzige Antwort auf die Frage: ›Wohin gehst du?‹
»Du bist der Knaller, Sostenne.«
»Na schön. Ich gehe zu Schwegmann's. Wir haben schon wieder kein Salz mehr.«
»Du verbrauchst mehr Salz als dieses …«
»Als was?«
»Als dieses Monster aus ›Star Trek‹, das Menschen umgebracht hat, indem es das ganze Salz aus ihren Körpern gesaugt und dann ihre Gestalt angenommen hat, damit es mehr Opfer und mehr Salz kriegen konnte.«
»Die Episode habe ich nicht gesehen.«
»Macht nichts.« In meiner Tasche steckte schon eine fix und fertige Einkaufsliste. »Shasta-Cola ist im Angebot, sechs für 49 Cents. Du kannst also zuschlagen. Und bring Duz-Waschmittel mit. In der Box ist ein Geschirrtuch. Und vergiss ja nicht meinen Bosco-Sirup! Ich hab nur noch ein halbes Glas.«
»Das geht ja fix. Du verdrückst 'ne Menge von diesem Schokoladenplunder.«
»Plunder? Aber, Zuckerschnäuzchen, Bosco ist doch kein Schund, sondern richtige Nahrung. Da ist Vitamin D drin.«
»In der Sonne produziert der Körper selbst Vitamin D, und das kostet nichts.«

Als Sostenne eine Dreiviertelstunde später heimkam, schleppte er einen dicken Leinensack an. »He, Margie, wenn du nächstes Mal parkst, lass mir Platz für den Kastenwagen.«

»Ich dachte, ich hätte genug Platz gelassen.«
»Nicht mal mit einem *Gabelstapler* hätte ich den reingekriegt. Und *seitlich* hat es auch nicht geklappt. Wer hat dir überhaupt das Fahren beigebracht?«
»Niemand.«
»Das habe ich mir gedacht. Na, ich habe Bock auf Ecrevisse gekriegt, und darum bin ich nach St. Barnard gefahren und habe welche geholt.«
Wie viel der Sack wog, merkte ich erst, als er ihn von den Schultern nahm. »Das ist aber eine ganze Menge Krebs.«
»Zwanzig Pfund. Die waren im Sonderangebot.«
»Geht es in Ordnung, wenn ich Lydia zum Essen einlade?«
»Die von nebenan? Klar. Ich kann ihren süßen, kleinen Jungen gut leiden.«
Ich ging nach draußen und durch den Garten zu Lydias Haus. Sie kam mit umgebundener Schürze und einer Packung Rice-A-Roni in der Hand an die Tür.
»Hallo, Margie.«
»Hör mal, Lydia, Sostenne ist gerade mit einem riesigen Sack gekochter Krebse heimgekommen. Für uns beide ist das zu viel.«
»Tatsache?«
Sie bemühte sich, nicht zu interessiert zu wirken, aber ihre Stimme machte einen Satz nach oben.
»Tatsache. Könntest du und Bobby nicht rüberkommen und uns beim Essen helfen? Ich meine, sonst werden sie schlecht.«
»Tja«, sagte sie und betrachtete skeptisch die Schachtel mit dem Essen, das sie eigentlich hatte kochen wollen und keine Konkurrenz für unsere Krebse war. »Wenn ihr wirklich zu viel habt ...«
»Viel zu viel.« Ich ging zum Haus zurück. »Das gibt 'ne ziemliche Sauerei. Zieht euch alte Klamotten an.«
Da mein Wohnzimmer immer noch nicht eingerichtet war, gab es da genug Platz zum Krebsessen. Ich zog den Anzeigenteil der Zeitung vom Vortag aus dem Stapel neben dem Mülleimer und breitete die Seiten sorgfältig auf dem nack-

ten Holzfußboden aus. Unser ›Tisch‹ war ungefähr einen Quadratmeter groß. Dann holte ich noch einen Haufen nasser Waschlappen, damit wir uns während des Essens die Hände sauber machen konnten.

Sostenne legte eine von seinen Cajun-Platten auf. ›Ira LeJeune Live‹ lieferte die passende musikalische Untermalung zu dieser Mahlzeit.

Fünf Minuten später trudelten unsere Gäste ein. Mit den alten Klamotten waren Lydia und Bobby waren genau richtig für ein Krebsessen angezogen. (Das war für sie kein größeres Problem, denn sie besaßen *nur* alte Klamotten. Sie kauften alles second hand, bei Goodwill in der Burgundy Street, was ich zufällig ganz genau wusste.) Sostenne brachte den Sack mit den Krebsen herein, schnitt oben die Schnur mit seinem Taschenmesser durch und schüttete den Inhalt auf die Zeitungsseiten. Danach gruppierten wir vier uns um den Haufen. Lydia sprach ein kurzes Dankgebet, und dann machten wir uns ernsthaft über die Schalentiere her. Krebse zu essen ist extrem mühsam, was meiner ganzjährigen Diät zugute kam. Beim Öffnen und Auskratzen der Krebse verbrennt man bestimmt mehr Kalorien, als man beim Essen des Fleisches zu sich nimmt.

Der pummelige Bobby hatte sich neben Sostenne gesetzt, dem es Spaß machte, den kleinen Burschen in die hohe Kunst der Krebsvertilgung einzuführen. Er zeigte ihm, wie man die Köpfe abbrach, die dünnen Grimmdärme entfernte und das Fleisch aus dem Schwanz pulte. Lydia und ich konnten mit dem kleinen Finger das Fett aus den Köpfen holen. Sostennes Finger waren dafür zu dick. Er musste die Köpfe aussaugen. Und Bobby ahmte ihn selbstverständlich nach.

Wir schlugen uns die Bäuche voll, bis nichts mehr ging. Meine Lippen und meine Hände brannten von dem scharf gepfefferten Schalentiersud. Lydia kicherte.

»Das war das beste Essen, das Bobby und ich seit langem hatten.« Sie wischte die Finger mit einem der feuchten Tücher ab. »Danke, dass ihr uns eingeladen habt.«

Sie wollte aufstehen, doch ich schnappte mir ihren Fuß und zog sie wieder nach unten.
»Halt, nicht so schnell. Ihr müsst noch zum Nachtisch bleiben. Es gibt Meringuen-Limonenkuchen.«
»Kuchen? Hast du auch wirklich genug für uns alle?«
»Sicher. Die sind gerade drüben bei MacKenzie im Angebot für fünfundneunzig Cents, und da haben wir zugeschlagen.«
Nachdem unsere Gäste gegangen waren, war auch schnell aufgeräumt. Man musste nur das Zeitungspapier zusammenpacken und wegwerfen. Zu Sostenne sagte ich: »Lydia ist das beste Argument gegen Mutterschaft, das mir je unter die Augen gekommen ist.«
»Warum das denn?« Er gönnte sich das dritte Stück Kuchen. »Sie macht 'nen ganz netten Eindruck auf mich.«
»Die arme Frau hat ein richtig mieses und langweiliges Leben. Das ganze Geld, die ganze Energie fließen in diesen unerträglichen kleinen Bobby. Ich kann mich nicht erinnern, dass ich sie je in einem neuen Kleid gesehen hätte.«
»Vielleicht liegt ihr nichts an schicken Klamotten.«
»Sehr unwahrscheinlich. Aber so geht es nicht nur Lydia, Zuckerschnäuzchen. Alle meine Bekannten mit Kindern sagen, dass die kleinen Monster ihnen jede Minute und jeden Dollar stehlen von dem Tag an, wo sie schreiend auf die Welt kommen. Und so geht das in einem fort, bis die Gören aufs College gehen, sich besaufen und noch mal die Sau rauslassen.«
»Ja«, gab Sostenne zu bedenken. »Aber wenn so ein Gör erst mal erwachsen ist, hat man einen Freund fürs Leben.«
»Zwanzig Jahre Sklaverei sind in meinen Augen ein hoher Preis für einen Freund, mit dem man auch noch verwandt ist.«
Daraufhin murmelte er irgendetwas auf Französisch und ließ sich auf den Schaukelstuhl fallen. »Was gibt es im Fernsehen?«
Ich ging zum Apparat hinüber, bückte mich und schaltete

Kanal 8 ein. »Ich will die ›Smothers Brothers Summer Show‹ sehen.«
»Die gibt's noch? Ich dachte, die hätten sie abgesägt.«
»Nein, sie haben nur ihre große Sendung auf CBS gestrichen. Dafür haben sie eine billig produzierte Sommersendung auf ABC gekriegt. Wie auch immer, heute Abend sind Pete Seeger und Arlo Guthrie bei Tom und Dick eingeladen.«
»Okay, geht in Ordnung. Anständige Folksongs.«
Zuerst war eine Werbung für Doral-Zigaretten zu sehen. Eine Kippe hüpfte aus der Schachtel, tanzte und sang ›Rauch mich! Rauch mich!‹ in hohem Sopran, damit die Raucher kapierten, dass Dorals trotz niedrigem Teer- und Nikotingehalt gut schmeckten.
»Und hinterher können wir auf Kanal 8 auch noch Alec Gifford sehen. Er hält sich eine ganze Woche lang in Saigon auf und berichtet über den Besuch von Gouverneur McKeithen.«
Sostenne stand auf und ging Richtung Küche. »Was ist an diesem Rotarsch denn so großartig?«
(Für die katholischen Cajuns in South Louisiana sind alle englischstämmigen Baptisten aus North Louisiana ›Rotärsche‹. Bisher ist noch jeder Gouverneur von Louisiana aus dem Norden gekommen. Ein Cajun als Gouverneur gab es dagegen noch nie.)
Ich folgte ihm in den Flur. »Es heißt, dass er ein paar Jungs aus Louisiana interviewen wird. Kann doch sein, dass wir jemanden sehen, den wir kennen.«
»Wenn du das sehen willst.« Sostenne holte eine Flasche Jax aus dem Kühlschrank. »Sehen wir uns heute Abend auch Johnny an?«
»Nein, lieber Merv. Er hat Marty Allen und Monti Rock eingeladen.«
»Na und?«
Jetzt war es an der Zeit, dass ich den Köder auswarf. »Und Miss Universum 1970.«
»Prima. Dann schauen wir uns Merv an.« Er machte das

Bier mit dem Dosenöffner auf. »Ich hoffe, sie kommt im Badeanzug.«
»Ich hoffe, sie spricht Englisch.«
»Ist doch schnuppe.«

KAPITEL DREISSIG

Piety Street – 1970

»He, Margie, was schaust du dir an?«
»Kann ich nicht so genau sagen.« Ich hockte vor der Flimmerkiste und blinzelte. »Das hier ist die ›Doris Day Show‹. Nur sehe ich sie nicht.«
»Was soll das heißen, du siehst sie nicht.«
»Na, schau doch selbst. Die Kamera ist so unscharf, dass man nur ihr Augen-Make-up erkennt.«
Man sah eine Nahaufnahme von Miss Day, die mit ihrer besten Freundin, gespielt von Rose Marie, an einem Tisch saß. Rose Marie mit ihren Runzeln und allem Drum und Dran konnte ich ganz deutlich erkennen, doch der eigentliche Star war nur ein verschwommener blonder Mopp mit aufgeklebten Wimpern.
In der nächsten Werbeeinblendung saß eine schlanke blonde Schauspielerin auf einem Felsen. Wind zerzauste ihr Haar. Aus dem Off erklärte sie: »Ich bin Dorothy Provine, und dies ist meine erste Werbesendung.«
Unter aller Garantie hatte die Schauspielerin, die damals bei Warner Brothers unter Vertrag gestanden hatte, bis dahin jede Gelegenheit ausgeschlagen, eine Werbesendung zu machen, und sich für diese hier aufgespart. Miss Provine war ganz stolz darauf, ein neues Produkt, nämlich F.D.S., zu präsentieren. Die Abkürzung steht für Feminines Hygienespray. Damit soll man sich die Vagina einsprühen, wenn es da unten schlecht riecht und man (vermute ich mal) nicht an Seife und Wasser herankommt. Die einzigen Frauen, die für

so ein Produkt Verwendung haben könnten, sind Prostituierte, die ihre Kunden im Auto oder im Stehen abfertigen. Sostenne fragte: »Für was für einen Kram wirbt sie?«
»Ach, für irgend so ein Deodorant.«
»Na, du brauchst das nicht. Wir habe sowieso was Besseres zu tun als fernzusehen.« Er beugte sich über mich. »Wie steht es mit etwas Muschi?«
»Davon hast du erst gestern eine ordentliche Portion gekriegt. Was hast du damit angestellt?«
»Man kann sie nicht auf *Halde* legen.«
»Tja, ich habe gerade keine Zeit für deine Wünsche, Zuckerschnäuzchen. Nächste Woche geht die Uni los, und ich muss noch meinen Stundenplan zusammenstellen.«
»Und was soll ich währenddessen tun?«
Ich stand auf. »Du kannst runter zur Canal Street gehen und in der Seahorse Lounge ein paar Biere kippen.«
»Nein, kann ich nicht.« Seine Miene verdüsterte sich. »Da gehe ich nie wieder hin.«
»Wieso denn nicht? Da haben wir uns doch kennen gelernt, und alle unsere Freunde hängen da rum. Und mit denen kann man sich gut unterhalten.«
»Die erzählen nur dreckige Witze.«
»Es gibt es eine Musikbox.«
»Nur Krach.«
»Spaß …«
»Schlägereien.«
»Tja, auf jeden Fall sind diese Seemannsspelunken die einzigen Orte, wo wir so was wie soziale Kontakte pflegen.«
»Aber du hast in dieser Gegend viel zu *viele* Kontakte gepflegt, Margie.« Er verschränkte die Arme. »Genau da liegt doch der Hase im Pfeffer. Als ich letztes Mal dort war …«
»Dienstagabend.«
»Richtig. Ich saß auf meinem Barhocker, wollte in aller Ruhe mein Bier trinken, da kam Fat Joe auf mich zu und pflanzte sich mit seinem fetten Arsch neben mich.«
»Wirklich? Ist ja nett. Wie *geht* es Fat Joe?«
»Ist mir doch schnurzegal, wie es dem geht.« Sostenne

platzte der Kragen. »Ich musste nur daran denken, dass du mit diesem Fettsack ins *Bett* gestiegen bist.«

»Stimmt, ja, aber das war mehr oder minder, bevor ich dich kennen gelernt habe.«

»Und dann ist Junior aus dem Restaurant aufgetaucht. Er hat mir den Arm um die Schultern gelegt und mich gefragt, ob er mich auf ein Bier einladen darf. Mir ist gleich klar gewesen, dass ich ihm nur Leid getan habe, weil du mit ihm *auch* gevögelt hast.«

»Hm, das ist einfach so passiert, weißt du? Es war Karneval und ...«

»Und dann kam auch noch McCafferty mit dieser riesigen roten Nase hereingetaumelt, sturzbesoffen wie üblich, und als Erstes hat er sich nach dir erkundigt. ›Wie geht es meiner kleinen Cherry?‹ Mit dem hast du es auch getrieben.«

»Aber damals war er nicht betrunken ...«

»Und mit Rubin, dem Typen, der den Hotdog-Stand auf der Straße hat ...«

»Ja, dieser Rubin war echt schnuckelig. Und dazu noch sehr darauf bedacht, es einem recht zu machen. Er hat immer eine Extraportion gehackte Gürkchen springen lassen.«

Sostenne schloss die Augen und winkte ab, als müsse er lästige Fliegen verscheuchen. »Also, deswegen gehe ich nicht mehr dorthin, Margie. Ich habe es nämlich satt, all den Jungs über den Weg zu laufen, mit denen du ins Bett gestiegen bist!«

»Ach, Mann, Zuckerschnäuzchen! Du müsstest dich doch *geehrt* fühlen.«

»Geehrt?«

»Aber sicher.« Ich schlang die Arme um ihn und schaute hoch in sein hübsches Gesicht. »Überleg doch mal. *All* diese Typen habe ich für *dich* aufgegeben.«

Er runzelte die Stirn. »*All* diese Typen, meinst du? Diese *Unmengen* von Typen?«

»Genau.«

»Ich müsste echt schön blöd sein, wenn ich mich deshalb geehrt fühlen würde.«

KAPITEL EINUNDDREISSIG

Bourbon Street – 1970

»Habt ihr D. A. Garrisons Buch über die Ermordung Kennedys gelesen?«

»Welcher?«, fragte Patsy.

»Welcher Kennedy?«

»Ja.«

»Natürlich J. F. K.«

»Eigentlich lese ich überhaupt nicht besonders gern.«

»Na, mir hat dieses spezielle Buch nicht gefallen«, verkündete Coffee. »Ich kann nicht fassen, dass Garrison behauptet, Clay Shaw hätte hinter der ganzen Sache gesteckt. Er hat dem armen Mann wirklich den Prozess gemacht.«

»Dieser Staatsanwalt ist komplett irre«, sagte Ray, der gerade auf dem Weg ins Büro war. »Habt ihr mal mit ihm geredet?«

»Reden kann man mit dem nicht«, sagte Marie. »Der unterhält sich nicht, sondern baut sich mitten im Raum auf und sondert leeres Geschwätz ab, wie ein Papagei.«

»Marie hat ihn im Restaurant ihres Freundes getroffen«, sagte ich und schenkte einem Kunden im Seersucker-Anzug den vierten Cognac ein.

»Donnie Mangiacaballo ist nicht mein Freund. Er ist ein kleines Ekel.«

»Clay Shaw würde keiner Fliege was zuleide tun«, versicherte Coffee. »Garrison wollte sich nur einen Namen machen. Beweise hatte er überhaupt keine.«

»Vielleicht hasst er einfach Tunten.« Ich grinste den Seersucker an, der mir einen Dollar über die Theke zuschob.

»Ist auch egal. Die Geschworenen waren nicht so neben der Kappe wie er und haben ihn freigesprochen, ohne lange zu zögern.«

Patsy meldete sich mitten auf der Bühne zu Wort. »Die Austernfresser unten bei Felix's denken, dass Carlos Marcello Jacks Ermordung in Auftrag gegeben hat, weil Bobby der Mafia das Leben so schwer gemacht hat.«

»Und wieso hat er dann nicht Bobby umbringen lassen?«
»Hat er vielleicht auch.«
»Ich werde euch mal verraten, wer in Wahrheit J. F. K. ermorden lassen hat«, nuschelte der Typ in dem Seersucker.
»Das würden wir echt gern erfahren!«
Wir traten alle an die Mitte der Theke und spitzten die Ohren. »Wer war es?«, fragte Marie. »Wer war es wirklich?«
»Es war eine Verschwörung des *Hutmacher*-Konsortiums!«
(Diese Erklärung klang ungemein komisch, und das nicht nur wegen des Inhalts, sondern auch, weil unser Informant wie Daffy Duck lispelte.)
»Hutmacher?« Patsy rümpfte die kleine Nase. »Du meinst diese Jungs, die Hüte herstellen?«
»Genau. Kennedy hat ihr Gewerbe kaputt gemacht, versteht ihr?«
Ich wischte die Theke vor ihm ab. »Und wie sollte er das gemacht haben?«
»Bevor er ins Weiße Haus gekommen ist, haben Männer draußen auf der Straße immer Hüte getragen, nicht wahr?«
»Hm …« Ich rief mir ein paar alte Filme und Nachrichten ins Gedächtnis, die ich mal gesehen hatte. »Elliott Ness hat auf jeden Fall immer einen Hut getragen.«
»Und auch alle Präsidenten. Eisenhower, Truman, Roosevelt, Hoover … Ohne Hut hatten sie das Gefühl, dass sie nicht richtig angezogen waren.«
Elroy, der am anderen Ende der Bar saß, fuhr sich mit der Hand über den Kopf. »Gar keine schlechte Idee, zumal die meisten von uns oben kahl werden. Ist billiger als ein Toupet und sieht besser aus.«
»Also, die meisten Präsidenten waren ältere Männer«, fuhr der Typ im Anzug fort. »Und sie wurden mit der Zeit langsam kahl, darum trugen sie immer Hüte. Und plötzlich taucht dieser Kennedy auf mit einem Riesenschopf Haare.«
»Und wilde Wirbel«, meinte Coffee.
»Ja. Die Hutmacher haben Kennedy also eine Melone geschickt, wie sie das immer gemacht haben, wenn ein neuer Präsident vereidigt wurde. Und Kennedy setzte ihn auf und

sah damit dämlich aus. Also hat er sich geweigert, sie zu tragen. Nun, das war eine Riesenbeleidigung.« Er drehte sich auf dem Barhocker um und sah nach, ob auch ja keine Hutmacher zuhörten. »Aber dann haben sie kapiert, welchen Einfluss sein Verhalten auf ihr Gewerbe haben wird. J. F. K. wurde bei jeder Gelegenheit fotografiert: auf Deck eines Schiffes, bei seiner Rede vor der Berliner Mauer oder am Strand. Und immer ohne Kopfbedeckung, mit windzerzaustem Haar. Und von da an wollten alle Männer im Land, ob sie nun Haare hatten oder nicht, wie Jack aussehen. Keiner setzte mehr einen Hut auf. Und es hat gar nicht lange gedauert, da waren Hüte ganz und gar aus der Mode gekommen.«

»Dann«, meinte Marie, »behauptest du also, dass die Hutmacher vor lauter Wut beschlossen haben, den Präsidenten umzulegen?«

»Nicht nur aus Wut. Sie dachten, Lyndon Johnson könnte ihre Zunft retten. L. B. J. hatte schon recht schütteres Haar, müsst ihr wissen.«

»Und Texaner tragen eh immer Hüte«, warf Coffee ein. »Diese großen Stetsons.«

»Richtig. Wir hatten nämlich zwei Hutgeschäfte, gleich drüben auf der Canal Street«, weihte der Typ im Anzug uns ein und stützte das Kinn auf die Hand, damit sein Kopf nicht so wackelte. »Und genau dort hat die Verschwörung ihren Anfang genommen.«

Ich hob die Hand wie ein Schulmädchen. »Aber Lee Harvey Oswald hat nichts mit der Hutindustrie zu tun gehabt.«

»Nicht unmittelbar, nein«, nuschelte unser Informant. »Aber er hatte eine Stirnglatze, oder? Er hat dringend einen Hut gebraucht.«

Coffee beugte sich lächelnd über die Theke. »Oswald soll sich also bereit erklärt haben, den Führer der westlichen Welt für einen kostenlosen Borsalino zu töten?«

»Nee, der Typ ist Kommunist gewesen. Der hätte unter aller Garantie eine von diesen Pelzmützen aufgesetzt. Eine von diesen Babuschkas.«

Coffee verzog die Miene. »Eine Babuschka ist ein Frauen… Ach, was soll's.« Sie zündete sich eine Zigarette an und löschte das Streichholz mit einer Handbewegung. »Dann hat Oswald den Präsidenten eben für eine kostenlose Babuschka umgebracht. Was ungefähr genauso überzeugend klingt wie alles andere, was ich zu diesem Thema gehört habe.«

»Und es hätte auch funktioniert«, fuhr der Typ im Anzug fort. »Aber nach all der Planung und Vorbereitung hat L. B. J. die Hutmacher in die Pfanne gehauen. Er ist auch nie mit einem Hut in der Öffentlichkeit aufgetreten.«

KAPITEL ZWEIUNDDREISSIG

Piety Street – 1998

Bevor ich mich an die Arbeit machte, stellte ich meinen Lieblingsweihnachtsschmuck – einen großen Weihnachtsmann mit dicken roten Backen und schneeweißem Bart – oben auf den Computer. Er trägt so ein Kostüm aus der italienischen Renaissance und einen goldenen Sack, jenes Sinnbild der Freigiebigkeit und des Überflusses, das hervorragend zu Weihnachten passt. Wahrscheinlich nur zu Weihnachten .

Julian kam mit zwei dampfenden Tassen heißem Eierpunsch herein. Obenauf schwamm geriebene Muskatnuss. Eine Tasse war für mich. »Sitzt du an deiner Kolumne?«

»Noch nicht. Ich tippe immer noch das Interview mit dem ehemals ›niedlichen und knuddeligen‹ Ex-Kinderstar Bernie Dumas ab.«

»Wird sich dein Redakteur überhaupt dafür interessieren?«, fragte Julian. »Dumas ist bei weitem nicht mehr so berühmt wie früher.«

»In New Orleans schon. Auf dem Kabelkanal wird seine Strip immer noch wiederholt.«

»Strip?«

»Fünf Tage die Woche, wie ein Comicstrip.«

Er setzte sich auf seinen Sessel. »Wie läuft es denn?«

»Ich komm nicht richtig rein. Weißt du, ich möchte gern was Ermunterndes für diese ›Was machen sie heute?‹-Artikel fabrizieren. ›Heute genießt die ehemalige Schönheitskönigin das ruhige Dasein mit ihren Kindern und Schweinen auf ihrem Bauernhof in Bunkie.‹ So in dem Tenor. Aber alles, was der arme Bernie gesagt hat, war niederschmetternd, düster und zornig.«

»Ich habe vorhin deine Notizen kurz überflogen und den Eindruck gekriegt, dass der arme Kerl permanent deprimiert ist.«

»Wirklich schade, was mit ihm nach der Serie passiert ist.« Ich überlegte kurz und schrieb dann: ›Aus dem Kinderstar, der als kleiner Alec unsere Herzen gewonnen hat, ist ein Mann geworden …‹

Julian zog die Fußbank vor und lehnte sich zurück. »Was hat er denn erwartet? Der Kleine ist ein ganz ordentlicher Schauspieler, aber nichts Besonderes. Er kann weder singen noch tanzen. Gut aussehen tut er bei Gott auch nicht. Und soweit ich mich entsinne, hat er nicht gerade vor Charme gesprüht.«

»Der Junge muss aber etwas gehabt haben, sonst hätte er nicht sechs Jahre lang die besten Einschaltquoten gekriegt.«

»Bernie Dumas hatte nur zwei Qualitäten, meine Liebe. Und die haben ihn zum Star gemacht: Er war jung und altklug. Und heute ist er keines von beidem mehr.« Julian trank einen Schluck Eierpunsch. »Ich würde ihm raten, das Showbusiness zu vergessen und sich einen anderen Beruf zu suchen.«

»Aber was kann er denn tun? Soll er Straßenschilder malen? Krawatten verkaufen?«

»Sehr ehrenwerte Berufe. Warum nicht?«

»Das geht nicht. Wenn ein Schauspieler schon in jungen Jahren großen Erfolg hat, geht er zwangsläufig davon aus, dass er für alle Ewigkeiten ein Anrecht auf Reichtum und

Ruhm hat. Bernie hat nicht wie alle anderen gelernt, wie man in der harten, kalten Welt zurechtkommt.«

Ich tippte weiter. ›Obwohl Bernie immer noch kurz gewachsen ist, ist er doch ein großer …‹ (Worin war er nur groß?)

»Wie läuft es mit deiner Liste schwarzer V.I.P.s?«

»Andrew und mir ist es gelungen, ein paar Bagnerises auftreiben, die noch nicht in ein politisches Amt gewählt worden sind, und ein paar Morials.«

»Brüder des Bürgermeisters?«

»Nein, Cousins. Näher rangekommen sind wir nicht.« Ich hielt die Liste hoch und las sie ihm vor: »Larry und Marie Bond haben zugesagt, auf dem Weg zu einer richtigen Party in Carrollton vorbeizuschauen. Stadtratsmitglied Boissiere hat versprochen, mir einen Gefallen zu tun und ebenfalls aufzutauchen.«

»Und wie steht es mit den Familien aus der Unterhaltungsbranche?«

»Bislang noch kein Glück. Die Marsalises sind alle anderswo beschäftigt, und jeder Neville in Louisiana ist bis nach Ostern ausgebucht.«

Es war kurz vor acht, und Julian streckte die Hand nach der Fernbedienung aus.

»Ich schau mir ›Penn & Teller‹ an.«

»Nein, das gilt nicht, Neg. Ich will ›Ally McBeal‹ sehen.«

»Na schön, dann nehme ich ›Penn & Teller‹ eben auf.«

»Das geht nicht, weil ich schon was anderes aufnehme.«

»Was denn?«

»›Ally McBeal‹.«

»Du siehst dir die Sendung an und nimmst sie gleichzeitig auf?«

»Das muss ich doch, Dummchen, damit ich mir später immer wieder Vonda Shepards Songs anhören kann. Und manchmal tanzen alle zusammen auf der Toilette. Das ist richtig klasse.«

»Tanzszenen auf der Toilette sollte man wirklich unbedingt aufnehmen.«

»Neuerdings spielt da eine wunderschöne Chinesin namens

Lisa Liu mit. Sie hat Augen genau wie eine Weiße, die gerade einen Kopfstand macht.«
»In ›Martial Law‹ spielt auch eine schöne Chinesin mit. Kelly irgendwie.«
»Kelly Hu.«
»Ihren Nachnamen kenne ich nicht.«
»Sie heißt Hu.«
»Wie die chinesische Schauspielerin.«
»Genau die mein ich doch.«
»Hu?«
»Richtig.«
»Ich werde ›Penn & Teller‹ in der Küche ansehen.«
»Gut. Nimm es für mich auf.«

KAPITEL DREIUNDDREISSIG

Piety Street – 1970

»Was ist das da? Ein Foto von Kindern, die auf irgendeiner Haustreppe sitzen?«
»Ach, das bin nur ich und ein paar Kinder, mit denen ich zur Schule gegangen bin.«
Sostenne hob das Foto hoch und runzelte die Stirn. »Du bist mit Slappy White zur Schule gegangen?«
»Nein, das war mein *Boxer.*« Ich zeigte auf das Kind auf dem Foto, das ich gewesen war. »Diese Aufnahme ist gemacht worden, als ich in die dritte Klasse ging, und ich weiß noch, dass mich die Sonne geblendet hat. Darum kneife ich die Augen zu. Meine Zöpfe waren nicht gleich lang. Scheußlich habe ich ausgesehen. Inzwischen weiß ich, wie man richtig posiert.« Mit den Hüften beschrieb ich eine Dreivierteldrehung. »So habe ich mich auch gestern Abend hingestellt, als wir uns zusammen mit diesem süßen Soldaten fotografieren lassen haben. Er muss bald nach Vietnam.«

»Ja? Lass es mich mal sehen.«
»Das war nicht mein Foto. Ich bin nur darauf, zusammen mit den anderen Tänzerinnen.«

KAPITEL VIERUNDDREISSIG

Piety Street – 1998

»He, jetzt aber mal los!«, brüllte ich den Fernseher an.
Julian blieb im Türrahmen stehen. »Weshalb schreist du so?«
»Komm rein, Neg.« Ich winkte hektisch. »Der Ausschuss stimmt über das Impeachment ab.«
Er schob seinen Sessel näher an den Fernseher heran und setzte sich, als die Kamera über die Gesichter der Ausschussmitglieder schwenkte.
»Mr. Pease?«
»Ja.«
Julian drohte mit der Faust. »Buh, Mr. Pease!«
Ich hüpfte auf der Couch auf und ab. »Idiot! Raus aus der Politik!«
»Mr. Meeham?«
»Nein.«
Einer von den Guten. Wir jubelten ihm zu.
»Ja, Mr. Meehan! Gut gemacht!«
(Man muss wissen, dass in diesem Kontext ›Ja‹ schlecht war und ›Nein‹ gut.)
»Mr. Dulword?«
»Nein.«
Julian applaudierte. »Gut, Mr. Dulword! Sie sind unser Mann!«
»Mr. Wexler?«
»Nein.«
»Hurra, Mr. Wexler! Phantastisch!«
Am Ende der Sitzung war der erste Artikel des Impeach-

ment – trotz unserer Anfeuerungsrufe aus der Ferne – vom Ausschuss der Richterschaft des Repräsentantenhauses angenommen worden. Die Mitglieder hatten sich bei der Abstimmung ausnahmslos an die Richtlinien ihrer Partei gehalten. Einundzwanzig retardierte Republikaner waren wild entschlossen, einen durch und durch kompetenten (wenn auch sexgierigen) Präsidenten abzusägen. Und siebzehn brillante, liebenswerte Demokraten hatten gegen das Impeachment gestimmt.
Draußen, im wahren Leben, hatten landesweite Umfragen ergeben, dass Clinton so beliebt war wie noch nie zuvor. Bei einer allgemeinen Abstimmung über die Frge, ob der Präsident abgewählt werden sollte, weil er behauptet hatte, er hätte nicht getan, was er (irgendwie schon) getan hatte, wäre die ganze Angelegenheit längst Schnee von gestern.
Jay Leno meldete: »Die Ergebnisse der landesweiten Umfrage haben ergeben, dass Clinton bei 73 % der Bevölkerung Zustimmung findet, was ziemlich gut ist, wenn man bedenkt, dass die Zustimmung in seiner eigenen *Familie* nur 50 % beträgt.«

KAPITEL FÜNFUNDDREISSIG

St. Charles Avenue – 1998

Als ich das nächste Mal in die St. Charles Avenue kam, war ich gewappnet für die Probe. Mit dem Augen-Make-up, das ich aufgelegt hatte, sah ich angemessen dramatisch aus. Was Andrew anscheinend nicht auffiel, als er mir die Tür öffnete.
Cyril Jessup sah deutlich gesünder aus als bei unserer ersten Begegnung. Seine zerknitterten Wangen hatten Farbe bekommen und wirkten voller, und er lächelte sogar. Zum ersten Mal fiel mir auf, dass er die Zähne eines echten Aris-

tokraten hatte. Im Gegensatz zu den künstlichen Gebissen, die die Neureichen sich für Geld zulegten, sahen seine Zähne, die weder zu groß, zu gerade oder allzu weiß waren, echt aus. Er kam im Rollstuhl herübergefahren. Auf seinem Schoß lag eine Schachtel mit Christbaumschmuck. »Freut mich, dass Sie kommen konnten.«

Ich blieb stehen und bewunderte den riesigen Baum des alten Mannes. Er war mindestens viereinhalb Meter hoch, die Spitze berührte gerade die Decke. Mit einer ausladenden Armbewegung deutete er darauf.

»Wie gefällt er Ihnen?«

»Absolute Spitzenklasse!«, meinte ich. »Ihr Baum erinnert mich an den vor dem Rockefeller Center.«

»Ja. Das war der Beste, den wir im Delta auftreiben konnten. Ist lange her, seit wir so ein Prachtexemplar aufgestellt haben. Nicht seit Geralds …«

Er rollte zu dem Baum und hängte eine rote Glaskugel an einen der unteren Äste. »Ich mag Weihnachtsbäume, aber in den letzten Jahren war ja niemand da, für den sich der Aufwand gelohnt hätte.«

Ich warf Andrew einen kurzen Blick von der Seite zu. Er war voll und ganz in das Studium seiner Schnürsenkel vertieft. Und dann kam der Goldjunge mit einer Schachtel Engelshaar herein. Als ich klein war und noch in New Jersey lebte, schmückten wir bei uns daheim die Baumspitze immer mit Engelshaar, was sehr schön war. Damals wusste ich allerdings noch nicht, dass es aus Glasfaser hergestellt wurde und die gleiche Wirkung wie Juckpulver hatte, wenn man es zur Perücke umfunktionierte (was man allerdings nur tat, wenn die Eltern es nicht mitkriegten).

»Na, Glen«, sagte ich und trat einen Schritt zurück. »Sie sehen heute Nachmittag aber sehr gut aus.«

»Danke, Mrs. Fortier. Großvater hat mir fünftausend Dollar gegeben, damit ich mir ein paar anständige Klamotten kaufen kann. Ich war am One Canal Place und habe mich bei Brooks Brothers neu eingekleidet.« Er kicherte. »Meine alten Sachen habe ich Chazz vererbt.«

»Sieh an! Wollen Sie damit sagen, dass er bereit war, sein HipHop-Outfit abzulegen?«

Glen schüttelte selbstgefällig den Kopf. »Ich versuche, sein Aussehen zu verändern. Und habe ihm klargemacht, dass man ihn in diesen Klamotten sofort in eine Schublade steckt, auch wenn das unfair ist.«

»Unfair?« (Wenn er wie einer aus der Gosse redet, sich anzieht wie einer aus der Gosse …)

Ich packte die Gelegenheit beim Schopf, entschuldigte mich und ging zu Andrew in den Empfangsraum, der zum Proberaum umfunktioniert worden war.

Ex-Star-heute-Regisseur Bernie Dumas hatte einen jakobinischen Sessel zum Regiestuhl umfunktioniert, umkreiste ihn aber die meiste Zeit.

»Okay, Mrs. Fortier, Sie dürfen nicht vergessen, dass das ein Kriminalstück ist, bei dem es auf Improvisation ankommt. Sie müssen den ganzen Abend in der Rolle bleiben.«

»Was für eine Rolle? Ich dachte, ich bin nur Mrs. Fortier.«

»Ja, keine Frage. Aber Sie sind Mrs. Fortier, die *Mörderin.*«

»Ich bin eine Mörderin? Super! Das hört sich unglaublich extravagant und feminin an.«

»Und deshalb müssen Sie sich von Anfang an rätselhaft geben.«

»Rätselhaft?«

»Hinterhältig.«

»Verstanden.« Ich zog die Schultern hoch, kniff die Augen zusammen und bewegte hektisch die Augen. Wenn das nicht hinterhältig aussah, was dann?

»Eine etwas subtilere Interpretation dürfte genügen, Mrs. Fortier. Sie gehen ganz klischeemäßig vor. Und Sie bekommen noch eine Liste mit den Stichworten, die Sie nach und nach in das Gespräch einfließen lassen. Sollten Sie gerade mal nicht wissen, was Sie zu tun haben, wenden Sie sich einfach an einen der anderen Schauspieler, und warten Sie auf Ihr Stichwort.«

Er zeigte auf eine klapperdürre junge Frau, perfekt gecastet für die Rolle der jugendlichen Heldin, die sich ungefähr in der Tonlage einer Schiedsrichterpfeife mit seinem Bruder Butchie unterhielt.

»Sie wird genau wissen, was Sie wann und wie zu tun haben. Sie spielt Ihre Tochter.«

»Meine Tochter?«

»Ihr Name ist Kimberley.«

»Darauf hätte ich wetten können.«

Kimberley war von Natur aus rothaarig. Da verwunderte es nicht, dass die angehende Großmutter Sharon die Rolle der Mutter gekriegt hatte und ich bestens geeignet war, für sie einzuspringen.

»In der ersten Szene tragen Sie und Kimberley mitten im Raum einen heftigen Mutter-Tochter-Streit aus. Und zwar so laut, dass man Sie noch im hintersten Winkel des Hauses hören kann.«

»Worüber streiten wir uns?«

»Sie trifft sich mit Luigi, einem Mann, den Sie nicht ausstehen können.«

»Und wer ist Luigi?«

Bernie warf einen Blick über die Schulter und lächelte. »Ach, da ist er ja endlich. Mrs. Fortier, das ist unsere männliche Hauptrolle, Dino Ciardi. Er spielt Kimberleys Freund.«

Ich drehte mich zu Ciardi um, einem gut aussehenden Mann, Typ Latin Lover, mit gelocktem, schwarzem Haar und goldbraunen Augen. Außerdem wirkte er durch und durch hetero, was bei gut aussehenden Schauspielerin selten der Fall ist.

»Wie bitte? Ich soll so tun, als ob ich mit *ihm* nicht einverstanden bin?«

Er lächelte. Seine Zähne waren so makellos, wie das echte Zähne nur sein können. »Freut mich, Sie kennen zu lernen, Mrs. Fortier.«

Er sprach den Buchstaben T nicht deutlich aus, sondern presste das erste Drittel der Zunge gegen Zähne und Gaumen, so dass das T viel weicher klang. Man musste nicht Robert Easton sein, um diesen Akzent einordnen zu können. So sprach die New Yorker Arbeiterklasse italienischer Abstammung.

Früher wurde von einem männlichen Hauptdarsteller erwartet, dass er lupenreine Schriftsprache beherrschte. Selbst der unsterbliche Elvis hat für seinen dritten Film die Mühe auf sich genommen und seinen Mississippi-Dialekt ausgemerzt. Heute ist die hohe Kunst der Sprachschulung nicht mehr gefragt. Gut möglich, dass Henry Winkler 1975 den Stein ins Rollen brachte, als er die Rolle des Fonzie übernahm, mit schweren Akzent sprach und ein internationales Sexsymbol wurde.

Als kleines Mädchen habe ich mich immer gefragt, wie New Yorkerinnen trotz des heftigen Akzentes es schafften, sich einen Ehemann zu angeln. Andererseits sind brunftende Männer visuelle Kreaturen. (Was Frauen sagen, hören sie eh nicht.) Aber ich finde es süß, wenn ein Mann Wörter wie Tanga, Tanzen und Tarantel vorn mit einem weichen D-Laut aussprechen. Also, zumindest klingt er wie ein Hetero.

Ich streckte ihm damenhaft die Hand entgegen, mit der Handfläche nach unten. »Mr. Ciardi?«

Er nahm sie in beide Hände. »Freut mich, Ihre Bekanntschaft zu machen.«

»Wie bitte?« Jetzt war ich verwirrt. Wieso sollte ein klasse aussehender junger Stier wie er sich darüber freuen, eine alte Schnepfe wie mich kennen zu lernen?

Offenbar merkte er, dass es da etwas zu erklären gab. »Sie erinnern mich an meine Englischlehrerin in der achten Klasse. Miss Hannon hat wunderschöne rote Haare, genau wie Sie. Sie war die erste echte Frau, über die ich sexuelle Phantasien hatte.«

»Hm, dann waren Sie aber ausgesprochen … frühreif.« Höchste Zeit, das Thema zu wechseln. »Wie sind Sie denn an diese Rolle gekommen?«

»Glück gehabt.« Er lachte. Das war ein Witz. »Ich habe Bernie letztes Frühjahr kennen gelernt. Er hat bei einem Pilotfilm fürs Fernsehen Regie geführt, in dem ich auch mitgespielt habe.«

»Ein Pilotfilm? Toll. Das heißt, Sie kriegen eine eigene Serie?«
»Haha!« Dino fand, das sei das Witzigste, was er je gehört hatte, und fiel fast um vor Lachen. »Wenn aus jedem Pilotfilm eine Serie würde, wären wir alle reich. Nein, Mrs. Fortier, das war das Projekt einer unabhängigen Produktionsgesellschaft. Irgendein filmverliebter Autohändler in Oxnard hat es finanziert. Und Bernie und ich sind nur dazugestoßen, weil wir die billigsten Leute mit Talent waren, die er kriegen konnte, und weil wir uns um den Job gerissen haben.«
Bernie hob die Hand und tippte Dino auf die Schulter. »Jetzt konzentrieren wir uns mal wieder auf die Szene.« Er winkte. »Komm mal her, Kim.«
»Ja, Bernie.« Die jugendliche Heldin kam zu uns.
»Nun, Mrs. Fortier, Sie sind dagegen, dass Ihre Tochter Kimberley sich mit Luigi trifft, denn Sie hassen seinen Vater. Sie wird damit kontern, dass der Sohn überhaupt nicht wie der Vater ist, doch Sie sind uneinsichtig. Machen Sie sich keine Sorgen, Kim wird den Streit vom Zaun brechen und Sie durchführen. Sie brauchen nichts weiter zu tun, als an Ihrer Figur festzuhalten. Sie werden sagen ...«, Bernie stellte sich auf die Zehenspitzen und drohte wie eine unnachgiebige Mutter mit dem Zeigefinger: »›Ich verbiete dir, diesen Mann wieder zu sehen.‹«
»Und, Kim, du brüllst dann zurück: ›Ist mir völlig schnuppe, was du davon hältst, Mutter. Ich liebe Luigi und werde ihn heiraten!‹ Und dann trittst du ab. Du gehst durch diese Tür in den Flur.«
Kim wiederholte die Zeilen in der entsprechenden Lautstärke und verließ dann eingeschnappt den Raum, doch Bernie pfiff sie gleich zurück.
»Hör mal, Kimberley, du bist hier die jugendliche Heldin. Du trampelst nicht raus, du schreitest. Eher so. Sieh dir an, wie ich es mache.« Hochnäsig schritt Bernie durch das Zimmer, ein unsichtbarer Schal flatterte um seinen Hals, er schwenkte eine unsichtbare Tasche und spielte ein hübsches, eingebildetes junges Mädchen. »Kapiert?«

»Hm. Ja.« Kim drehte sich um, lief hinter ihm her und ahmte seinen Gang nach. »Das kriege ich schon hin.«
Von einer Sekunde auf die andere verwandelte er sich wieder in einen Mann. »Gut.« Er kehrte zu seinem Sessel zurück, setzte sich und legte ein Bein aufs andere.
»Aber, Bernie ...« Wie ein Schulkind hob ich die Hand. »Im wahren Leben bewegen die Mädchen sich nicht so.«
»Keiner zahlt dafür, damit er das wahre Leben vorgeführt kriegt, Schätzchen. Wir müssen extremer, dramatischer spielen. Hier ein paar Anmerkungen für Sie, Mrs. Fortier. Wenn Sie sich mit Kim in die Wolle kriegen, will ich, dass Sie herrisch sind. Ziehen Sie den Bauch ein.«
»Ich war der Meinung, ich würde das tun.«
»Dann recken Sie den Hals, nehmen Sie den Kopf zurück und richten sich zu voller Größe auf. Denken Sie an Margaret Dumont.«
»Wie kann ich an Margaret Dumont denken? Sie war steinalt.«
»Wer war steinalt? Miss Dumont ist noch nicht mal fünfzig gewesen, da hatte sie schon all ihre Marx-Brothers-Filme gemacht.«
»Tatsache? Na, fünfzig ist damals viel älter gewesen.«
Butchie fragte: »Irgendwelche Anmerkungen für mich, Bernie?«
»Nee, du weißt, was du zu tun hast.«
»Stimmt. Ich spiele den Bruder meines Bruders.« Er grinste verschmitzt. »Ich liefere die Vorlagen.«
»Und was sagen Sie ...?«
»›Ach, was Sie nicht sagen!‹ und ›Brillant, Detective‹. Und ›Aber wie haben Sie das nur rausgekriegt?‹.«
Mir fiel es wie Schuppen von den Augen. »Also, auf alles, was Bernie tut oder sagt, reagieren Sie wie im wirklichen Leben.«
»Ja, wie immer.«
Bernie stand abrupt auf. »Los, Dino. Ich muss dir noch ein paar Sachen sagen, die wir an deiner Rolle verändert haben.«

Während die beiden sich besprachen, setzte Kim sich zu mir.
»Bernie ist ein phantastischer Regisseur«, flüsterte sie. »Der beste, mit dem ich je gearbeitet habe.«
»Das ist doch kein Wunder.« Butchie zog einen Stuhl heran und setzte sich zu uns. »Mein Bruder ist schließlich im Showbusiness groß geworden. Sechs Jahre lang hat er vierundzwanzig Episoden pro Jahr absolviert. Zusätzlich zu den Spielfilmen und Theaterstücken während der Serien-Drehpausen. Regie führen ist für ihn genauso selbstverständlich wie aufrecht gehen.«
Da musste ich an meinen unfertigen Artikel denken und fügte im Geiste hinzu. ›Der ehemalige Kinderstar ist immer noch von kleiner Statur, aber ein großer Meister seiner Kunst.‹
In dem Augenblick kam Mrs. Jessup mit einer Topfpflanze, einem Weihnachtsstern, in den Empfangsraum. »Ach, entschuldigen Sie. Ich wollte nicht stören.«
»Aber nicht doch, Ma'am«, versicherte Bernie ihr. »Wir sind gerade dabei, das Stück einzuproben. Mrs. Fortier macht auch mit.«
»Ach ja? Du meine Güte. Könnte ich vielleicht auch mitspielen?«, fragte die alte Dame aufgeregt. »Ich weiß, dass mein Enkel Glen sich ungeheuer freuen würde, mich im Rampenlicht stehen zu sehen.«
»Wie wahnsinnig würde er sich darüber freuen«, sagte ich hinter vorgehaltener Hand.
»Schauspielern ist meine zweite Natur«, fuhr sie fort. »In der Schule habe ich die Penny Sycamore in ›You Can't Take It With You‹ gespielt.«
»Dann haben Sie also Erfahrung. Hm.« Bernie grübelte über einer Zigarette. »Na schön, Mrs. Jessup, wir hätten da für Sie eine extrem wichtige Rolle. Aber nur Sie meinen, dass Sie sie übernehmen können.«
»O ja.« Sie stellte den Weihnachtsstern ab und tätschelte die Blätter. »Da bin ich mir ganz sicher.«
»Mrs. Fortier wird in der letzten Szene einen Mord bege-

hen. Ich könnte mir vorstellen, dass Sie ihre Komplizin spielen.«

»Beihilfe zu einem Mord?« Ihre hellblauen Augen leuchteten auf. »Ach, wie aufregend!«

»Ihre Mitwirkung an der Verschwörung sieht so aus, dass Sie die Mordwaffe in Ihrer Handtasche versteckt haben.«

»In meiner Tasche?«

»Ja. Und Sie werden sie im richtigen Moment herausholen, ganz dramatisch, und sie der Mörderin geben.« Er zeigte auf mich, die Mörderin.

»Was für ein Spaß!« Mrs. Jessup klatschte in die Hände. »Das mache ich gegen Ende, richtig? Und was tue ich bis dahin?«

»Das ist jetzt sehr wichtig.« Bernie trat näher und redete leiser und vertraulicher. »Vor der letzten Szene dürfen Sie sich nicht anmerken lassen, dass Sie der Schurkin helfen. Das ist das große Überraschungselement. Verstehen Sie?«

»Ja, sicher.«

»Gut. Ma'am, ich möchte, dass Sie sich genau wie immer um Ihre Gäste kümmern, ohne etwas zu verraten. Meinen Sie, Sie kriegen das hin?«

»Genau wie immer.« Sie nickte. »Ja, ich glaube, das kriege ich hin. Aber ich werde eine Tasche brauchen, die groß genug ist, damit man darin eine Pistole verstecken kann. Was für ein Kaliber hat sie denn?«

»Butchie, zeig der Komplizin die Mordwaffe.«

Butchie holte das Requisit, einen Revolver mit geriffeltem Griff, aus der Kiste und reichte sie herüber.

»Ach, die ist aber schön! Mein Daddy hat mir das Schießen beigebracht.« Mrs. Jessup strahlte übers ganze Gesicht und hielt sie mit beiden Händen fest. »Eine Ruger, Kaliber .357 mit einem fünfzehn Zentimeter langen Lauf. Tolle Waffe für Zielgenauigkeit.«

»Das ist für uns nicht wichtig«, meinte Bernie. »Wir werden auf nichts schießen. Der lange Lauf ist nur besser zu sehen. Lassen Sie uns jetzt einmal proben, Mrs. Jessup. Sie händi-

gen Ihrer Partnerin die Waffe aus. Und Sie können sagen, was Ihnen gerade einfällt.«
»Ah … also … Hier ist die Pistole, Margo.«
»Perfekt!« Er drehte sich zu mir um. »Und nun zu unserer Mörderin, Mrs. Fortier. Sie zielen mit der Waffe auf unseren Gastgeber.«
»Auf Mr. Jessup?«
»Ja, der alte Herr wird die Rolle des hinterfotzigen Anwaltes übernehmen. Wer die Rechnung zahlt, kriegt auch eine Rolle.«
Worauf ich sagte: »Da will ich nur Jimmy Durante zitieren: ›Dabei sein ist alles.‹«
»Ach, Jimmy Durante habe ich immer *gemocht*!«, meinte Mrs. Jessup.
»Wer ist das?«, wollte Kim wissen.
»Hier, Mrs. Fortier. Nehmen Sie die Pistole«, sagte Bernie.
Ich wich zurück. »Aber ich habe noch nie im Leben eine Waffe abgefeuert!«
»Dann müssen Sie für das Stück lernen, mit der hier zu schießen.« Bernie kam einen Schritt auf mich zu und drückte sie mir in die Hand. »Ihr Text lautet: ›Sie haben meinen Vater um das Familienvermögen betrogen!‹ Und dann drücken Sie ab.«
»O nein!«
»Keine Sorge, Sie werden nur ein Klicken hören. Sie ist jetzt nicht geladen.«
Mit beiden Händen hielt ich den Revolver fest und feuerte. Nur ein Klicken – wie versprochen.
Ich gab ihm das Ding zurück. »Haben Sie das Ding mit im Flugzeug dabei gehabt?«
»Sie war Gepäck, das ich aufgegeben habe. Außerdem reise ich nicht mit Munition. Butchie hat bei einem der hiesigen Geschäfte für Theaterbedarf Platzpatronen besorgt.«
»Platzpatronen?«
Sein Bruder holte eine kleine eckige Schachtel und machte sie auf. »Wir werden sie mit dieser Munition laden. Knallen muss es ja schon.«

Nachdem die Waffe geladen war, nahm Bernie die Pistole in beide Hände und sagte: »So funktioniert das.« Er zielte auf die Vorhänge auf der anderen Seite des Raumes und drückte ab. Der Schuss klang wie ein lauter Chinaböller. Die Vorhänge bewegten sich nicht.

Bei dem Lärm zuckte ich zusammen. »Das ist ja schrecklich laut gewesen. Können wir stattdessen nicht eine Spielzeugpistole nehmen?«

»Ja, toll.« Bernie brach in Gelächter aus. »Eine Spielzeugpistole. Die würde richtig aufregend aussehen, mit diesem dünnen roten Papierstreifen, der an der Seite rauskommt. ›Popp, popp, popp.‹«

Dann drückte er mir wieder den Revolver in die Hand, und ich hielt ihn mit ausgestrecktem Arm am Bügel unter dem Abzugshahn fest.

»Nun, Mrs. Fortier, Sie werden den größtmöglichen Abstand zu dem Schauspieler halten, den Sie erschießen sollen. Natürlich wird die Waffe nicht geladen sein. Aber eine Papierkugel wird mit so viel Wucht herausgeschleudert, dass sie – aus der Nähe abgefeuert – durchaus Schaden anrichten kann. Und wir sind nicht scharf auf einen neuen Hexum-Fall.«

»Garantiert nicht.«

Jon Eric Hexum war ein absolut toll aussehendes, muskelbepacktes Prachtexemplar von einem Schauspieler gewesen, der sich am Drehort seiner Actionfilmserie ›Cover Up‹ damit amüsierte, dass er mit einer Platzpatronenpistole russisches Roulette spielte. Er verwendete ausschließlich Platzpatronen, und der arme Mann muss sich wohl gedacht haben, dass taube Ohren das Schlimmste war, was ihm passieren konnte. Doch als er den Pistolenlauf an seinen wunderschönen Kopf hielt und abdrückte, durchschlug die Papierkugel seinen Schädelknochen und tötete ihn.

Hexums junges und kräftiges Herz wurde einem Kerl eingepflanzt, der oben in Nevada ein konzessioniertes Bordell leitete. Und es dauerte keine zwei Wochen, bis ein fast ge-

nauso gut aussehender Muskelprotz namens Antony Hamilton die männliche Hauptrolle in ›Cover Up‹ kriegte und das Leben wie gewohnt weiterging.
Bernie streckte den Finger aus. »Mr. Jessup wird im Rollstuhl drüben neben den Vorhängen sitzen. Sie richten die Waffe auf ihn, so dass es jeder mitkriegt, sagen Ihren Text, und dann schießen Sie.«
»Ich geh einfach los und erschieße Mr. Jessup?«
»Ja. Da er keine Lust hatte, einen Text zu lernen, muss gleich der erste Schuss tödlich sein. Er wird dann die Hand auf die Brust legen und nach vorn kippen. Mehr schauspielern muss er nicht.«
»Wirkt das auch überzeugend?«, fragte ich. »Hört sich eher nach einer Magenverstimmung an.«
»Mehr ist nicht drin«, meinte Bernie. »Normalerweise bombadiere ich den niederträchtigen Anwalt mit einem Knallfroschset, doch so klapprig und alt wie unser Mr. Jessup ist, fürchte ich, dass sein Herz stehen bleibt und er uns tatsächlich wegstirbt. Jetzt muss er eben so tun als ob.«
Andrew war gerade dabei, ein paar Kiefernäste zusammenzustecken. Er hob den Blick. »Was ist ein Knallfroschset?«
Die Frage beantwortete ich. »Ein Plastikpäckchen mit einer Detonationskappe, einer kleinen Sprengladung und unechtem Blut.«
Butchie nickte. »Man zündet es mit einer Fernbedienung, die man in der Tasche hat. Dann explodiert es, reißt einem ein Loch ins Hemd, verspritzt Blut. Ganz einfache Spezialeffekte.«
»Hört sich ganz gut an«, meinte Andrew. »Warum kann ich nicht an Onkel Cyrils Stelle den hinterfotzigen Anwalt spielen? Mit dem Knallfroschset würde ich schon zurechtkommen.«
»Von mir aus ist das kein Problem, falls Ihr Onkel sich bereit erklärt, auf seinen großen Auftritt zu verzichten. Und ich müsste Sie selbstverständlich älter machen. Grau meliertes Haar muss schon sein. Und ein paar aufgemalte Falten.«
»Würde mich nicht stören. Das wäre doch lustig.«

»Das besprechen wir später noch im Detail.« Er wandte sich wieder an mich. »Mrs. Fortier, feuern Sie jetzt die Pistole ab. Nein, kneifen Sie doch nicht die Augen zu. Eine Platzpatrone hat nur eine minimale Ladung. Sie spüren nicht einmal einen Rückschlag wie bei einer echten Kugel.«

KAPITEL SECHSUNDDREISSIG

Piety Street – 1970

Wie die meisten Franzosen ist mein Kerl ein hervorragender Koch. Die Sache hat nur einen Haken: Er benutzt alle Töpfe und Pfannen. Hinterher sieht die Küche aus, als sei Hurrikan Camille durchgebraust und die kleine Margie muss das ganze Chaos aufräumen. Außerdem kann er keinen Reis kochen, ohne dass er anbrennt. (Cajuns haben ein Wort für Reis, der am Topfboden festgebrannt ist. Sie nennen ihn ›Gratin‹.) Ich schubberte mich also zu Tode und kratzte mit dem Pfannkuchenspatel den Reis von gestern Abend aus dem Topf, während Sostenne sich im Wohnzimmer genüsslich in seinem Schaukelstuhl räkelte und fern sah.

»Ich könnte hier gut ein Bier vertragen!«, rief er.

Ich nickte stumm und kratzte weiter. Eine Minute später brüllte Sostenne wieder herüber.

»Na, dann werde ich wohl aufstehen, in die Küche gehen und mir selbst ein Bier holen müssen.«

»Ja, schon gut. Ich hab den Hinweis verstanden!« Ich trocknete die Hände an der Bluse ab und riss die Kühlschranktür auf, wo das oberste Fach für die Sechserpack-Jax-Bierflaschen reserviert ist. Ich zog eine heraus, machte sie mit dem Flaschenöffner auf und brachte sie ihm. Ein Glas war nicht nötig. Dieser Cajun hätte gar nicht gewusst, was er damit anfangen soll.

»Danke.« Sostenne streckte die Hand danach aus und nahm einen großen Schluck.

»Hast du die Post durchgesehen?«

»Ja, nur Müll. Den habe ich gleich weggeworfen. Sieh dir das an!« Wie üblich hatte er einen Cowboyfilm eingeschaltet. Bei Western können faule Typen wie er gefährliche Abenteuer genießen und sich wie Helden fühlen, ohne den Schaukelstuhl zu verlassen.

»Den Film?«

»Ja. Siehst du, das da ist John Wayne, der sich an den Zaun lehnt und mit dem Mädel schäkert.«

»Ella Raines.«

»Ja, aber schau mal, wie er sein Kinn auf den Gewehrlauf stützt, als ob das ein Spazierstock wäre. Der muss doch plemplem sein.«

»Ich vermute mal, das ist gefährlich.«

»Gefährlich? Der wird sich gleich seinen dämlichen Kopf wegpusten.«

»Ich bin mir sicher, dass das Gewehr nicht geladen ist, Zuckerschnäuzchen.«

»Geladen oder nicht geladen. Scheiße. Man zielt weder auf sich noch auf eine andere Kreatur, es sei denn, man ist bereit, sie zu töten, nach Hause zu schleppen, zu kochen und zu essen.«

»Also, das ist doch nur ein Film.«

»Aber John Wayne soll doch so ein richtiger Vollblutmacker sein. Aber von Waffen hat er keine Ahnung, so viel ist mal sicher.

»Hm, eigentlich ist er ja gar kein Cowboy, Sostenne. Er ist nur ein Schauspieler.«

»Ja, du hast Recht. Wenn du mich fragst, sind alle Schauspieler eh richtige Schlappschwänze, egal wie sie aussehen.«

»Miauuu!«

Diese Bemerkung stammte weder von mir noch von Sostenne, sondern von dem kleinen Kater, der unbedingt noch mehr rohes Hackfleisch wollte.

KAPITEL SIEBENUNDDREISSIG

Piety Street – 1998

Im Fernsehen in der Küche versuchte Charles Grodin, Ariana Huffington klarzumachen, wie lächerlich dieses ganze Impeachment war.

Ich wartete, bis der elektrische Lockenwickler heiß war, trennte eine Strähne frisch gefärbtes Haar ab, drehte sie auf den heißen Wickler und fixierte ihn. Ich konnte nur hoffen, dass die Locken bis zehn Uhr abends hielten. Danach war bestimmt jeder, den ich beeindrucken wollte, so sturzhagelvoll, dass der Betreffende mich eh nicht mehr klar sehen konnte.

In jungen Jahren war mein Haar aschbraun und derart kraus gewesen, dass es höchstens bis auf BH-Höhe hinunterwuchs. Mit zunehmender Reife waren die Haarwurzeln dünner geworden. Nun fallen meine unechten rostroten Locken fast bis zur Taille hinab. Leider hatte die ganze Sache auch einen gravierenden Nachteil: Die Haare sind nicht mehr so voll wie früher, sondern inzwischen so dünn, dass ich Unmengen von Haarfestiger verwenden muss (mit der Menge könnte man einen Eimer voll Aale eingelieren), doch das Ergebnis lohnt die Mühe.

Ich tauchte ein Bürstchen in umbrafarbenes Theater-Make-up und trug einen Eyeliner auf, der wirklich den ganzen Abend lang hielt. Dann gab ich rote Fettschminke auf die Wangen, grinste gewinnend meinem Gegenüber im verstellbaren Kosmetikspiegel zu und trällerte eine Zeile aus einer alten Fernsehwerbung. »Du wirst nicht älter, du wirst besser.«

In den letzten dreißig Jahren war aus diesem hässlichen Entchen vielleicht nicht gerade ein Schwan, aber doch ein attraktiveres Entchen geworden.

Auf die vergängliche Lockenpracht gab ich Haarspray, trottete dann in Julians Zimmer und half ihm beim Anziehen. Er nahm das gerüschte Smokinghemd vom wattierten Bügel und zog es an, während ich den Deckel seiner ledernen Schmuckschatulle hob und die goldenen Manschettenknöpfe mit seinem Monogramm und die dazu passenden Stecker heraussuchte. Wie üblich streckte Julian den rechten Arm aus, damit ich den Stecker in das entsprechende Loch stecken, die doppelte Manschette knicken und den Knopf anbringen konnte. Dann wiederholte ich den ganzen Vorgang links.

»Ich frage mich, wie *allein* stehende Männer, die in feiner Gesellschaft verkehren, einen Smoking anziehen?«

»Ich vermute mal, dass die meisten mit anderen Männern, die in denselben Kreisen verkehren, zusammenleben.«

Nachdem ich die Manschettenknöpfe angebracht hatte, stellte Julian sich vor den Spiegel und band die Fliege ohne Hilfe. Sie saß gleich beim ersten Mal. (Entweder hat man Stil, oder man hat keinen.)

Ich setzte mich auf die Wäschetruhe und zupfte meine Strumpfhose gerade.

»Weißt du was, Neg? Es hat noch einen Vorteil, wenn man die Wechseljahre hinter sich hat. Ich brauche mir die Beine nicht mehr zu rasieren. Da sind kaum noch Haare. Ist das nicht super?«

»Ein weit verbreitetes Anzeichen fürs Älterwerden.«

»Aber, Julian, Männer *wissen* doch nicht, dass das ein Zeichen fürs Älterwerden ist, kapiert? Die denken nur, die Frau ist aber gepflegt. Oha. Ich muss den Videorecorder programmieren, damit er ›Law & Order‹ aufzeichnet.«

»Davon hast du noch keine einzige Episode verpasst.«

»Ist ja auch meine Lieblingsserie. Da werden nur Bullen gezeigt, die spannende Dinge tun. Ich habe keinen Bock, mir einen Polizisten anzusehen, der mit seiner niedlichen kleinen Klischee- Familie beim Frühstück sitzt.«

»Klischee-Familie?«

»Na, du weißt schon. Die ausgemergelte Gattin, die einen besseren Job als er hat, die Tochter im Teenageralter, die einen Nasenring will, der neunjährige Sohn, der sich in der Schule geprügelt hat, und das kranke Kleinkind.«

»Das Seifenopernelement.«
»Genau. Und mir ist auch völlig schnuppe, wie es um die Prostata des Bullen bestellt ist. Vielen Dank, aber darauf kann ich gern verzichten.«
»Sprich das O von Prostata doch nicht so lang aus. Das klingt ja fast so, als wärst du für irgendwas.«
»Muss es sich nicht auf ›prost‹ reimen?«
»Nein, absolut nicht.«
Ich machte mich daran, das richtige Abendkleid auszusuchen. Vorher legte ich eine CD von John Lennon auf, ›And So This Is Christmas‹. Ich sang mit. Das wäre wirklich die klassische Weihnachtshymne schlechthin, wenn John und Yoko das Lied nicht mit dem Backgroundrefrain ›The war is over, the war is over‹ unterlegt und in einen anderen Kontext gerückt hätten.
Der Refrain spielte auf den Vietnamkrieg an. Der lag schon ein paar Kriege zurück.

KAPITEL ACHTUNDDREISSIG

Bourbon Street – 1970

»Das Problem ist, wir haben Krieg.«
Gerry schüttete das Bier hinunter und tupfte die Lippen mit einer bedruckten Cocktailserviette ab. »Wenn diese Idioten nicht wären, könnte ich die nächsten zwei Jahre mit euch Mädels hier im Klub verbringen und alles andere vergessen.«
»Hier?« Ich vergewisserte mich, dass Ray immer noch zur Tür hinausstarrte, schnappte schnell das Glas des Burschen und gab ihm noch ein Glas Falstaff aus. »Wo würdest du pennen?«
»Er könnte bei *mir* unterkommen«, bot Marie an.
»Nein, bei *mir*«, meinte Coffee. »Ich habe ein französisches Bett.«

»Ihr braucht euch wegen mir nicht in die Wolle kriegen. Gerry Jessup hat genug drauf für alle.« Der Obergefreite zwinkerte mir dankbar zu, hob das Glas und sprach einen Toast aus. »Freut euch an mir, solange ich noch da bin, Mädels. Ende der Woche muss ich mein Leben der Demokratie opfern.«

»Wenn ich ein Mann wäre«, sagte Marie mit verschmitztem Blick, »würde ich Fahnenflucht begehen und nach Kanada oder sonst wohin abhauen.«

»Aber nicht, wenn du der Sohn *meines* Vaters wärst.« Gerry runzelte das glatte Babygesicht. »Dad behauptet ständig, ein Mann ist kein Mann, wenn er nicht in der Armee war.« Er stellte das Bier auf der Serviette ab, auf der sich ein nasser Rand abzeichnete. »Er war 1943 in Afrika. Und jetzt muss ich raus und mich beweisen.«

»Wie tapfer«, rief Patsy von der Bühne. »Ich hoffe, du kommst mit einem Purple Heart zurück.«

»Du dumme Kuh!« platzte Coffee der Kragen. »Willst du, dass er verwundet wird?«

»Nein, will ich nicht.«

»Ein Soldat kriegt das Purple Heart nur verliehen, wenn er verwundet worden ist.«

Gerry lachte in sein Bier. »Ich bin schon zufrieden, wenn ich eine Medaille für gute Führung kriege.«

»Du wirst Gouverneur McKeithen ganz knapp verpassen.« Coffee deutete auf die Zeitung von heute. »Er reist diese Woche durch Vietnam.«

»Ach ja? Was verspricht sich der Gouverneur eines Bundesstaates von einer Reise durch ein Kriegsgebiet?«

Coffee grinste. »Er kann sich mit dem einen oder anderen jungen Helden aus Louisiana fotografieren lassen, damit die Verwandten daheim ihm auch ja ihre Stimme geben.«

KAPITEL NEUNUNDDREISSIG

St. Charles Avenue – 1998

Auf der Fahrt zur Party bei den Jessups kamen wir an Charlene's vorbei, der berühmten Lesbenbar, in der Ellen DeGeneres sich herumtrieb, ehe sie (zu Recht) den Titel ›Die witzigste Komikerin im Land‹ verliehen bekommen und es bis ganz nach oben geschafft hat. Ich sprach laut aus, was mir im Kopf herumging.

»Ihre Sendung war großartig. Ich verstehe einfach nicht, wie Ellen Top-Einschaltquoten haben und dann innerhalb weniger Monate abgesägt werden konnte.«

»Sie war ganz oben, weil sich zum ersten Mal die Hauptdarstellerin einer Fernsehsendung als Lesbe geoutet hat und die Sache von den Medien im ganzen Land aufgegriffen worden ist«, spekulierte Julian. »Doch als sie dann out war … also, Ellen ist zwar witzig, aber Lesbischsein an sich ist kein so spaßiges Thema.«

»Trotzdem könnte ich wetten, dass die Sendung noch laufen würde, wenn sie irgendeine heiße Puppe im Minirock angeheuert hätten, damit sie Ellens Freundin spielt. Du weißt schon, so ein knackiges junges Ding mit federndem Gang.«

»Keine schlechte Idee. Die Liebesszenen hätten dafür gesorgt, dass die demographisch so wünschenswerten männlichen Zuschauer zwischen 18 und 30 am Fernseher geklebt hätten.« Als wir Jessups Haus betraten, kriegten wir mit, wie Andrew in einem leicht speckig glänzenden Smoking, den er vermutlich von seinem Onkel geerbt hatte, im Foyer dem Hausmädchen Anweisungen eintrichterte.

»Wenn hier farbige Gäste auftauchen, begrüßen Sie sie höflich und mit einem Lächeln, und fragen Sie sofort, was sie trinken möchten. Dann laufen Sie in die Küche und holen Ihnen das, worum sie gebeten haben.«

Das Hausmädchen warf einen Blick auf die Getränke, die auf dem Büfetttisch aufgereiht waren. »Wieso soll ich in die Küche laufen?«

»Weil wir dort den guten Stoff aufbewahren. Wenn sie Champagner wollen, kriegen sie Dom Perignon. Fragen sie nach Scotch, kriegen sie Glenlivet. Wenn der Alkohol gut ist, merken sie vielleicht nicht, dass sie sich nicht amüsieren.«

»Ja, Sir.«

Sie zog ab und ging ihren Pflichten nach. Ich flüsterte: »Andrew, ich dachte, Bernie würde Sie herrichten und grau und faltig machen, damit Sie diesen Schurken von Anwalt spielen können.«

Er lachte verkniffen und antwortete im Flüsterton. »So war es geplant. Doch vor einer Stunde hat Onkel Cyril drauf bestanden, dass er die Rolle spielt.«

»Dann wird es also kein Knallfroschset geben?«

»Dieses Risiko wollen wir lieber nicht eingehen.«

Der riesige Empfangsraum der Jessups nahm die ganze Südseite des Anwesens ein. Heute Abend waren die vergoldeten Wandleuchter mit grünem Efeu und roten Weihnachtssternen geschmückt.

Ein klitzekleiner Mistelzweig baumelte im Durchgang, und ich vermied es, darunter durchzulaufen. Bislang hatte ich in der Menge noch niemanden entdeckt, den ich küssen wollte.

Meine kunstvoll geschminkten Augen durchforsteten den Raum und blieben an Glen Watley hängen, der vor dem Kamin Hof hielt und Jessups steinalte Freunde um den kleinen Finger wickelte. Der Abendanzug (samt karierter Fliege, Kummerbund und den Lederschuhen mit Samtschleifen) passte ihm so gut, als sei er für ihn maßgeschneidert worden. Vermutlich hatte er das ganze Ensemble geliehen oder sich erst vergangene Woche von Jessups Geld gekauft. Die Rolle des zukünftigen Erben fiel ihm leicht.

Eine Minute später rauschte meine Freundin Gaby unter dem Mistelzweig durch. Sie trug eine Jaguarjacke und ein – wie ich vermutete – Abendkleid aus den frühen Fünfzigern von Don Loper mit aufgebauschtem Rock und breit gezacktem Kragen. Ich schlitterte zu ihr hinüber.

»Na, das freut mich aber!« Ich umarmte sie. »Ist das ein neuer Stil?«
»Ach.« Gaby winkte ab. Sie trug Handschuhe. »Das ist so veraltet, dass von Stil gar keine Rede mehr sein kann.«
»Wenigstens hast du die Krinoline weggelassen.«
Brad, ihr schlanker, grauhaariger Begleiter, trug einen Smoking mit roter Weste, der perfekt saß. Da der Abendanzug getragen und nicht neu aussah, war er höchstwahrscheinlich nicht geliehen.
In dem Moment schritt Mrs. Jessup, die streng genommen die Gastgeberin war, die Treppe hinunter. An diesem Abend erinnerte nichts an ihr an die psychisch labile Patientin, die ich bei meinem ersten Besuch kennen gelernt hatte. Sie trug ein üppig mit Perlen besticktes elfenbeinfarbenes Abendkleid, das genau wie das Kleid aussah, das die Prinzessin von Wales bei Christie's versteigern lassen hatte. Mrs. Jessups Kleid war aber kürzer und weiter geschnitten. Bei Frisur und Make-up musste ein Profi Hand angelegt haben.
»Gabrielle!« Sie kam herübergerauscht und nahm Gabys Hände. »Es freut mich sehr, dass du kommen konntest. Wir haben uns ja Ewigkeiten nicht gesehen.«
»Ja, es ist schrecklich lange her. Wir sollten uns schämen.«
»Wie Recht du hast.« Dann wandte sie sich an Brad und klimperte mit den Wimpern.
»Ist dieser gut aussehende Mann dein Gatte?«
»Aber nein.« Gaby winkte ab. »Wir leben in Sünde. Ich glaube, ich bin noch nicht so weit, eine Ehe einzugehen.«
»Immerhin ist sie ja erst 82«, warf ich ein. »Man darf sie nicht drängen.«
»Ich habe ganz vergessen, wie schön dein Haus ist, Lucille«, flötete Gaby. »Wer hält hier denn Ordnung?«
»Zwei sehr nette farbige Mädchen kommen viermal die Woche. Sie arbeiten wie die Derwische.«
»Was für ein Glück Sie haben«, merkte Julian mit düsterer Miene an. »Die Frau, die bei uns sauber macht, ist eine widerliche Schlampe. Sie hängt nur rum, isst Erdnussbutterbrote und sieht fern, während die Wollmäuse sich auftürmen.«

»Das ist ja schrecklich«, sagte Mrs. Jessup und legte die Hände auf die Wangen. »Warum schmeißen Sie sie nicht raus?«

»Das würde ich ja, aber leider bin ich mit ihr verheiratet.«

In diesem Moment kam eine mausgraue junge Frau in weißer Uniform auf uns zu, und zwar so leise, als würde sie auf Zehenspitzen gehen.

»Entschuldigung. Es ist Zeit für Ihre Medizin, Mrs. Jessup.«

»Wirklich? Also, im Augenblick …« Die alte Dame legte kokett die pinkfarbenen Nägel ans Kinn und betrachtete die Krankenschwester mit halb geschlossenen Augen. »Ich denke nicht, dass ich sie heute brauche.«

»Hmpf.« Mit übertrieben akkuraten Bewegungen schraubte die Krankenschwester das Fläschchen zu und steckte es in die Vordertasche der Uniform. »Wie Sie wollen. Ich bin oben, falls Sie mich brauchen.«

»Warten Sie, Miss Groves.« Unsere Gastgeberin klatschte in die Hände. »Es gibt da etwas, das Sie für mich tun könnten.«

»Ja, Ma'am?«

Mrs. Jessups Zeigefinger bewegte sich so hektisch wie ein Scheibenwischer. »Gehen Sie nach oben, ziehen Sie das hübscheste Kleid an, das Sie haben, und kommen Sie nach unten auf die Party.«

»Ja, Ma'am.«

»Und machen Sie, um Gottes willen, etwas mit Ihren Haaren. Sie sehen ja älter aus als ich.«

»Ja, Ma'am.«

Unser berühmter Gaststar, Bernie Dumas, kam die Treppe herunter und ging an Miss Groves vorbei. In einen Smoking, der ihm zweifellos auf den Leib geschneidert war, kam er auf mich zu und flüsterte: »Mrs. Fortier, haben Sie schon mit ihrem Text angefangen?«

»Nein«, flüsterte ich zurück. »Aber ich habe meine kleinen Stichworte auswendig gelernt. Ich werde jeden Hinweis siebenmal fallen lassen, so wie Sie es gesagt haben.«

»Gut. Gegen neun fangen wir mit der Auflösung an. Achten Sie auf mein Signal.«

Ich schlenderte gerade durchs Foyer, als Glen mich einholte.
»Sagen Sie, Mrs. Fortier, haben Sie Chazz gesehen?«
»Ist er hier?«
»Er muss irgendwo stecken. Er wollte unbedingt kommen, da konnte ich nicht gut nein sagen.«
»Aha?«
»Ich hoffe nur, dass er nicht in Schwierigkeiten gerät.« Er drehte sich zum Foyer um. »Wenn Sie mich nun entschuldigen würden, ich muss zurück an die Arbeit.«
»Müssen wir das nicht alle? Früher hat man das ›unters Volk mischen‹ genannt.«
»Nein, Mrs. Fortier.« Er lächelte mich auf diese herablassende Art an, mit der junge angesagte Menschen Personen älteren Kalibers klar machen, dass sie absolut out sind. »Das, was Sie früher unter ›unters Volk mischen‹ verstanden haben, war nichts anderes als nebensächliches Geplauder. Heute ›arbeitet‹ man, das heißt, man knüpft effizient Kontakte und filtert heraus, wer von den Anwesenden einem in Zukunft weiterhelfen kann. Wie wäre es also, wenn Sie mir verraten, wer wer und was ist? Dann muss ich nicht fünf Minuten auf jeden Gast hier im Haus verschwenden, von denen die meisten mir sowieso nichts nützen.«
»In Ordnung, Glen. Wissen Sie, hier gibt es drei unterschiedliche Gruppen: nette Leute, interessante Leute, mächtige Leute.«
»Okay. Für die ersten beiden habe ich keine Zeit. Zeigen Sie mir nur die hohen Tiere.«
»Gut.« Ich deutete unauffällig mit dem Kinn in die jeweilige Richtung. »Da drüben am Fenster stehen Arthur und Mary. Er ist der wichtigste Architekt in der Stadt, und sie tut viel für die Förderung des Kulturbereichs.«
»Reich und *großzügig*. Klingt viel versprechend. Stellen Sie mich vor.«
Ich nahm ihn nicht an der Hand, sondern führte ihn durch den Empfangsraum, um ihn mit dem distinguierten Paar bekannt zu machen.

Als wir näher kamen, lächelte Mary wohlwollend. »Hallo, Margo.«
»Schön, Sie zu sehen. Das hier ist Glen Watley, Mr. Jessups Enkel.«
»Enkel? Wie wunderbar. Ich wusste nicht mal, dass er einen Enkelsohn hat.« Sie reichte Glen die zierliche Hand, die er mit einem Lächeln drückte.
»Wir haben es erst vor kurzem entdeckt.« Und dann bedachte er sie mit einem Blick, den er mir vorenthalten hatte. (Mary ist älter als ich und auch nicht hübscher, aber sie ist *reich*.)
Auf ein Mal erinnerte ich mich an meine Rolle. »Ach, du meine Güte!« Ich schaute mich demonstrativ um. »Bevor mein Vater sein großes Anwesen auf dem Land verloren hat, hat mir auch mal so ein Haus gehört.«
»Was für ein großes Anwesen auf dem Land?«, fragte Arthur mit gerunzelter Stirn. »Sie sind aus Boonton, New Jersey.«
»Das ist ein *Hinweis*.«
»Ach, ich verstehe. Sie machen bei dem Kriminalstück mit. Sehr schön.«
»Sieh an!«, rief eine schrille Stimme hinter meinem Rücken. »Da bist du ja, Mutter!«
Dieser Satz von Kimberley war an mich gerichtet. Sie trug ein hautenges schwarzes Abendkleid (wahrscheinlich Größe 34, man könnte sie direkt *umbringen* dafür) und sah absolut umwerfend darin aus. Mit empörtem Blick und in die Seiten gestemmten Händen redete sie auf mich ein. »Würdest du mir endlich mal zuhören?«
Das war mein Stichwort. Ich warf der jungen Frau finstere Blicke zu, als wir uns für unsere Szene in der Mitte des Raumes aufbauten. Und drohte ihr mit erhobenem Zeigefinger. »Ich habe das ernst gemeint, was ich gesagt habe, Kim. Du hältst dich von diesem Luigi fern! Er ist genau wie sein Vater!«
»Nein, Mutter, er ist überhaupt nicht wie sein Vater! Und du kannst uns nicht verbieten, uns zu sehen! Ich liebe ihn!«
Ich drückte den Rücken durch und zog den Bauch ein. Margaret Dumont.

»Wenn du dich noch einmal mit diesem wertlosen jungen Mann triffst, werde ich die entsprechenden Schritte unternehmen. Und das wird dir Leid tun!«

»Du willst mein Leben ruinieren!«

Die junge Schauspielerin breitete dramatisch die dünnen Arme aus und entschwand dann mit schwingenden Hüften in Richtung Foyer. Alle Blicke im Raum waren auf sie gerichtet. (Hm. Nicht auf mich.)

Danach stellte ich mich zu jeder Gruppe im Raum, egal ob ich die Leute kannte oder nicht, und plauderte über meinen angeblichen Vater, der von einem arglistigen Anwalt um Millionen geprellt worden war. Und nebenbei lud ich gleich noch Hinz und Kunz zu mir nach Hause ein, damit ich ihnen meine Sammlung von Scharfschützenmedaillen vorführen konnte.

Außerdem musste ich mich an diesem Abend noch bei den Afroamerikanern von Macht und Stellung dafür erkenntlich zeigen, dass sie vorbeigekommen waren und etwas Farbe ins Bild brachten. Stadtratsmitglied Boissiere wunderte sich, wieso so viele Männer verstohlen mit Kameras umherschlichen und ihn aus jedem Winkel fotografierten. Ich wies ihn darauf hin, wie gut er in seinem Bill-Blass-Smoking aussah. Mrs. Jessup rauschte an mir vorbei, hielt kurz inne und zwinkerte mir unverhohlen zu. Da sie nicht mit einem Lid zwinkern konnte, senkte sie kurz beide.

»Was sollte das denn?«, fragte das Stadtratsmitglied.

»Das werden Sie merken, wenn die Auflösung kommt.«

»Ich hatte eigentlich nicht vor, so lange zu bleiben. Aber Cinnamons Darbietung hat mir sehr gut gefallen. Und das Essen ist besser als alles, was ich je auf einer …«

Er verstummte, und ich beendete den Satz für ihn. »Auf einer Party von Weißen hatte? Miss Mooney hat für Speisen und Getränke gesorgt.«

»Miss Mooney? Dann müssen Sie den Termin ja vor einem Jahr mit ihr ausgemacht haben.«

In diesem Moment kam mein Freund, Lieutenant Frank Washington vom New Orleans Police Department, herüber und schüttelte dem Stadtratsmitglied die Hand. Ich umarmte Franks Frau Chloe, die in ihrem roten Seidenkleid sehr elegant und distinguiert aussah. Mit glänzenden Augen bedankte sie sich bei mir für die Einladung.

»Das ist wirklich interessant, Margo. Kommt mir vor, als würde ich mit einer anderen Spezies feiern! Die glauben doch wirklich, dass man einen Wagen auf einmal bezahlt. Kannst du dir das vorstellen? Wenn diese Leute sich für ein Auto entscheiden, dann schreiben sie einfach einen Scheck und *zahlen* sofort die ganze Summe!«

Ihr Gatte, mein Freund Lieutenant Frank Washington vom N.O.P.D, reagierte weniger enthusiastisch. »Die glauben auch, eine Busfahrt kostet 15 Cents. Und hier läuft irgendein Trottel mit einer Kamera herum, der meint wohl, mein Vorname ist Denzel und nicht Frank. Komm, Chloe, wir fahren jetzt zu Dooky Chase rüber.«

»Aber noch nicht gleich«, wehrte seine Frau ab. »Wollen wir nicht das Ende des Kriminalstücks abwarten?«

»Ich wohl kaum. Ich verdiene meinen Lebensunterhalt mit Kriminalstücken.«

Chloes Enthusiasmus war nicht zu bremsen. »Cinnamon Newburg ist ja so talentiert. Heute Abend hat sie so gut wie noch nie gesungen.«

»Kann ich verstehen.« Frank schüttelte den Kopf. »Ihr kleiner Travis steht nicht mehr unter Mordverdacht.«

»Das ging aber schnell«, meinte ich. »Wo er doch gestanden hat, grenzt das fast an ein Wunder.«

»Nicht ganz. Der Junge hat nämlich in den schillerndsten Farbe, geschildert, wie er seine Freundin Taniqua Brown um die Ecke gebracht hat. Mit einem Schraubenzieher, den er ihr hinten ins Genick gestoßen hat. So sah es für die Polizisten aus, die am Schauplatz des Verbrechens waren, und genau das haben sie nach und nach aus ihm herausgeholt.«

»Aus ihm rausgeprügelt haben sie es. Wort für Wort.«

Frank erhob keine Einwände. »Wie auch immer. Aber nachdem die Männer des Leichenbeschauers Miss Calhouns Leiche ins Leichenschauhaus gebracht hatten, haben sie sie umgedreht und festgestellt, dass man dem Mädchen die Gurgel durchgeschnitten hat. Und das war die Todesursache. Der Schraubenzieher im Genick war nur noch eins drauf.«

»Dann hat Travis also nicht mal gewusst, wie seine Freundin gestorben ist?«

»Wie auch?« Frank verzog das Gesicht. »Zum Zeitpunkt des Mordes hat Travis auf einer Weihnachtsparty drüben in Westwego seine Nase gepudert. Als die Detectives dort auftauchten, fanden sie fünf noch nicht mal wahlberechtige Jugendliche. Die waren derart weggetreten, dass sie sich absolut keine Lügen ausdenken konnten. Travis war dort am frühen Abend aufgetaucht und ist geblieben, bis alle Erfrischungen aufgeraucht, weggesnift oder gespritzt waren. Am frühen Morgen hat er sich von jemandem heimfahren lassen, das tote Mädchen gefunden und sofort die Polizei gerufen. Zum ersten Mal in seinem erbärmlichen Leben.« Frank brummte. »Und vermutlich das letzte Mal.«

»Wenn Travis auf freiem Fuß ist, wer hat es dann getan?«

Frank schüttelte den Kopf. »Der wahre Mörder ist ein Crackdealer namens Sweet, der sich mit dieser Sache vor seinen Anhängern aufgespielt hat. Sweet hat erklärt, er wäre gezwungen gewesen, so zu reagieren.«

»Wieso das denn?«

»Das verlangt sein Ehrenkodex. Offenbar hat Travis Sweet bei einem Drogendeal übers Ohr gehauen. Darum wollte er zu dem Jungen nach Hause und mit ihm so was wie, na, eine Zahlungsvereinbarung aushandeln. Travis hat anscheinend läuten hören, dass der mordlüsterne Gorilla hinter ihm her ist, und ist auf und davon zu der Party in Westwego. Taniqua hat er allein im Apartment zurückgelassen. Das Mädchen sollte Sweet irgendeine Ausrede auftischen. Als das ahnungslose Mädchen die Tür aufmachte, dämmerte Sweet, dass ihm nichts anderes übrig blieb, als mit ihr ein Exempel zu statuieren. Seiner Meinung nach brachte er seinen Standpunkt am deutlichsten rüber, wenn er dafür sorgte, dass sie im Blut schwamm.«

»Ich verstehe. Dann ist Cinnamons Sohn also keines von diesen Schweinen, das die eigene Freundin umbringt. Stattdessen ist er ein feiner und ehrenwerter Kerl, der einen gewalttätigen Drogendealer übers Ohr haut und seine Freundin die Sache ausbaden lässt.«

»Genau. Du hast es erfasst.«

»Seit ich Cinnamon kenne, hat sie sich voll und ganz für ihre beiden Söhne aufgeopfert.«

»Der ältere Bruder ist ein anständiger Kerl«, sagte Frank. »Aber da ist eben noch Travis. Eine Erfolgsquote von fünfzig Prozent ist ziemlich kümmerlich für ein Projekt, dem du dein Leben geopfert hast.«

Wir beendeten die Unterhaltung und verfolgten den sehr realistischen Streit der Liebenden, also ›meiner Tochter‹ und ihrer verbotenen Liebe Luigi. Die beiden schauspielerten so hervorragend, dass ihnen jeder abgekauft hätte, dass sie tatsächlich ineinander verliebt waren.

Hinterher drehte ich im Raum meine Runden, und als ich den Eindruck hatte, genug Hinweise unter die Leute gebracht zu haben, kriegte ich unerträglichen Heißhunger auf Süßigkeiten. Ganz meiner Rolle gemäß schlenderte ich zum Desserttisch und inspizierte die verschiedenen Süßigkeiten (dabei hatte ich immer Margaret Dumont im Kopf). Leider gab es nur Schokoladenbrownies, Eclairs und Kekse mit Schokoladensplittern. Mein Erzfeind Schokolade war allgegenwärtig. Ich wusste, dass es irgendwo so etwas wie Shortbread oder Rumkugeln geben musste, die vielleicht noch nicht aufgetischt worden waren. Also verließ ich den Empfangsraum, machte mich auf die Suche nach der Speisekammer und kam unabsichtlich zwei jungen Menschen ins Gehege, von denen einer männlich, der andere weiblich war. Ich drehte mich sofort um. »Ich habe nichts gesehen. Lassen Sie sich nicht stören.«

Und das war nicht gelogen. Ich hatte nur einen Smoking und ein blaues Kleid gesehen, mehr nicht. Dass sie jung waren, hatte ich daraus geschlossen, dass sie sich in den Armen lagen und küssten.

Als ich die Flucht durch die Küche antrat, hörte ich: »Ja, New Orleans ist eine klasse kleine Stadt, aber es ist höchste Zeit, dass wir verduften.« Obwohl die Wand die Stimme dämpfte, bestand kein Zweifel, dass da Chazz redete.

»Wieso die Eile, Chef? Mir gefällt, wie das hier läuft. Und Großvater fährt auf mich ab.«

»Der Opa ist in Ordnung, aber Cousin Andrew kann uns beide auf den Tod nicht ausstehen. Wir müssen hier weg, bevor er etwas gegen uns unternimmt.«

»Krieg dich wieder ein. Diese Wände sind nicht schalldicht.«

Von da an konnte ich nichts mehr verstehen. Ich wollte gerade zur Party zurück, als ich beinah mit dem jungen Schauspieler Dino Ciardi zusammengestoßen wäre.

Er lächelte. »Ach, hallo, Mrs. Fortier.«

»Ich darf nicht mit Ihnen reden.« Ich wich zurück. »Schließlich hasse ich Sie. Sie sind Luigi.«

Er zeigte in Richtung Küche. »Im Augenblick stehen wir ja nicht im Rampenlicht. Ich hatte gehofft, Sie etwas besser kennen lernen zu können.«

»Wie reizend von Ihnen.«

»Das ist gar nicht so einfach, wenn pausenlos eine Horde Kellner um einen herumläuft und die Ohren spitzt.«

»Ach ja? Ist mir gar nicht aufgefallen.« Ich bin zu eitel, eine Brille aufzusetzen, wenn ich mit einem Bewunderer plaudere. Wie oberflächlich und flüchtig die Bewunderung ist, spielt da keine Rolle.

»Also.« (Small Talk.) »Wie gefällt es Ihnen hier?«

»Da gibt es nichts auszusetzen. Die Jessups sind sehr nett zu uns. Sie haben mir oben ein richtig schönes Zimmer gegeben. Ein Zimmer für mich allein.«

»Sehr gut.«

»Möchten Sie es mal sehen, Margo?« Mit seinen goldbraunen Augen warf er mir einen schmachtenden Blick zu. »Mein Zimmer?«

»Ich bin sicher, Ihr Zimmer ist eines der schönsten. Aber …«

»Und ganz abgeschieden, mit dicken Wänden.« Es kam mir so vor, als wäre er ganz nah, sehr warm. Außerdem roch er gut. Und er legte die Hand auf meinen Rücken.
»Ich gehe niemals auf das Zimmer eines Herrn, es sei denn ... ich hätte vor, dort die Nacht zu verbringen.«
»Und?«
»Ich fühle mich sehr geschmeichelt, Dino. Aber ich gehe nur mit Männern meines Alters aufs Zimmer.«
Das schien ihn zu verwirren. »Und was tun Sie da? Männer Ihres Alters haben Ihnen nichts zu bieten.«
»Mit Viagra schon.«
Er zog den Mundwinkel hoch. »Und was ist, wenn die Apotheke geschlossen hat? Ich brauche nur mich und einen schönen, kultivierten Rotschopf wie Sie.«

Fünf Minuten später stellte ich mich zu meinem Mann, der vor dem Kamin seinen Cognac wärmte, und flüsterte ihm ins Ohr: »Sag mal, Julian, ist dir dieser Dino Ciardi aufgefallen? Er spielt Kims Freund.«
»Luigi? Wer würde den übersehen? Er ist *umwerfend.*«
»Ja, dann rate mal, was gerade passiert ist? Dieser impertinente junge Mann wollte mich auf sein Zimmer schleppen.«
»Damit du es *putzt?*«
»Nein, er findet mich anziehend. Jedenfalls tut er so.«
»Du glaubst also nicht, dass er wirklich etwas von dir will?«
»Na, Neg, ich bin nicht erst seit heute eine Frau. Mir kommt es so vor, als ob er scharf ist und glaubt, dass er bei mir die besten Chancen hat. Was sagt man noch gleich über ältere Frauen? ›Sie schweigen, sie prahlen nicht herum, und sie sind immer dankbar.‹«
»So verzweifelt kommt er mir nun auch wieder nicht vor«, meinte Julian wohlwollend. »Du wirkst wesentlich jünger, als du bist.«
»Klar doch. Aber nur wenn ich angezogen bin. Kaum bin ich nackt, gibt es nichts mehr zu verheimlichen. Dann sieht jeder, dass ich dreiundfünfzig bin.«

Er schwenkte das Cognacglas. »Manche Frauen würden alles tun, damit sie mit einem gut aussehenden Schauspieler aufs Zimmer gehen können.«

»Sicher, man treibt es einmal mit ihm und wartet den Rest des Lebens darauf, dass er sich wieder meldet. Nein, für derlei Illusionen bin ich zu alt. Oder noch nicht alt genug.«

»Da hast du auch wieder Recht«, stimmte Julian mir zu. »Ich habe gerade eine Begegnung mit Glens Kumpel Chazz Smith überstanden. Hast du dich mal mit ihm unterhalten?«

»Nur, wenn es nicht zu vermeiden gewesen ist. Schon sprachlich trennen uns Welten.«

»Ist er denn kein Amerikaner?«

»Doch, aber er spricht einen Dialekt, den man – wenn man höflich ist – als ›Ebonics‹ bezeichnet.«

»Klingt ganz schön großkotzig.«

»Vor ein paar Jahren haben ein paar Akademiker in Kalifornien die These aufgestellt, dass das tatsächlich eine Sprache ist, weil sie eigenen Regeln folgt.«

»Nach dem Motto: ›Ich sein, du sein, er sein …?‹ Stimmt, ich erkenne da ein Muster«, räumte Julian ein. »Aber ob so was als Regel durchgeht, bezweifle ich.«

KAPITEL VIERZIG

Bourbon Street – 1970

Auf dem Weg zur Bourbon Street kamen Sostenne und ich bei Gay Paree vorbei. Sie hatten ein fast lebensgroßes Farbposter von Linda Brigette im Schaufenster. Sie sah aus wie die Bardot und nahm ein Schaumbad in einem überdimensionalen Champagnerglas. Linda hat immer die Couchnummer abgezogen: Zuerst kommt sie mit einem ausgefallenen Kleid auf die Bühne, tanzt eine Weile, zieht sich dann bis auf den G-String und Nippelglitter aus, legt sich auf die Couch und tut so, als würde sie gevögelt. Hinterher dreht sie sich um und spielt den Typen, der es der Frau besorgt. Linda war der bekannteste Star in der ganzen Straße, was nicht daran lag, dass sie besonders talentiert war. Nein, sie war das erste Revuemädchen, das sich von Carol Dodas Erfolg in San Francisco inspirieren und sich auch Silikonimplantate einsetzen lassen hat. Als ich sie das erste Mal traf, sahen ihre Brüste wie Cantaloup-Melonen aus. Es dauerte nicht lange, bis die anderen bekannten Stripperinnen auf der Bourbon Street, die dieselbe Kohle verdienen wollten, sich operieren und große Titten machen ließen und dafür sorgten, dass ihre Poster auch auf der Straße ausgehängt wurden. Und weil Linda den anderen immer eine Nase voraus sein musste, ließ sie sich noch größere Implantate einsetzen. Jetzt sehen ihre Titten wie Torpedos aus. Sie verdient zwar 500 Dollar die Woche, was eine Menge Schotter ist, aber ich würde wetten, dass sie nicht auf dem Bauch schlafen kann. Ich blieb kurz vor Madame Julie's stehen und betrachtete das Poster unserer Show. Goldene, abziehbare Buchstaben priesen ›Patsy Star, der Liebesstern der Galaxie‹ an.

Ray hatte frei an diesem Abend, und Marie managte diese Schicht, denn sie war die einzige, die wusste, wie man abends die Kasse abrechnete.

Sostenne pflanzte sich auf seinen Lieblingshocker am Ende der Bar, und ich zapfte ihm als Erstes ein Bier. Coffee war damit beschäftigt, die Oliven auf Zahnstocher aufzupieksen. »Ich überlege, ob ich wieder nach Norden ziehen soll.«

»He«, fragte ich, während ich ein Glas polierte. »Was willst du dort machen?«

»So weit habe ich noch gar nicht gedacht, aber …« Ihr Blick wanderte zu der alten, abgearbeiteten Minerva hinüber, die an einem der hinteren Tische saß, ihre Viertel-Dollar-Münzen zählte und sie zu Vierertürmchen aufschichtete. Heute hatte sie zehn Dollar verdient und ein halbes Muffalata-Sandwich. »So sieht meine Zukunft aus, wenn ich in New Orleans bleibe.«

»Nein, Coffee, du bist ganz anders als sie.«

»Ich wette, dass sie in meinem Alter auch ganz anders war.«
»Das waren damals andere Zeiten. Das war vor der Bürgerrechtsbewegung.«
Kurz nach zwei Uhr früh tauchte Brenda mit einer zerknautschten Schwegmann's-Tüte auf, dicht gefolgt von ihrem Schmarotzer Floyd.
»Was kann ich euch zu trinken bringen?«, fragte Marie und legte zwei Servietten auf die Theke.
Brenda warf ihrem Alten einen Blick von der Seite zu und schüttelte den Kopf. »Wir haben gerade kein Geld, um was zu trinken. Wir sind nur hier, weil Cherry eins von meinen alten Kleidern kaufen will.« Sie machte die Schwegmann's-Tüte auf und zog einen roten Fummel mit Bügelhornperlen heraus.
»Das ist superschick.« Coffee fuhr über die Perlen. »Warum verscheuerst du es?«
»Wir brauchen das Geld, und Floyd findet, dass es mir sowieso nicht steht.«
»Weil sie einen fetten Arsch hat, darum.« Floyd grinste abfällig.
»He, Floyd!«, rief Sostenne und winkte ihn zu sich herüber. »Gut, dass du da bist. Seht ihr, Mädels, so stelle ich mir einen richtigen Kerl vor! Komm, ich lad dich zu einem Drink ein.«
»Klar. Jim Beam wäre nicht schlecht.« Floyd, der heute Abend ein ›richtiger Kerl‹ war, trank nur Bier, wenn er die Zeche selbst zahlen musste. Ging es auf Sostennes Rechnung, bestellte er natürlich einen Marken-Bourbon.
Marie saß hinter der Kasse. »Hört mal, letzte Bestellung. In ein paar Minuten machen wir dicht.«
Ich wollte gerade zur Tür gehen und abschließen, da kam ein letzter Gast herein.
Coffee stieß einen Pfiff aus. »Seht euch mal diesen Typen in dem meerblauen Anzug an.«
Marie sah ihn im Thekenspiegel und wollte ihn mit einer Handbewegung verscheuchen. »Komm morgen wieder, Schätzchen. Für heute Abend ist die Show gelaufen.«

»Nur keine Panik. Ich will nur kurz einen Drink runterkippen.«

»Das ist ein Mann nach meinem Geschmack«, kicherte Patsy. »Den bediene ich.«

Sostenne stieß Floyd den Ellbogen in die Seite. »Wer solche Klamotten trägt, muss doch schwul sein. Der hält sich wohl für 'ne heiße Nummer.«

»Seht euch vor.« Ich beugte mich über die Theke und senkte die Stimme. »Er ist 'ne heiße Nummer. Ich habe mal gesehen, wie der Typ einen dreihundert Pfund schweren Biker fertig gemacht hat.«

»Und wie soll er das angestellt haben?«

»Mit einer .38er Police Special. Das ist ein Bulle.«

»Ein Bulle?!«

»Ein Sergeant vom N.O.P.D. Also, haltet die Klappe.«

»Hallo, Fremder«, flötete Patsy und schlenderte mit schwingenden Hüften auf ihn zu. »Was trinkst du heute Abend, Süßer?«

»Crown Royal, pur, Wasser extra. Zimmertemperatur wäre prima.«

Sie zwinkerte ihm zu. (Wenn jemand einen Markendrink, pur und Zimmertemperatur, bestellt, kann man ihm keinen normalen Whisky von der Bar andrehen.)

Während Patsy nach dem Royal Crown suchte, brachte Coffee dem Kunden Wasser und stellte es auf die Serviette.

»Habe ich dich nicht schon mal gesehen?«

»Bestimmt, wenn du mit offenen Augen durch die Straßen gehen. Ich bin Danny Marcello.«

»Verwandt?«

»Mit dem Don?« Der späte Gast schien auf dem Hocker größer zu werden. »Na, so könnte man es ausdrücken. Carlos ist mein Onkel.«

»Bei den Mafia-Beziehungen, wie kannst du da als Polizist arbeiten?«, fragte ich ganz unverblümt.

»Ich habe keine Strafakte. Das heißt ...« Er grinste verschlagen. »Sie ist gelöscht worden. Und damit habe ich keine Beziehungen, zu niemandem, Schätzchen.« Er spähte zu

Brenda hinüber, die allein an der Bar saß. »He, ich stehe auf diese niedlichen kleinen Sommersprossen. Wieso tun wir beide uns nicht zusammen?«

»Tut mir Leid. Ich bin mit meinem Freund Floyd da. Siehst du, der dort drüben mit dem karierten Hemd.«

»Der da? Der Typ ist 'ne Niete. Komm schon, Baby.« Als er die Hand ausstreckte, funkelte der Ring an seinem kleinen Finger unter der Deckenlampe. »Ich sorg dafür, dass du dich amüsierst.«

»He, Marcello!«, warnte Sostenne ihn. »Wenn ich du wäre, würde ich die Finger von Floyds Alter lassen. Bist wohl auf Schwierigkeiten aus.«

»Falsch. Ich mache Schwierigkeiten.« Der Romeo in Meerblau griff über die Bar, zog Brenda an sich und gab ihr einen lauten Schmatzer auf den Mund. Sie versuchte, sich loszureißen, doch er hatte die Arme fest um ihre Taille geschlungen. »So fühlt sich ein echter Mann an, Puppe. Lehn dich einfach zurück und genieß es.«

»He!« Floyd rutschte vom Barhocker. »Was soll der Scheiß?«

»Nicht! Finger weg von meinem Höschen!«, quiekte Brenda.

»Du musst es ihm zeigen, Floyd«, forderte Sostenne. »Das kann er nicht mit dir machen.«

»Ja, mit dem werde ich schon fertig.« So richtig selbstsicher klang er allerdings nicht.

»Na, du hast es echt herausgefordert, Marcello«, behauptete Sostenne. »Floyd hier macht dir die Hölle heiß!«

»Floyd! Der Kerl hat eine Waffe!«, warnte Marie. »Du nimmst besser auch eine.« Sie zog einen Revolver unter der Bar hervor. »Die gehört Ray.«

»Ich brauche keine Waffe. Nimm du nur die Pfoten von meiner Alten!«

»Hilfe!«, keuchte Brenda. »Liebling, das Schwein lässt mich einfach nicht in Ruhe.«

Ich hielt Floyd am Hemdsärmel fest. »Ziel nur auf ihn, dann gibt er Ruhe.«

Floyd nahm den Revolver. »Hör mal, du Hurensohn. Verschwinde von hier!«

Marie zog an Floyds Ellbogen. »Bitte, sei vorsichtig.«
Und dann hörten wir einen lauten Knall, als die Waffe in Floyds Hand zuckte. Plötzlich hatte der Mann im meerblauen Anzug ein Loch in der Brust. Er griff sich mit den Händen an die Brust. Das ganze Jackett färbte sich rot, und dann landete er mit lautem Plumpsen auf dem Boden. Danny Marcello gurgelte, keuchte schwer und tat seinen letzten Atemzug.
»O Mann! Seht euch nur das viele Blut an!«, jammerte Patsy.
Coffee kam hinter der Bar hervorgerannt und ging in die Knie, um sich den Schaden anzusehen. »Verdammte Scheiße! Er ist tot!«
»Also, rührt jetzt nichts an!«, warnte ich. »Die Polizei wird nicht wollen, dass wir den Tatort verändern.«
»Nein, wartet!«, rief Floyd mit zugeschnürter Kehle. »He, Marie hat mich gepackt, und das Ding ist einfach in meiner Hand losgegangen. Das habe ich nicht gewollt.«
»Das wissen wir doch«, versicherte ihm Sostenne. »Wenn die Bullen auftauchen, sagen wir einfach, dass du die Ehre deiner Kleinen verteidigt hast. Wenn es zur Verhandlung kommt, wirst du wahrscheinlich schon freigesprochen.«
»Verhandlung?« Floyds Adamsapfel bewegte sich hektisch auf und ab. »Ich überstehe keine Verhandlung.«
Marie ließ die Kinnlade fallen. »Willst du damit sagen, du bekennst dich schuldig?«
»Wir müssen jetzt die Polizei rufen!«, jammerte Patsy. »Wenn wir warten, bis das Blut trocken ist, kriegen wir alle Probleme.«
»Warte mal kurz«, herrschte ich sie an. »Wir müssen Floyd dabei helfen, sich eine glaubwürdige Geschichte auszudenken.«
»Eine Geschichte?«
»Hör mal, Kumpel, du solltest gleich aufs Revier gehen und dich stellen«, riet Sostenne ihm. »Im Knast wirst du verprügelt und vielleicht vergewaltigt, aber das ist gar *nichts* im Vergleich zu dem, was die Marcellos mit dir anstellen, wenn *sie* dich vorher in die Finger kriegen.«

»Die Marcellos?« Floyds sah sich nervös um. »Hört mal, Brenda und ich verschwinden aus der Stadt.«
»Du wirst *sie* doch nicht mitnehmen?« Sostenne kam ans Ende der Theke und beugte sich über den Leichnam.
»Aber klar doch«, protestierte ich. »Immerhin liebt er sie!«
»Ja!«, stimmte Floyd zu. »Ich liebe sie.«
»Tu, was du willst, verflucht noch mal.« Sostenne stieß Marcello ein paar Mal an und richtete sich dann kopfschüttelnd auf. »Wenn ein ganz normaler Typ wie Floyd hier trampt oder mit einem Bus die Stadt verlässt, fällt das eigentlich nicht weiter auf. Aber wenn ein Mann und eine Frau zusammen unterwegs sind ...« Er musterte Brenda vom Scheitel bis zur Sohle. »Vor allem wenn die Frau so aussieht. Da wird sich jeder an die beiden erinnern, das ist doch sonnenklar.«
»Kann schon sein«, lenkte ich ein. »Aber er will lieber mit Brenda zusammen sein, als nur die eigene Haut zu retten. Stimmt doch, oder, Floyd?«
»Richtig.« Marie nickte. »Und was soll's, wenn sie ihn erwischen? Er ist ein echter Kerl. Der steckt den Knast doch mit links weg.«
»Keine Frage.« Brenda hielt ihn am Ärmel fest. »Liebling, du willst doch, dass ich mitkomme, oder?«
Inzwischen war er sich da nicht mehr so sicher. »Also, so ein Leben auf der Flucht ist wirklich nichts für ein Mädchen wie Brenda.«
»Ist doch egal, was mit mir passiert«, wehrte sie ab. »Wir hauen zusammen ab!«
»Hör mal«, stammelte Floyd. »Wir machen das so. Ich verdufte allein, und wenn ich irgendwo untergekrochen bin, hol ich dich nach.«
»Ach, Liebling!« Ihre Nägel bohrten sich in seinen dünnen Arm. »Glaubst du wirklich, so ist es am besten?«
»Ja. Ja. Bestimmt.« Er schüttelte ihre Hand ab. »He!« Er schnalzte mit den Fingern. »Ich brauche Kohle.«
»Aber ich habe nur die vierzig Dollar, die mir Cherry für das Kleid gegeben hat.«

»Na, dann rück sie raus.«

Meine beiden Zwanzig-Dollar-Scheine lagen immer noch auf der Theke. Brenda deutete mit dem Kinn darauf. Floyd nahm sie und stopfte sie in die Vordertasche seiner Jeans.

»Wir müssen die Polizei rufen!« Patsy steigerte sich immer mehr hinein.

»Okay! Okay! Ich mach die Düse!« Floyd kippte noch schnell den Jim Beam hinunter, den Sostenne ihm ausgegeben hatte. Dann stürmte er zur Tür raus.

»Das war's«, sagte ich. »Schließt hinter ihm ab.«

»Schon erledigt.« Coffee drehte den Schüssel und warf dann einen Blick durch das Glasfenster in der Tür. »Mann, der hat's aber eilig.«

»In welche Richtung rennt er?«

»Hat gerade die Conti überquert. Schnurstracks in Richtung Busbahnhof.«

Sostenne verzog das Gesicht. »Das stinkt mir vielleicht, dass ich diesem widerlichen Kerl vierzig sauer verdiente Dollar in den Rachen geworfen habe.«

»Wir mussten ihm doch ein bisschen Geld für den Bus geben, oder?« Ich küsste ihn auf die Wange. »Mit deinen vierzig Dollar kommt er bis Phoenix oder Milwaukee, je nachdem, welcher Bus gerade abfahrbereit ist, wenn er am Bahnhof ankommt.«

»Endlich ist der Mistsack weg«, kicherte Patsy.

Ich ging zu Marcello und verpasste seinen blutigen Überresten einen sanften Stoß. »Okay, ›Kleiner Cäsar‹. Du kannst jetzt wieder von den Toten auferstehen.«

Die ›Leiche‹ kam auf die Beine, verbeugte sich und machte einen Knicks. Und wir applaudierten. »Das war die beste Vorstellung deines Lebens, kleiner Bruder!« Marie tätschelte eine Stelle an seinem Arm, von der kein roter Caro-Sirup tropfte.

»Oooo ja.« Brenda kümmerte sich nicht um den Sirup und umarmte ihn. »Du warst ja so *macho* in der Rolle.«

»He, Jungs und Mädels«, rief Eubie. »Ich habe Cyrano im Park gespielt. Macho ist kein Problem für mich.«

Coffee lachte. »Solange Floyd nicht wieder hier auftaucht und mitkriegt, dass der eben erst verstorbene Marcello sich bester Gesundheit erfreut, sind wir aus dem Schneider.«

»Das wird nicht passieren«, versicherte ich. »Mit unserer bühnenreifen Vorstellung haben wir ihn vertrieben. Und mit diesem kleinen Kunstgriff werden wir dafür sorgen, dass er nie mehr *wiederkommt.*«

Ich hielt die Zeitung hoch.

»In der Spielhalle haben sie mir dafür 25 Dollar abgenommen, und zwar nur für eine Seite, beidseitig bedruckt. Aber das dürfte reichen.«

Unter dem falschen Logo der New Orleans State stand in Riesenlettern: ›Mann aus Detroit wegen Mordes gesucht‹.

Coffee riss mir die Zeitungsseite aus der Hand und las vor. »›Im Zusammenhang mit dem Mord an einem ihrer Kollegen, Sergeant Daniel Marcello, der sich gestern Abend im French Quarter ereignet hat, fahndet die Polizei von New Orleans nach Floyd Vocheck.‹ Wo hast du denn dieses klasse Foto von Eubie her?«

Der Schauspieler strahlte bis über beide Ohren. »Das ist eins von meinen Hochglanzbildern, als ich Skye Masterson in ›Guys and Dolls‹ am Beverly Dinner Theater gespielt habe.«

Coffee fuhr fort. »›Alle verfügbaren Männer sind an der Fahndung beteiligt‹, erklärte Polizeichef Giarusso auf einer Pressekonferenz am frühen Morgen. ›Wir werden erst Ruhe geben, wenn Vocheck wegen Mordes unter Anklage gestellt wird.‹«

»Klingt genau wie ein echter Zeitungsartikel«, meinte Patsy. »Wer hat das geschrieben?«

Marie klopfte mir auf die Schulter. »Niemand anderer als unsere Cherry.«

»Gut.« Coffee nickte. »Das sieht so echt aus, dass seine Mutter in Michigan es auf jeden Fall glauben wird. Ich schicke ihr die Seite morgen Abend. Irgendwann wird Floyd sie anrufen und um Geld anbetteln, und dann kann sie ihm das vorlesen.«

Brenda seufzte. »So, ich gehe jetzt heim und werde zum ersten Mal seit Ewigkeiten wieder richtig pennen. Und zwar allein!«

KAPITEL EINUNDVIERZIG

St. Charles Avenue – 1998

Die Königin unter den Caterern, Miss Mooney höchstpersönlich, stand hinter dem Büfetttisch. Sie trug ein schlichtes schwarzes Kleid von Donna Karan und gab ihren Leuten im Flüsterton und mit Gesten Anweisungen. (Sie ist der Überzeugung, dass man den besten Service überhaupt nicht bemerken sollte.) Ich ging zu ihr, und sie hielt mir eine kleine Schale Austern Rockefeller hin. »Die magst du am liebsten, richtig?«

»Stimmt. Danke, dass du dich für die Party freigemacht hast.«

»Ich bin froh, dass ich nach all den Jahren endlich Gelegenheit kriege, meine Schuld zu begleichen.«

»Ist lange her seit der Bourbon Street.«

»Aber ich habe dir das nicht vergessen, Cherry. Wenn du nicht diesen gefakten Mord inszeniert und damit Floyd aus der Stadt gescheucht hättest, wäre ich jetzt nicht da, wo ich bin. Vielleicht wäre ich überhaupt nicht mehr am Leben.«

»Vielleicht nicht. Übrigens, hast du jemals wieder was von dem Mistkerl gehört?«

»Ja. Während der ersten paar Monate hat er mich von Telefonzellen aus dem ganzen Mittleren Westen angerufen und gefragt, ob die Luft immer noch dick ist. Und ich habe ihm erzählt, dass er noch gesucht wird und ein paar Furcht einflößende Typen in Nadelstreifen vor meinem Apartment rumhängen. Und irgendwann habe ich ihm gesagt, ich würde vermuten, dass meine Telefonleitung angezapft ist, und er soll mich nicht mehr anrufen. Oje, uns geht die Paté aus.«

Ich hätte mich gern länger mit ihr unterhalten, doch da tauchte Bernie in meinem Sichtfeld auf und zog die Augenbrauen hoch. Der Augenblick für meine große Szene war gekommen. Ich schlenderte zu Mrs. Jessup hinüber, die mein Lächeln erwiderte, bis ich mit dem Kinn auf ihre Tasche deutete. Woraufhin sie »Oh!« sagte, die Tasche öffnete, kurz darin herumkramte und die ›Mordwaffe‹ herauszog. Mit lauter Stimme, so dass es alle Anwesenden hören mussten, rief sie: »Hier ist die Waffe, Margo!«

Ich hielt die Waffe hoch über meinen Kopf, damit ja auch jeder mitkriegte, was sich hier abspielte. Dann baute ich mich in der Mitte des Raumes auf und zielte auf Mr. Jessup. Besser gesagt zielte ich auf einen Punkt dicht neben ihm. Keine Ahnung, warum, aber aus irgendeinem Grund widerstrebt es mir, eine Waffe, selbst wenn sie *nicht* geladen ist, auf ein lebendiges Wesen zu richten. (Und vor allem auf den *Kopf* eines Menschen.)

»Sie sind dieser miese Anwalt, der das Leben meines Vaters ruiniert hat! Endlich kriege ich Sie!«

Jessup schaute mürrisch drein, wie er das immer tat, doch in dieser Situation entsprach es seiner Rolle.

Ich drückte ab, und es gab einen unglaublich lauten Knall, viel lauter als bei der Probe. Mir wurde die Hand so nach hinten gerissen, dass ich fast die Waffe fallen gelassen hätte. In derselben Nanosekunde zersprang auf dem Tisch hinter dem alten Mann ein Weinglas. Ich schrie und ließ die Pistole tatsächlich fallen. Es hätte nicht viel gefehlt, und ich hätte mir wegen ihr den Fuß gebrochen. »Was, zum Teufel noch mal, ist passiert?«

Glen stand mit offenem Mund links von mir, neben ihm Chazz. »Gehörte das nicht zu dem Stück?«

»Scheiße, nein!« Bernie wirbelte auf dem Absatz herum und betrachtete das Glas. »Das muss eine echte Kugel gewesen sein.«

»Das kann doch nicht sein!« Butchie kam auf mich zugelaufen. »Das war eine Platzpatrone. Ich habe die Waffe eigenhändig geladen.« Er hob den Revolver auf, drehte die Kam-

mer und fischte die Patronenhülse heraus. »Nein. Die habe ich nicht da reingetan.«
Ich bekam weiche Knie. »Wenn ich mit dieser Waffe wirklich auf Mr. Jessup gezielt hätte ...«
Jessup war zusammengezuckt, als das Glas gesprungen war. Und als er begriff, wie knapp er dem Tod entgangen war, fing er an zu zittern. Jetzt schäumte er beinah vor Wut. »Ich hätte sterben können!«
»Ja, das fürchte ich auch, Sir«, stimmte Butchie zu. »Das kann kein Zufall gewesen sein. Das muss jemand absichtlich gemacht haben.«
Glen ging hinüber und inspizierte die Scherben. »Ruf doch mal jemand die Polizei.«
Murmelnd stob die Menge auseinander, doch ein Großteil der Gäste hatte die durchschnittliche Lebenserwartung schon längst überschritten und fürchtete sich deshalb nicht vor dem Tod. Frank nahm die Sache in die Hand und sprach in sein Handy. »Wir haben es hier höchstwahrscheinlich mit versuchtem Mord zu tun ... Nein, verletzt ist niemand. Aber das potentielle Opfer war Cyril Jessup ...« Er legte auf (In Wahrheit klappte er das Ding zu.) und wandte sich dann an Glen. »In zwei Minuten wird ein Streifenwagen eintreffen. Gehen Sie nach draußen, und bringen Sie sie rein.«
»Geht in Ordnung.«
(Zwei Minuten? Wenn es um jemanden wie Cyril Jessup ging, reagierte die Polizei prompt. Hätte jemand versucht, mich arme Seele über den Jordan zu schicken, hätten sie eine Polizistin geschickt, die sonst Strafzettel verteilt. Und frühestens am nächsten Tag.)
»Alle mal herhören!« Frank machte eine halbe Drehung, damit sich die ganze Gesellschaft angesprochen fühlte. »Wer hat Zugang zu dieser Waffe gehabt?«
»Jeder, der sich vor acht Uhr im Haus aufgehalten hat«, sagte Butchie mit angespannter Miene. »Ich habe sie geladen, und sie dann zusammen mit den Platzpatronen hinter die Bar gelegt. Dort war sie, bis Mrs. Jessup sie in ihrer Tasche verstaut hat. Ich habe keine solchen Vorsichtsmaß-

nahmen wie bei einer echten Waffe getroffen. Es waren ja nur Platzpatronen drin.«
Frank nahm Butchie die Waffe aus der Hand und hielt sie am Bügel unter dem Abzugshahn fest. »Mrs. Jessup hat sie bekommen?«
»Ja, sie hat die Komplizin von Mrs. Fortier gespielt.«
»Und das hat sie ganz toll gemacht«, warf ich ein.
»Vielen Dank«, sagte die alte Dame mit geröteten Wangen.

KAPITEL ZWEIUNDVIERZIG

St. Charles Avenue – 1998

Drei Stunden nachdem die Party sich aufgelöst hatte, hatten die Jessups sich auf ihre Zimmer zurückgezogen, und Chloe war von einem Streifenwagen nach Hause chauffiert worden. Der arme Frank harrte immer noch am Schauplatz des Verbrechens aus. Julian und ich saßen mit ihm am Küchentisch.
Er blätterte seinen Notizblock durch. »Ich habe jeden verhört, der noch ein Kurzzeitgedächtnis hat.«
»Und du hast keinen Verdächtigen.«
»Nein, habe ich nicht, aber ...« Frank schüttelte den Kopf. »Dieser Freund von Glen, dieser Junge, Chazz Smith, der gefällt mir gar nicht. Irgendetwas an dem ist sonderbar.«
»Der ist durch und durch sonderbar«, stimmte ich ihm aus vollem Herzen zu. »Das ist ein Penner.«
»Stimmt, aber ich meine nicht nur das. In meinem Beruf treffe ich den einen oder anderen Penner. Aber der hier ist anders.«
»Anders? He, Chef, dann komm mal in *mein* Viertel. Von dieser Sorte gibt es fünf an jeder Straßenecke.«
»Genau da liegt ja der Hase im Pfeffer, Margo. Wisst ihr, der Junge führt sich auf wie ein Gettobürschchen, aber das kaufe ich ihm nicht ab.«

»Und warum nicht?«

»Als Chloe und ich hier aufgetaucht sind, hat Glen mich dem jungen Smith vorgestellt. Zuerst hat er mir die Hand geschüttelt und zwar so.« Er streckte ganz normal die Hand aus und bewegte sie auf und ab. »Und dann hat er plötzlich anders reagiert.« Er führte die Hand zum »Abschlagen« bis auf Augenhöhe und hielt die Handfläche nach vorn.

»Das war bestimmt nur ein Reflex.«

»Aber so ein Typ wie der, den er spielt, hätte diesen Reflex überhaupt nicht. Ein Gettojunge weiß nicht, wie man jemanden richtig begrüßt, das heißt, wie ein Weißer jemandem die Hand schüttelt.«

»Dann«, schlussfolgerte Julian, »gibt er sich also härter, als er ist. Tun wir das nicht alle?«

Frank brummelte in seinen Kaffee: »Er ist der Einzige, der hier nicht reinpasst. Und darum werde ich ihn mal genauer unter die Lupe nehmen.«

»Die Vermutung, dass Chazz der Bösewicht ist, hat einen großen Haken«, wandte ich ein. »Er hatte doch gar keinen Grund, die Platzpatrone gegen richtige Munition auszutauschen und Mr. Jessup umzubringen.«

»Vielleicht hat er es getan, damit sein Freund Glen ein Vermögen erbt.«

»Das wäre aber nicht der Fall gewesen«, sagte ich. »Jessup hat sein Testament noch nicht zugunsten von Glen geändert.«

»Und woher hast du diese Information?«

»Andrew hat es mir gesagt.«

»Na, dann wollen wir uns mal mit Andrew unterhalten.«

»Er ist in seinem Büro.«

Eine Minute später saß Andrew bei uns am Tisch. Seine Hände lagen auf den Knien.

»Hören Sie, Lieutenant, hier auf dem Anwesen gibt es nur einen Gauner. Ich weiß, dass er einer ist, aber beweisen kann ich es leider nicht.«

»Chazz Smith?«

»Ich habe meinen ›Cousin Glen‹ gemeint.«

»Die DNS-Analyse ist eindeutig«, meinte ich.

»Könnte es nicht sein, dass der Test irgendwie gefälscht wurde?«, spekulierte Frank. »Gibt es das Millhiser-Labor überhaupt?«

»Das habe ich schon überprüft«, erzählte ich ihm. »Millhiser ist ein hoch angesehenes, unabhängiges Labor in Westpennsylvania. Ich habe mit der Leiterin, einer Dr. Mavis Brown, telefoniert, die bestätigt hat, dass die Tests gemacht wurden.« Ich äffte ihr förmliches Getue nach. »Ja, dieser junge Mann ist vor zwei Monaten hier gewesen und hat sich für die DNS-Analyse Blut abnehmen lassen. Gut aussehender junger Mann. Recht beeindruckend. Er konnte sich sehr gut ausdrücken.«

»Ja, alle sind von ihm beeindruckt«, murrte Andrew. »Ich vermute mal, Glen könnte noch auf der Titanic Eiswürfel verscherbeln.«

Frank nickte indifferent. »Wenn er Dreck am Stecken hat, gibt es irgendwo eine Akte über ihn. Wir werden uns seine Fingerabdrücke beschaffen und sie überprüfen. Das heißt, falls es Ihnen nichts ausmacht, wenn wir Ihre auch nehmen. Nur damit die ganze Sache ausgewogen ist.«

»Nur zu.« Andrew spreizte die Finger. »Sie werden mir nichts anhängen können, es sei denn, Langeweile steht unter Strafe. Sagen Sie Lieutenant, finden Sie, dass Glen und Chazz als Freunde zusammenpassen?«

»Viele Gemeinsamkeiten scheinen sie nicht zu haben.«

»Es sei denn, es gibt da etwas, was die beiden verbindet und wovon wir nichts wissen.«

»Was denn? Liebe?«

»Ach was! Geld.«

»Dann glauben Sie also, die beiden haben sich zusammengetan, um an Jessups Vermögen ranzukommen?«

»Was sonst?«, fragte Andrew. »Ich habe gehört, wie Chazz etwas Sonderbares gesagt hat.«

»Und wie ist es dazu gekommen?«

»Ganz zufällig hatte ich ein Wasserglas an die Wand von Glens Zimmer gepresst und das Ohr daran gehalten. Wie

auch immer, Chazz sagte zu Glen: ›Ich habe zwei Jahre gebraucht, bis ich dich gefunden habe.‹«
»Das würde bedeuten, dass sie sich nicht rein zufällig an der Memorial Wall über den Weg gelaufen sind, wie er behauptet hat.«
»Nein, ich hatte den Eindruck, dass Chazz Glen Watley gesucht hat.«
»Und warum sollte er das tun?«
»Keine Ahnung.«
»Glen sieht ziemlich gut aus«, mischte ich mich in die Unterhaltung ein. »Könnte doch sein, dass Chazz sagen wollte, dass er immer darauf gehofft hat, jemandem wie ihm zu begegnen.«
»Wenn du mich fragst, sind die beiden nicht zusammen«, sagte Julian.
»He, Leute.« Mein Blick schweifte durch die Runde. »Vielleicht zieht Chazz ja die klassische Nummer mit dem ›verschollenen Erben‹ ab.«
»Verschollenen Erben?«
»Das ist keine neue Idee. Nehmen wir mal an, ich wäre eine Betrügerin. Mein Ding ist es, die Todesanzeigen durchzusehen, bis ich auf einen reichen Typen stoße, der ohne ein Testament zu hinterlassen gestorben ist und keine Verwandten hat. Und ich weiß, dass sein Vermögen dem Staat zufällt, wenn kein Erbe gefunden wird.«
Andrew nickte. »Richtig. So würde es ablaufen.«
»Dann gehe ich zum Staatsarchiv, bringe den Stammbaum des toten Mannes in Erfahrung und grabe so lange, bis ich auf den nächsten Blutsverwandten stoße. Sagen wir mal, das ist Jake aus Gretna, ein Cousin dritten Grades von der Mutter.«
»Weiter.«
»Und dann gehe ich zu Cousin Jake und sage: ›Ich verrate dir, wie du an eine Menge Geld rankommst, wenn du mit mir halbe-halbe machst. Du musst nur noch hier unterschreiben.‹«
»Aber so funktioniert das nicht«, wandte Frank ein. »Denn

Cousin Jake weiß nun Bescheid und findet auch ohne dich heraus, wo das Geld zu holen ist.«
»Kann durchaus sein. Aber für ihn dürfte es wesentlich schwieriger als für mich sein. Ich musste ja nur einen Verwandten finden, von irgendeinem Familienzweig. Aber Jake muss alle weit verzweigten Äste durchgehen, und das von jedem Verwandten. Er muss also seine gesamten Vorfahren überprüfen und alle ihre Nachkommen. Und wenn ein paar von denen einen Allerweltsnamen wie Jones haben, kann es Jahre dauern, bis er alles durchhat. Er weiß ja nicht mal, ob der eigentliche Wohltäter überhaupt ein Blutsverwandter ist.«
»Das war sehr lehrreich.« Julian unterdrückte ein Gähnen. »Aber wenn wir jetzt mal wieder zu Chazz zurückkehren: Mir kommt er nicht so fokussiert vor, als dass er sich dem Studium von Stammbäumen widmen würde.«
»Auch wenn das sein Steckenpferd wäre, hätte er nichts gefunden«, gab ich zu. »Schließlich hat es nie eine offizielle Verbindung zwischen Watley und den Jessups gegeben. Glen hat erwähnt, dass der Name seines Stiefvaters auf seiner Geburtsurkunde stand. Und unser Freund Chazz behauptet, dass er in Harlem aufgewachsen ist. Woher sollte er also von einer blauäugigen Stripperin im Mittleren Westen erfahren haben, die heimlich den illegitimen Enkel eines Millionärs aus New Orleans auf die Welt gebracht hat?«
»Die Welt ist kleiner, als man glaubt«, gab Julian zu bedenken. »Nehmen wir mal an, Smith' Vater war in der Armee. Er könnte doch in derselben Einheit wie der junge Jessup gedient haben. Und mitgekriegt haben, wie der mit seiner Wochenendaffäre auf der Bourbon Street und seiner bevorstehenden Vaterschaft geprahlt hat.«
»Sehr unwahrscheinlich«, meinte Andrew. »Onkel Cyril hat mir erzählt, dass sein heiliger Gerald drei Wochen nach seiner Ankunft von einem vietnamesischen Heckenschützen erschossen wurde. Woher hätte er wissen sollen, dass die Frau von ihm schwanger ist?«

»Stimmt auch wieder. Nach so kurzer Zeit wird sie es selbst noch nicht gewusst haben. Und wir gehen immer noch davon aus, dass die beiden Kontakt gehalten haben. Es gibt aber keinen Grund anzunehmen, dass die Beziehung weiterging.«

»Auf gar keinen Fall«, bestätigte ich. »Patsy hat sich immer gerade mit dem Typen zusammengetan, der das beste Dope hatte. Und wenn das weg war, schickte sie den Kerl wieder in die Wüste. Nach dem Wochenende hat sie Gerry nie erwähnt. Wenn die beiden tatsächlich eine oder zwei Nächte miteinander verbracht haben, hat es ihr gewiss nichts bedeutet. Falls sie sich überhaupt an ihn erinnern konnte.«

»Und wo ist nun der Zusammenhang?«

»Da uns das keiner sagen kann, werden wir es wohl nie erfahren. Aber wegen dem Geld Ihres Onkels tun sich offensichtlich die eigenartigsten Leute zusammen.«

In dem Augenblick kam Kimberley in Jeans und einem T-Shirt mit dem Aufdruck ›Lummeliger Keks‹ in die Küche gerauscht. Ihre Lockenpracht war verschwunden, und sie hatte das Haar zu einem Pferdeschwanz zusammengebunden. Außerdem war sie nicht geschminkt. Nun sah sie nicht mehr wie die wunderschöne junge Schauspielerin, sondern wie ein ganz gewöhnliches Mädchen aus, wie man sie haufenweise an jeder Straßenecke antrifft.

»Brauchen Sie mich noch, Lieutenant?«

»Nein, im Grunde genommen nicht. Ich habe ja Ihre Nummer in L.A., falls noch was sein sollte.«

»Hallo, Margo. Ich hoffe, Sie spielen irgendwann mal wieder meine Mutter.«

»Danke, das hoffe ich auch.«

Die junge Frau trat vor den Kühlschrank, musterte die voll gepackten Fächer und nahm nur eine Flasche Evian heraus. (Kein Wunder, dass sie so dünn ist.)

Dann kam unsere Gastgeberin, Mrs. Jessup, herein. Sie hatte sich ein Taftkleid angezogen, das für den Hausgebrauch viel zu schick aussah.

»Kann ich Ihnen frischen Kaffee anbieten, Lieutenant?«
»Nicht so spät in der Nacht, Mrs. Jessup. Trotzdem vielen Dank.«
»Ach nein, natürlich nicht. Koffein. Wie gedankenlos von mir. Bitte nehmen Sie sich, worauf Sie Appetit haben.«
»Ja, Ma'am.«
Und dann tauchte auch noch Dino, ebenfalls in Jeans, auf. In natura war er nicht weniger attraktiv wie als Guido.
»Margo?« Er kam herübergelaufen und nahm meine Hand. »Morgen früh um acht fliege ich ab.«
»Schon?« Ich gab mir Mühe, ganz beiläufig zu klingen. »Sie haben sich ja noch nicht mal die Stadt angesehen.«
»Ja, das ist wirklich schade. Aber mein Agent hat angerufen. Sie brauchen mich am Montag für mehrere Anproben.«
»Anproben?«
»Ja.« Er grinste. »Erinnern Sie sich noch, wie ich Ihnen von diesem unabhängig produzierten Pilotfilm erzählt habe, mit Bernie und mir?«
»Den der Autohändler in Oxnard finanziert hat?«
»Genau. Ich habe es ja nicht für möglich gehalten, aber der dämliche Streifen hat sich doch verkauft.« Er lachte. »Barry Diller hat sechs Episoden für Fox in Auftrag gegeben. Bernie soll bei zweien Regie führen.«
Mrs. Jessup fragte mich: »Barry Diller? Hat er nicht ›Fang‹ gespielt?«
»Nein, er war nie mit Phyllis verheiratet.«
»Wer ist Phyllis?«, wollte Kim wissen.
»Ich gratuliere Ihnen, Dino.« Und drückte ihm die Hand. »Ich freue mich schon darauf, Sie im Fernsehen zu sehen.«
»Sie würde ich gern überall sehen.«
Dann küsste er mich auf die Wange. Er roch sehr gut.

KAPITEL DREIUNDVIERZIG

Canal Street – 1998

Ich stellte mich vor das Schaufenster eines Schuhgeschäftes, bewunderte mein Spiegelbild und rückte meinen taubenblauen Glockenhut zurecht.

Julian teilte meine Bewunderung nicht. »Ich begreife immer noch nicht, wieso du uns hierher schleppen musstest?«

»Weihnachten ist einfach viel zu kurz, und ich möchte jede einzelne Minute genießen. Ich glaube, dass wir in der Canal Street stimmungsmäßig richtig auf unsere Kosten kommen.«

»Na, jetzt sind wir mitten in der Stadt und weit und breit keine Spur von den ›festlich geschmückten Straßen‹, die dich so aus dem Häuschen bringen …«

»Wie Recht du hast.«

Früher war die Canal Street zu dieser Jahreszeit immer festlich geschmückt gewesen. Lichterketten hingen unter den Bögen des Mittelstreifens, wo die Busse fuhren, doch heute machte niemand sich mehr diese Mühe. Ein paar umsichtige Bürger hatten hier und dort ein paar Lichterketten aufgehängt, die die Umrisse von Jazzinstrumenten imitierten, aber aus irgendeinem unerfindlichen Grund waren sie an diesem Abend nicht eingeschaltet. Und früher hörte man auf den Gehwegen auch Weihnachtslieder. Dazu wurden extra Lautsprecher nach draußen gebracht, eine Art Gedächtnisstütze für die Kundschaft, damit wir nicht vergaßen, zu Weihnachten Geschenke für Verwandte und Freunde aufzutürmen. Früher hatten die Händler hier alles für die Festtage festlich geschmückt, aber inzwischen hatten sie längst dichtgemacht.

Holmes hatte das Schaufenster immer am aufwendigsten dekoriert und eine verschneite Weihnachtsszene mit einem mechanischen Nikolaus in einem Berg von Geschenken nachgestellt. Heute war das ehemalige Kaufhaus ein Chateau Sonesta Hotel. (Die obdachlosen Frauen, die früher mehr oder minder im Puderraum gelebt hatten, trifft man dort nicht mehr an.)

Als ich – und der Rest der Welt – noch jung und unschuldig war, stellten Kaufhäuser einen Nikolaus ein und versetzen die Eltern damit in Schenklaune. Als kleines Mädchen kletterte ich mit Vorliebe auf den Schoß eines gut gelaunten Weihnachtsmannes, verriet ihm, was ich zu Weihnachten haben wollte (eine Puppe, die weinen kann, und ein Bongobrett), woraufhin er mit tiefer Stimme grunzte und mir ein kleines Spielzeug oder eine Zuckerstange schenkte. Heute wird ein Nikolaus von Porträtfotografen als Lockvogel eingesetzt, damit man von seinen Kindern, solange sie noch niedlich sind und an den Weihnachtsmann glauben, ein Foto machen lässt. Und überall, wo man sich zum Fotografieren anstellen kann, hängt ein Schild mit den Größen und Preisen der Bilder, die der stolze Vater in Auftrag geben kann.

Vor dem Maison Blanche hat auch immer jemand von der Heilsarmee gestanden, mit einer Klingel geläutet und den Passanten ein rotes Eimerchen hingehalten. Aber auch dieses großartige Geschäft hat seine Pforten längst geschlossen. Die Schaufenster sind stockdunkel. Und die darüber liegenden Büros, wo Dr. Gomilla zur Abschreckung Fotos von syphilitischen Penissen aufgehängt hatte, stehen alle leer. Der Mann von der Heilsarmee sammelt nun Geld in der Lakeside Mall, ungefähr zwanzig Meilen die Interstate 10 hinunter.

Nicht einmal den Billigmarkt McGrorys einen Block weiter, wo man immer taiwanesische Waren kaufen konnte, gibt es mehr. In dieser Straße hatte man die Wahl zwischen zwei Woolworths, die nicht mal hundert Meter voneinander entfernt waren. Jetzt sind beide Filialen dicht. Ich stierte in die Fenster von der Zweigstelle an der Kreuzung North Rampart und sah nur leere Kassen, an denen vor langer Zeit mütterliche Kassiererinnen in roten Kitteln gearbeitet hatten. Auch der riesige Krauss auf der gegenüberliegenden Straßenseite hat seine Pforten geschlossen und ist dunkel.

Nur die Markise über dem Haupteingang ist beleuchtet, denn dort warten ab und an ein paar Leute auf den Bus. Derzeit sind Sportschuhe der Renner auf der Canal Street. Auf der Uptown-Seite, da, wo das noble Godchaux war, ist heute ein Sports Plus. Und gleich daneben, wo Gus Mayer's war, gibt es einen Foot Action, während Kreegers, auf der Downtown-Seite, durch einen Foot Locker ersetzt wurde. Auf der Canal Street gibt es einfach nicht mehr genug Geld oder Stil für Weihnachtsdekorationen. Und während wir die Straße hinunterspazierten, hörte man nur aus den Fastfood-Läden Weihnachtslieder. Anstelle von Bing Crosbys samtweichem Bariton ›It's beginning to look a lot like Christmas‹ schepperte nun ›A Funky Christmas At My House‹ von jemandem wie Ru-Paul. (Gott steh uns bei und errette uns!)

Es sieht ganz so aus, als hätten die Kunden in den neunziger Jahren das Interesse an der Canal Street verloren. Und außerdem hatten sie es satt, vier Dollar fürs Parken hinzublättern. Jetzt fährt jeder, der über einen fahrbaren Untersatz verfügt, in die Shopping Malls in den Vororten. Dort ist das Parken umsonst.

In den siebziger Jahren wurden die Bars für Seeleute im 200er Block dem Erdboden gleichgemacht. An der Stelle hat man eine mehrstöckige Shopping Mall aus Glas und Stahl hochgezogen. In One Canal Place gibt es kleine Yuppie-Boutiquen wie Brooks Brothers, Laura Ashley und Gucci. Doch all diese Geschäfte bieten zusammengenommen weder die Auswahl noch das Sortiment wie Holmes in seinen Glanzzeiten.

Ich blieb vor dem Popeye's Fried Chicken stehen. »Warte mal, Julian. Mein blöder Schnürsenkel ist schon wieder aufgegangen.« Ich beugte mich hinunter und band ihn wieder zu. »Welcher Idiot ist eigentlich auf die Idee gekommen, runde Schnürsenkel auf den Markt zu bringen?«

»Ich nehme mal an, sie sollen schick aussehen.«

»Aber im Gegensatz zu den flachen gehen sie dauernd auf.«

Er schenkte mir eins von diesen Ich-bin-dir-schon-weit-voraus-Lächeln, die mich auf die Palme bringen. »Aus diesem Grund nehme ich, wenn ich Turnschuhe kaufe, die runden raus und ziehe flache auf.«

Nachdem ich zwei zusätzliche Knoten gemacht hatte, richtete ich mich auf, blieb kurz stehen und musterte einen großen grauhaarigen Mann mit Bierbauch, der eine Horde brünetter Kinder verschiedenen Alters über den Mittelstreifen scheuchte. Der Jüngste aus der Sippe riss sich los, rannte weg und rief: »Ich hole mir ein MacSandwich!«

»He, tit' Eunice«, rief der Mann mit ernster Stimme. »Komm zurück!«

»Margo?« Julians Hand lag auf meiner Schulter.

»Wie bitte? Ich habe gerade ...«

»Lass uns mal nachsehen, was drüben auf der Royal Street los ist.«

Auf dem 300er Block der Royal Street wurden wir endlich mit einer richtigen Weihnachtsdekoartion belohnt: ein großes Haus mit riesigen Bäumen, echten Bäumen, Bäumen, die man riechen konnte, beleuchtet und mit eleganten roten Schleifen verziert. »Jetzt sieh dir das an. ›Frohe Weihnachten wünscht Ihnen das 8. Polizeirevier und die Vieux Carré Kommission.‹ Es kann einfach nicht gut um eine Stadt bestellt sein, wenn der feierlichste Ort in der Stadt das Polizeirevier ist.«

Julian nickte. »Ich könnte wetten, dass nicht die Bullen mit den Stiernacken, sondern die Tunten von der Vieux Carré Kommission alles so nett hergerichtet haben.«

Wir schlenderten weiter und kamen an zwei Teenagern vorbei. Ihre schlabbrigen Hosen waren so weit nach unten gezogen, dass man den Bund ihrer Boxershorts sah. Irgendwo weiter die Straße hoch spielte ein Straßenmusiker ein Trompetensolo von ›Chestnuts Roasting On An Open Fire‹.

Julian summte ein paar Takte mit. »Wenn wir gerade schon so schön in Stimmung sind, Margo ... Was wünschst du dir zu Weihnachten?«

»Ich habe alles, was ich brauche. Was wünschst du dir?«

»Ein paar neue Hemden von The Custom Shop reichen vollkommen.«
An der St. Peter Street bogen wir nach rechts ab und gingen in Richtung Jax-Brauerei, von der aus man auf den Fluss an der Decatur Street schauen kann. Heute ist das eigentlich keine Brauerei mehr. Jax hat schon in den Siebzigern aufgehört, Bier zu brauen. Das Brauereigebäude war in eine Mall mit kleinen Geschäften umgewandelt worden. In erster Linie leben sie von Touristen, die ihr ganzes Geld ausgeben und dann schnell wieder in ihre Busse steigen. Wir gingen in den Bookstar im Erdgeschoss, wo Julian auf die Abteilung für klassische Musik zusteuerte, während ich das Zeitschriftenregal durchsah. Auf der Titelseite der neuen ›Zweifelhafte Erfolge‹-Ausgabe vom ›Esquire‹ stand in großen Buchstaben. ›Vorsicht! MIT LINDA-TRIPP-FOTO‹.
(Kein Mensch kann Linda Tripp ausstehen, deshalb regt sich auch niemand darüber auf, dass alle sich über ihr Gewicht lustig machen. Problematisch daran ist, dass es ein paar Millionen sehr netter Frauen gibt, die genauso dick sind und sich vermutlich wahnsinnig darüber ärgern.)
In dem Augenblick entdeckte ich ein bekanntes Gesicht, das niemandem anderen als Glens Freund Chazz Smith gehörte. Er stand bei den Postkarten und drehte den Ständer. Ich hatte sein Profil vor mir und fragte mich, mit was dieser unflätige Punk so viel männlich-attraktive Ausstrahlung verdient hatte. Dann drehte er sich um und sah mich.
»Hallo, nett, Sie wieder zu sehen«, log ich höflich.
»Hi«, murmelte er zurück.
Nach einer Weile entschied er sich für eine Karte – ein Farbfoto von der regennassen Bourbon Street bei Nacht – und hielt sie mir vor die Nase. Darauf abgebildet waren auch die blinkenden Neonreklamen der Klubs, die ich seit zwanzig Jahren nicht mehr gesehen hatte.
»Sehr schön«, sagte ich.
Er nickte mehrmals hintereinander – wie einer von diesen Hunden mit den Wackelköpfen. »Ist ganz okay.« Und dann ging er zur Kasse.

»Hast du was gefunden, Chazz?«

Das war Glen. Er stellte sich neben seinen Freund und klopfte ihm auf die Schulter.

»Nur 'ne Karte.«

Julian tauchte mit einer Kassette der New York City Opera auf und warf mir einen Blick zu, der besagte: »Sieh mal an! Sie sind unzertrennlich!«

»Na, wenn das nicht die Fortiers sind!« Glen drehte sich um und grinste uns an. »He, wieso kommen Sie nicht mit? Wir gehen rüber ins Café du Monde und wollen Beignets essen.«

»Wir werden Sie bis dorthin begleiten«, schlug Julian vor. »Aber auf die Beignets verzichten wir lieber.«

»Meine alte Bauchspeicheldrüse dreht schon beim bloßen *Anblick* von so viel Zucker durch«, gab ich zu, und bereute es im nächsten Augenblick gleich wieder.

Beim Hard Rock Café lief plötzlich ein kurz gewachsenes, unförmiges Mädchen vor uns. Sie hatte kurzes, abstehendes Haar, das vorn blond gefärbt und hinten von Natur aus schwarz war. Mir fiel sie nur auf, weil sie wirklich schrecklich aussah. Doch das Mädchen blieb vor dem Schaufenster stehen, wirbelte mit einem Mal auf dem Absatz herum und winkte uns zu. »Bucky, bist du das?«

»Laurie?«, rief Glen und sprang hoch wie eine gezündete Rakete. »Mann, wenn das nicht Laurie Denton ist!« Er lief zu ihr hinüber, riss sie hoch, schloss sie in die Arme und küsste sie lautstark. Sie wand sich vor Entzücken. Irgendwann nahm er sie wieder herunter, ohne sie loszulassen. »He, sieh dich an! Ich kann nicht fassen, dass wir uns hier unten über den Weg laufen!«

»Mann!« Laurie Denton machte einen atemlosen und angenehm überraschten Eindruck auf mich. »Ich hatte ja keinen Schimmer, dass du in New Orleans bist, Bucky. Ich bin nur wegen der Voodoo-Ausstellung im Museum hier.«

»Ich komme gleich!«, rief Glen uns zu, obwohl weder ich noch Julian Zeichen von Ungeduld gaben. Chazz' Blick war kalt wie Stahl.

»Schnell, Laurie. Wo pennst du?«

»Im Lombard Bed & Breakfast. In der Taft Street.«
»Prima! Ich rufe dich dort an.«
Als Glen sich wieder zu uns gesellte, war sein Gesicht rot, und er atmete schwer. »Mann, ist es zu fassen? Sie ist hier. Das ist fast ein Wunder.«
Julian zog eine Augenbraue hoch. »Wie es aussieht, ist die junge Dame eine gute Freundin von Ihnen?«
»Da liegen Sie richtig. Ist noch gar nicht lange her, da hatten wir eine ganz besondere Sache am Laufen, in Minnesota.«
Ich lächelte, als würde ich mich über die Romanze freuen, obwohl ich nicht ganz kapierte, wieso ein gut aussehender Glückspilz wie Glen auf ein Mädchen stand, das weder sonderlich gut aussah noch – nach der Frisur zu urteilen – Geschmack besaß.
»Sie hat Sie ›Bucky‹ genannt«, sagte ich, nur um irgendetwas zu sagen.
»So nennt mich daheim jeder.« Er grinste. »Wegen meiner Zähne.«
»Na, die sind doch ganz ebenmäßig.«
»Ja, aber das war nicht immer so.« Er zeigte auf sein Gebiss. »Spange, drei Jahre lang.«
Und dann wurden wir beinah von einer dicken jungen Frau mit einem Riesenberg Dreadlocks umgerannt. Sie lief einem krummbeinigen, aufmüpfigen Kleinkind hinterher, das im Zickzackkurs den Bürgersteig hinuntertaumelte. »Orenthal! Komm sofort wieder hierher!«

KAPITEL VIERUNDVIERZIG

Piety Street – 1998

Ich zündete eine Duftkerze mit Kiefernaroma an und machte eine Dose Shortbread-Kekse mit dieser künstlichen Kirschfüllung auf.
»Ist doch komisch, dass Glen so weit von Zuhause weg ist

und dann ausgerechnet einem Mädchen aus seiner Heimat über den Weg läuft. Er war ja ganz begeistert, dass er sie getroffen hat.«

»Ich kapier nicht, was er an ihr findet«, meinte Julian. »In meinen Augen sind die beiden alles andere als ein perfektes Paar.«

»Na, Laurie sieht vielleicht nicht besonders gut aus, doch Mädchen können noch andere Qualitäten haben.«

»Was zum Beispiel.«

»Vielleicht ist sie reich .«

»So reich wie Glen, wenn er das Vermögen der Jessups erbt?«

»Hm … eher unwahrscheinlich.«

»Tja, sie hat große Titten«, meinte Julian. »Vielleicht geht es nur darum.«

»Glaubst du, Glen ist zu früh auf feste Nahrung umgestellt worden?«

»Gut möglich.« In dem Moment merkte er, dass ich meine Baskenmützenkollektion durchsah und eine violette herausfischte. »Willst du heute Abend ausgehen?«

»Ja, wie jeden Abend bis Neujahr.«

Um die Weihnachtszeit ist mein Terminkalender voll, denn ich versuche immer, so viele Weihnachtseindrücke wie nur irgend möglich zu sammeln, damit sie bis zum nächsten Jahr vorhalten.

»Ich gehe runter zum Jackson Square und höre mir das Weihnachtssingen an«, trällerte ich. »Kommst du mit oder nicht?«

»Kommt ganz darauf an. Hat Brad Pitt eine Nachricht für mich hinterlassen?«

»Nee.«

»Na, dann komme ich mit.«

Wir fuhren die Burgundy Street bis zum Rand des Quarters hinunter, parkten auf dieser Seite der Esplanade und legten den Rest der Strecke bis zur St. Louis Cathedral zu Fuß zurück.

Wir gingen quer durch die Mall bis zum Jackson Square. Die

Eisengittertore standen offen, und zwei umsichtige Freiwillige verteilten Kerzen und Blätter mit Texten von den Weihnachtsliedern, die wir alle kennen und lieben. Julian und ich waren früh dran, und wir kriegten noch Stehplätze im vorderen Teil.

Neben dem Springbrunnen war vorübergehend ein Podest aufgebaut worden, auf dem nun Bürgermeister Morial stand und ein paar heitere Weihnachtsgrüße an die Menge richtete. Danach fragte der Sponsor der Veranstaltung die Leute, seit wann sie schon zum Weihnachtsliedsingen kamen. Ein paar treue Seelen kamen doch tatsächlich schon seit zwanzig Jahren. Ich brüllte und winkte, als sie bei fünf Jahren waren.

Wir zündeten die Kerzen an (das Feuer wurde von Kerze zu Kerze weitergereicht, denn mittlerweile raucht ja fast niemand mehr). Das Programm wurde mit ›Stille Nacht‹ eröffnet. Bei der ersten Strophe mussten wir gut gelaunten Sänger nicht vom Blatt ablesen. (Die zweite Strophe, ab ›Hirten erst kund gemacht‹, kennt allerdings kein Mensch im christlichen Kulturkreis mehr auswendig.) Unsere kleine Vorstellung war alles andere als erhabener Chorgesang. Wir sangen nicht mehrstimming, und es klang auch nicht besonders harmonisch. Die Leute stehen einfach nur da und singen, so gut sie eben können, die einfache Melodie, wie der Chor bei einem Konzert der Boston Pops.

Gemeinsam besangen wir die Ankunft der Engel, hießen die Gläubigen willkommen, beklagten die schlechte Unterbringung in der Krippe und verkündeten die Geburt des Heilands, wie Matthäus und Lukas sie (unterschiedlich) beschrieben haben. Gelobt sei Jesus Christus.

Nachdem wir das letzte Lied auf dem Blatt gesungen hatten, waren die meisten Kerzen schon ausgegangen.

»He, sind das nicht Margo und Julian?«

Als wir uns umdrehten, stand da kein Geringerer als Glen Watley. Er war richtig in Weihnachtsstimmung.

»Ich habe mir doch gleich gedacht, dass ich Sie beide da vorn gesehen habe.«

»Hallo, Glen. Wie hat Ihnen das Weihnachtssingen gefallen?«

»Super!« Er klatschte in die Hände. »In dieser Stadt gibt es immer irgendetwas Aufregendes, das man machen kann. Ich weiß jetzt schon, dass es uns in New Orleans gefallen wird.«

»Sie und Chazz?«

»Nein. Ich bin mir meiner Freundin Laurie hier. Sie ist auch zum ersten Mal über Weihnachten in New Orleans. Und ich hoffe, dass wir hier noch oft Weihnachten feiern werden. He, ich muss wieder zurück.« Er deutete mit dem Finger hinter sich und winkte uns zum Abschied.

Da ertönte hinter uns ein lauter Schrei und dann gleich noch einer. In New Orleans rennt man eigentlich schnell weg, wenn es irgendwo Probleme gibt. Aber weil ich für die Zeitung arbeite, bin ich von Beruf aus neugierig. Ich lief Glen hinterher. Wir zwängten uns durch eine Ansammlung von Menschen, die in alle Himmelsrichtungen rannten. Und dann sah ich, dass auf dem Rasen vor dem Zaun eine kompakte Gestalt lag.

»Rufen Sie die Polizei!«, schrie ein Mann.

Ein anderer hatte schon sein Handy herausgeholt.

»O nein! Das ist Laurie!«, rief Glen. »Was ist passiert?«

Eine dünne junge Frau brabbelte hysterisch. Wahrscheinlich hatte sie vorhin geschrien.

»Wir haben bloß vor dem Zaun gestanden. Sie hat von ihrem Freund erzählt. Wie sehr sie ihn liebt. Ich habe zum Podest hinübergesehen und geschaut, ob der Bürgermeister noch oben steht, und plötzlich ist sie aus heiterem Himmel zusammengebrochen, umgekippt. Zuerst dachte ich, sie wäre in Ohnmacht gefallen. Dass sie vielleicht schwanger ist. Und dann habe ich diesen großen Fleck auf ihrem Rücken gesehen. Ich musste einfach nur schreien.«

KAPITEL FÜNFUNDVIERZIG

Jackson Square – 1998

Vierzig Minuten später stand Frank Washington richtig mies gelaunt auf dem Jackson Square.

»Soweit wir das rekonstruieren können, hat Miss Denton genau hier mit dem Rücken zum Zaun gestanden, und jemand hat sie durch das Gitter hindurch erstochen und ist dann mit dem Messer weggelaufen.«

»So muss es gewesen sein«, schluchzte Glen. »Aber wer hätte Laurie umbringen sollen?«

»Da kommt eigentlich jeder in Frage. Hier waren Unmengen von Menschen aus dem ganzen Land. Keiner hat den anderen gekannt, und alle haben Mützen und Schals getragen.«

»Dann«, sagte Frank, »lautet die Frage also nicht, wer Laurie hätte umbringen sollen, sondern wer ein *Motiv* gehabt hat.«

»Niemand!« Glen haute mit einer Faust auf die andere Handfläche. »Laurie hat in ihrem ganzen Leben nie jemandem was getan.« Er holte ein Taschentuch heraus, ging ein paar Meter weiter und rang um Beherrschung.

Ich fragte Frank: »Glaubst du, der Täter war vielleicht so eine Art abartiger Triebtäter?«

»Abartige Triebtäter schlagen normalerweise nicht in der Öffentlichkeit zu«, meinte er. »Zu gefährlich und zu wenig Spaß dabei.«

»Einmal abgesehen von Glen kannte hier in der Stadt niemand Laurie.«

»Glen steht aber nicht unter Verdacht«, warf Julian ein. »Er hat sich mit Margo und mir unterhalten, als das arme Mädchen umgebracht wurde.«

»Und es besteht auch gar kein Grund, ihn zu verdächtigen, oder?«, fragte ich. »Immerhin hat er sie geliebt.«

»Sein Freund Chazz aber nicht«, meinte Frank.

»Warum hätte Chazz ein Mädchen töten sollen, das er gar nicht kennt?«

»Aus Eifersucht.«

»Damit deutest du an, dass Chazz und Glen ein schwules Liebespaar sind. Ich glaube das nicht .«

»Vielleicht ist die Liebe einseitig.«

Julian wirkte nicht überzeugt. »In dieser Stadt gibt es haufenweise hübsche, schwule junge Männer. Chazz hätte freie Auswahl gehabt.«

»Wenn ihr mich fragt«, sagte ich, »passt Glen besser zu Chazz als zu der armen Laurie. Was die beiden aneinander fanden, wird mir wohl immer ein Rätsel bleiben. Es sei denn, Laurie war reich.«

»Nein, war sie nicht«, sagte Frank. »Das habe ich vor ein paar Minuten erfahren, als ich Glens Aussage aufgenommen habe. Er hat sie vor drei Jahren kennen gelernt, als er als Verkäufer in einem Möbelgeschäft in Minnesota gearbeitet hat. Sie war dort in der Buchhaltung.«

»Hat das Möbelgeschäft ihrem Vater gehört?«

»Ich war so frei und habe mich auch danach erkundigt. Nein, sie war dort nur angestellt.«

KAPITEL SECHSUNDVIERZIG

Piety Street – 1998

Ich ging um den Esstisch und schenkte Gaby ihren ersten Drink nach dem Abendessen ein. Scotch und Wasser, ein Eiswürfel.

»Es ist ganz schrecklich, dass Glens Freundin umgebracht worden ist«, meinte Gaby. »Ich hoffe nur, er kommt bald darüber weg.«

»Na, ein, zwei Tage wird das schon dauern«, sagte Julian.

»Hoffentlich verlässt er nicht die Stadt. Lucille Jessup tut er sehr gut.«

Brad schenkte sich ein Glas Old-Peculiar-Bier ein. »Diese arme schwachsinnige Person, die in Diana-Land lebt?«

»Ja.« Ich verteilte die Dessertteller. »Sieht sie nicht viel jünger und gesünder aus, seit Glen bei ihnen eingezogen ist?«
»Wieder wie ein junges Mädchen«, befand Gaby. »Auf der Party habe ich sie sogar kichern gehört.«
»In gewisser Weise beneide ich Mrs. Jessup«, musste ich gestehen. »Stellt euch nur vor, für sie ist Diana immer noch am Leben.«
»Ihr Tod war offenbar die Tragödie der Neunziger«, meinte Brad. »Jeder, den ich kenne, erinnert sich haargenau daran, wo er gewesen ist und was er getan hat, als die Prinzessin von Wales in diesem Tunnel ums Leben gekommen ist.«
»In diesem Haushalt unter aller Garantie.« Julian trank einen Cointreau. »Als die Nachricht kam, hat Margo sich wie eine Irre aufgeführt.«
Da musste ich ihm zustimmen. »Die ›Saturday Night Life‹-Wiederholung ist extra deswegen unterbrochen worden. Und ich habe gebetet, dass es nicht stimmt.« (Mein erstes Gebet in bestimmt zwanzig Jahren.)
»Wieso hat dich das derart aus der Fassung gebracht?«, fragte Brad mich. »Du kennst die Frau ja nicht mal persönlich.«
»Es war einfach so, als wäre ihre Lieblings-Reality-Show aus dem Programm gestrichen worden«, führte Julian herzlos aus. »›Die Leidenswege der Diana‹.«
»Sie hat einfach meinen Traum verkörpert.« Ich legte die Hände auf die Brust. »Den Traum, eine wunderschöne Prinzessin zu sein.«
Julian hob eine Augenbraue. »Du hast davon geträumt, eine deprimierte, magersüchtige Prinzessin zu sein, der es beschissen geht? Und mit einem Prinzen verheiratet zu sein, der dich nicht liebt?«
»Natürlich nicht. In meinem Traum ist der Prinz ganz *wild* nach mir und überschüttet mich mit Liebe und Aufmerksamkeit.«
»Also, deine Vorstellung hat offenbar nichts mit ihren tatsächlichen Lebensumständen zu tun gehabt. Wieso hast du dir dann nicht eine eigene Geschichte ausgedacht und die arme Diana außen vor gelassen?«

»Ganz einfach. Eine erfundene Geschichte hätte ich mir wohl kaum an die Wand hängen können, oder? Ich brauchte ein echtes Foto von einer echten Person. Leider gibt es jetzt niemanden mehr, der ihre Rolle als Königin unter den Berühmtheiten einnehmen könnte. Camilla ist lange nicht so fotogen.«

»Gütiger Gott, nein!«, platzte Julian heraus. »Aber Diana hatte das Glück, dass sie auf dem Höhepunkt ihrer Popularität abgetreten ist.«

»Das nennst du Glück?«

»Ja, genau. Die Legende wäre ziemlich schnell zerbröselt, wenn sie den Titel der Princess of Wales abgelegt hätte und die Gattin eines völlig fertigen, moslemischen Playboys geworden wäre.«

»Meinst du?« Die Vorstellung tat ich mit einer eleganten Handbewegung ab. »Nein, ich kann mir nicht denken, dass Diana ihren guten Ruf weggeworfen und diesen Versager geheiratet hätte.«

»Tut mir Leid, aber wenn man der Boulevardpresse glauben darf, hat deine Prinzessin wegen diesem Typen total den Kopf verloren. Im Gegensatz zu Charles ist Dodi Fayed anscheinend ein ziemlich romantischer, aufmerksamer Mann gewesen. Und hat immer Zeit für sie gehabt.«

»Warum auch nicht?«, warf Brad ein. »Was hätte er denn sonst mit seiner Zeit anstellen sollen? Es war ja nicht so, dass er sich um einen *Job* kümmern musste oder so was.«

»Daran sieht man mal wieder, was für unterschiedliche Werte in verschiedenen Ländern hochgehalten werden«, konstatierte Julian. »Wir Anglos erwarten, dass der Sohn eines reichen Mannes nach dem College von Zuhause auszieht und seinen eigenen Lebensunterhalt verdient. Der Vater würden so einen Schmarotzer niemals finanziell unterstützen. In anderen Kulturen schenkt der reiche Mann seinem Sohn einen Ferrari, gibt ihm jeden Monat einen fetten Scheck und gesteht ihm zu, dass er ein verschwenderisches und zügelloses Leben führt.«

»Und wenn der Sohn dann erwachsen ist, ist er genauso nutzlos wie Dodi.«
»Genau. Und als Mrs. Fayed hätte Diana einen Haufen von nutzlosem und unbedeutendem Euro-Trash um sich versammelt, wie die ehemalige Duchess of Windsor.«
»Nein, auf gar keinen Fall!«, rief ich und hob die Hand.
Doch er redete einfach weiter. »Zuerst hätte sie die nächsten vier Jahre darauf verschwendet, das Parlament so lange zu nerven, bis es ihrem Schwiegervater die britische Staatsbürgerschaft verleiht. Trotz seiner Waffenschiebereien. Und wenn dann auch noch der Dümmste kapiert hat, dass ihr politischer Einfluss auf Null geschrumpft ist, hätten die Fayeds das Interesse an ihr verloren. Und kaum hätte die arme Diana dann die Vierzig erreicht, hätte sich Dodi auf Papas Yacht mit einem zweiundzwanzigjährigen Fotomodell im Bikini ablichten lassen.«
»Das Bikini-Model hat er schon gehabt«, warf Brad ein. »Diese Kelly Fisher.«
Letzten Sommer hat Miss Fisher auf einer Pressekonferenz verkündet, dass sie ihren Ex-Freund wegen Vertragsbruch verklagen wollte. Wie sich herausstellte, hatte sie Dodis Drängen nachgegeben und ein Jahr lang lukrative Modelaufträge abgelehnt, nur um ihm Gesellschaft zu leisten. Als Gegenleistung hat der unbelehrbar romantische Playboy ihr all seine Liebe geschenkt, versprochen, sie zu heiraten, und sie mit einem ungedeckten Scheck abgespeist.
»Was ist aus ihr geworden?«
»Keine Ahnung«, sagte Brad. »Aber wenn ich der alte Fayed wäre, hätte ich Kelly Fisher eine ordentliche Stange Geld geboten, damit sie Ruhe gibt und den Mund hält. Und höchstwahrscheinlich hat er das sogar getan, denn in letzter Zeit hat man nichts mehr von ihr gehört.«
Julian nahm den Faden wieder auf. »Und dann hätte Diana in der zweiten Lebenshälfte, wenn man ihr erlaubt hätte, diese zu erleben, einen charmanten Gigolo nach dem anderen aufgerissen und wäre als zweite Barbara Hutton auferstanden. Und sich zu einer Person entwickelt, die mit zu-

nehmendem Alter und nachlassender Attraktivität immer bemitleidenswerter wird. Trotz der halbjährlichen Liftings. Ihren 60. Geburtstag hätte sie schließlich allein in ihrem Penthouse-Apartment im Trump Tower gefeiert, nachdem der Letzte in einer ganzen Reihe von Latin Lovers, die jünger als ihre Söhne waren, sie verlassen hat.«

»Du hast das alles ganz falsch verstanden.« Ich hielt die Hand hoch. »Diana hätte weder Dodi noch sonst jemanden geheiratet. Sie wäre weiterhin die Princess of Wales gewesen und hätte sich darauf konzentriert, ihre Kinder zu verantwortungsbewussten Prinzen mit sozialem Gewissen zu erziehen. Und in ihrer Freizeit hätte sie sich ihren humanitären Aufgaben gewidmet, irgendwann der Verbreitung von Aids endgültig den Riegel vorgeschoben und die Ächtung von Landminen durchgesetzt.«

»Ganz allein? Sieh mal an.«

»Genau. Und im Alter, nachdem Wills den Thron bestiegen hat, wäre Diana die beliebteste und einflussreichste Königinmutter der Geschichte geworden.«

»Und niemand kann dir verbieten, das zu glauben.« Julian lehnte sich zurück und faltete die Hände hinter dem Kopf. »Kapierst du es nun? Für dich wird sie immer die junge und schöne Prinzessin bleiben.«

Brad kicherte. »Wo wir schon gerade von dummen Blondinen reden, ich habe da diesen klasse Witz über zwei Blondinen gehört, die ein Haus bauen, und eine wirft die Hälfte der Nägel weg, weil ...«

Ich schnitt ihm das Wort ab. »Weil die Köpfe am falschen Ende sind.«

»Ach, dann kennst du ihn?«

»Den kennt doch jeder. Soweit ich mich entsinne, war das früher mal ein ›Pat und Mike‹-Witz über uns Iren. Zum ersten Mal habe ich ihn in den Fünfzigern gehört. Damals waren es noch Witze über zwei Schwachsinnige, aber heute nennt man das nicht mehr schwachsinnig, sondern intellektuell beeinträchtigt, und wir dürfen uns nicht mehr über sie lustig machen. In den Sechzigern haben dann die Polen ihr

Fett weggekriegt, bis ›rassistische Witze‹ unpopulär wurden. In den Siebzigern machte man daraus Texas-Aggie-Witze. Aber irgendwann hat dann ein Aggie tatsächlich lesen gelernt und ist dahinter gekommen.«

»Richtig«, stimmte Julian zu. »Und jetzt werden all diese uralten ›Sind die doof‹-Witze auf Blondinen umgemünzt.«

»Aber der jetzt ergibt doch keinen Sinn, Neg. Wieso sollten zwei Blondinen ein Haus bauen?«

»Gracie, hol den Nachtisch.«

Und ich holte den heißen Brotpudding aus dem Ofen, verteilte ihn auf die Dessertteller und gab Rum-Vanille-Soße darüber.

»Das ist der beste Brotpudding, den ich je gegessen habe.«

»Nach Sharons Rezept.«

»Wer ist Sharon?«

»Wenn ich das richtig verstanden habe, hat sie ein Bed & Breakfast in Minonk, Illinois.«

»Illinois? Und wie bist du an ihr Rezept rangekommen?«

»Sie hat es ins Internet gestellt.«

»Wie großzügig. Ein Lob auf Sharon!«

»Wenn ihr mich fragt, ist das Internet die größte Erfindung des ausgehenden 20. Jahrhunderts. Wer hätte gedacht, dass es mal die Möglichkeit gibt, in Windeseile eine E-Mail an jeden Ort der Welt zu versenden? Umsonst.«

Brad schüttelte den Kopf. »Für mich ist Viagra die größte Erfindung.«

»Ach ja?« Ich stand auf und beugte mich über den Tisch. »Hast du mal darüber nachgedacht, dass Mutter Natur schon wusste, was sie tat, als sie dafür sorgte, dass die sexuelle Energie im Alter nachlässt?«

Julian stellte sich sofort auf meine Seite. »Genau. Diese kleinen blauen Pillen werden dafür sorgen, dass eine Million fünfundsechzigjähriger Männer mit Erektionen herumlaufen. Und was, zum Teufel, fangen sie damit an? Ich bezweifle, dass ihre zweiundsechzigjährigen Ehefrauen sich dafür interessieren.«

»Deswegen werden Ehen in die Brüche gehen.«

Gaby klimperte mit den Wimpern. »Ich glaube, ein paar Ehen werden auch deshalb *zustande* kommen.«
In dem Moment läutete das Telefon und verhinderte, dass wir uns am Esstisch in die Wolle kriegten. Frank Washington war am anderen Ende der Leitung.
»Ich wollte dir nur Bescheid sagen, damit du nicht umkommst vor Neugier: Wir haben Glen Watleys Fingerabdrücke überprüft und nichts gefunden.«
»Das heißt also, er ist doch kein Gauner.«
»Nein. Das heißt nur, dass er kein *dummer* Gauner ist.«

Piety Street – 1970

»Sag mir 'ne halbe Stunde vorher Bescheid, wenn du essen willst«, brüllte Sostenne aus der Küche herüber.
»Aber ...«, brüllte ich zurück, »wie soll ich so weit im Voraus wissen, wann ich essen will?«
»Tja, das musst du aber, denn so lange dauert es, bis ich den Gumbo aufgewärmt habe!«

KAPITEL SIEBENUNDVIERZIG

Piety Street – 1998

Ich stellte die Kartoffel-Lauch-Suppe in die Mikrowelle und drückte auf ›Hoch‹. (›Hoch‹ bedeutete in diesem Fall heiß.) Und dann auf zwei Minuten. Dieses Essen ist Balsam für die Seele und ideal für einen Fernsehabend. Als die Suppe heiß war, stellte ich sie auf den Wohnzimmertisch, schnappte mir die Fernsehzeitung und suchte eine Sendung heraus, die auch Balsam für die Seele war.
Damals in den Sechzigern, als ich noch an Gott glaubte, wurden die besten Weihnachtssondersendungen von Leuten wie Bob Hope und Andy Williams präsentiert. An diesem Abend wiederholten sie eine Weihnachtssondersendung mit

Andy Williams aus den Zeiten, als wir noch jung und unschuldig waren. Zusammen mit seinem Vater und seinen Brüdern sang ein junger braunhaariger Andy ›God Rest Ye Merry Gentlemen‹. Die Herren trugen viktorianische Kostüme, und Andys unterwürfige französische Gattin Claudine hatte die beiden niedlichen Kinder auf dem Arm.

Ich stellte die Rückenlehne von Julians Sessel gerade und ließ mich darauf fallen. Es war wie ein Ausflug in eine Welt, in der Claudine Longet Williams nicht verlassen hatte, nicht mit einem Skilehrer namens ›Spider‹ zusammengezogen war und diesen später nicht erschossen hatte. In dieser ungetrübten, bunten Welt war noch nichts von alledem passiert.

Danach schaltete ich auf TNT um und sah mir Susan Luccis Version von ›Eine Weihnachtsgeschichte‹ an. Sie ist überhaupt nicht zu vergleichen mit der Version von Bill Murray, der von Henry Winkler, von Tony Randall, der Musical-Version von Albert Finney, von Michael Caine oder von den Muppets, vom Rockefeller Center oder der Rich-Little-Imitationsversion von Jack Benny.

Spätabends tauchte Julian auf. (Weiß der Himmel, was er den ganzen Abend mit wer weiß wem getan hat. Ich stelle ihm nie Fragen.) Ich überließ ihm den Sessel und erzählte ihm die neusten Neuigkeiten. »Rate mal, was in den Nachrichten gekommen ist?«

»Haben sie Laurie Dentons Mörder erwischt?«

»Nein, viel pikanter. Der gewählte Sprecher des Kongresses, niemand Geringerer als unser Bob Livingston, Kongressabgeordneter aus Louisiana, hat gerade zugegeben, dass er während seiner dreiunddreißigjährigen Ehe mit Bonnie ›zahlreiche Affären‹ – das sind seine eigenen Worte – gehabt hat.«

Er legte den Wintermantel ab und hängte ihn im Flur auf. »Hat Livingston gestanden, oder prahlt er nur?«

»Er hat allen Grund zu prahlen. Wie der große, klapperdürre alte Bob es angestellt hat, dass auch nur eine Frau Lust hat, mit einem so stockkonservativen Langweiler wie ihm ins Bett zu steigen, wundert mich schon. Und dann soll es gleich noch mehrere gegeben haben?«

»Wieso wundert dich das? In unserer Hauptstadt wimmelt es nur so von hilfsbereiten jungen Damen, die solchen Langweilern für eine entsprechende Gebühr ihre Dienste zur Verfügung stellen.«

»Ja, sicher, aber wie schaffen sie es, sich zu treffen, ohne dass der Rest der Welt und die vielen Reporter davon Wind kriegen?«

»Da gibt es eine genau festgelegte Vorgehensweise.« Julian setzte sich und klappte die Fußbank vor. »Eine junge Dame tänzelt in das Büro eines Kongressabgeordneten, stellt sich als jemand vor, der Kontakt zur ›Zuckerlobby‹ hat, wird an der Empfangssekretärin vorbeigeschleust und verhilft dem belagerten Staatsdiener zu einem bisschen Glück auf seiner Ledercouch.«

»Klingt romantisch.«

»Also, wie kam es dazu, dass der bis zum heutigen Tage so schweigsame Mr. Livingston auf einmal in Beichtlaune gekommen ist?«

»Da bin ich mir nicht so ganz sicher, aber es könnte etwas damit zu tun haben, dass Larry Flynt vier Zeuginnen aufgetrieben hat, die bereit sind, ausführlich über ihre Treffen mit ihm zu berichten.«

Auf ABC erzählte ein verzweifelter Bill Maher seinen ausgesucht politisch nicht korrekten Gästen: »Sadam Hussein nimmt Bill Clinton nicht auf die leichte Schulter, weil er *gelogen* hat. Saddam Hussein nimmt Bill Clinton auf die leichte Schulter, weil *Mary Bono* die Macht hat, ein Impeachment gegen ihn anzuzetteln.«

Angesichts der politischen Situation kam es einem so vor, als hätten Mary Bono und Cher die Rollen getauscht. Mary (sie hatte jahrelang die unterwürfige und ergebene Gefährtin gespielt) hatte vor acht Monaten die Rolle der ›trauernden Witwe‹ abgelegt und verkündet, dass ihr kürzlich verstorbener Gatte ein schwieriger, aufbrausender und tablettensüchtiger Tyrann gewesen war. Und zur Feier ih-

rer rasanten Emanzipation verließ sie die Stadt mit einem Vertreter. (Nicht mit einem richtigen Vertreter, der Klinken putzt, o nein, sondern einem *Volksvertreter.*)
Und in der Zwischenzeit kam Cher, *la femme fatale sans souci*, auf die Idee, in der Öffentlichkeit um die verlorene Liebe ihres Lebens zu weinen, obwohl sie Sonny in den letzten zehn Jahren vor seinem Ableben kein einziges Mal gesehen oder ein gutes Wort über ihn verloren hatte.
Nach Bill Maher studierte ich die Fernsehzeitung. »Ach, sehr gut! Schalt Kanal 6 ein, Julian. Jenny Jones macht mal wieder eine Sendung über die Gefahren von Silikon.«
»Und was ist daran so interessant?«
»Interessant ist, dass sie bestimmt eine ganze Horde bildhübscher Tänzerinnen eingeladen hat, damit sie ihre riesigen, neuen Implantate vorführen.«
»Ja, aber gleich nach der zweiten Werbeeinblendung stellt Jenny dann eine Reihe armseliger, unter Schmerzen leidender Kreaturen vor, die behaupten, dass die *alten* Implantate ihre Gesundheit und ihr Leben ruiniert haben.«
»Die armen, irregeführten Seelen.« Ich zupfte meine BH-Träger zurecht. »Was bin ich froh, dass ich gewartet habe, bis meine Titten von ganz allein größer geworden sind.«
In der nächsten Werbepause wurde eine staatliche Aufklärungskampagne gezeigt. Ein Comic-Superheld klärte ein kleines Mädchen darüber auf, wie gefährlich es war, mit Streichhölzern zu spielen. »Wenn du Streichhölzer siehst, lass die Finger von ihnen!«, warnte der Kreuzritter, der einen Umhang trug. Dann trällerte er noch ein Lied zu dem Thema.
»Wieso bringen sie das um zwei Uhr in der *Nacht?*«, fragte ich Julian. »Ist doch völlig bescheuert.«
»Da kann ich dir nur zustimmen«, pflichtete er mir bei. »Wie sollen diese kleinen unschuldigen Gören denn ihre Wasserpfeifen anzünden, wenn sie nicht in die Nähe von Streichhölzern kommen?«

KAPITEL ACHTUNDVIERZIG

City Park – 1998

Der ›Rummel unter den Eichen‹ ist eine Art Weihnachtsmarkt, der jedes Jahr vom Erntedankfest bis zum 3. Januar im Stadtpark veranstaltet wird. Cyril Jessup hatte darum gebeten, dass eine Delegation seiner ›guten Freunde‹ dort auftauchte und seinem kostbaren Enkel einige der prächtigen Attraktionen vorführte, die New Orleans zu bieten hat. Doch gleich hinter dem Eingangstor löste sich unsere kleine Gruppe auf. Die alten Jessups hielten auf das Festzelt zu. Er wurde von seinem Neffen Andrew geschoben, und sie von ihrer Krankenschwester, Miss Groves, begleitet. Glen war in Begleitung seines Kumpels Chazz aufgetaucht. Die beiden trugen heute die gleichen Jeans, Windjacken und Wollmützen. (Da soll mir einer erzählen, dass die beiden kein Liebespaar waren.) Sie gingen zur Skateboardwelle hinüber. Vielleicht wollten sie skaten, vielleicht wollten sie sich aber nur die gut gebauten Skateboardfahrer ansehen. Ich machte mir keine weiteren Gedanken darüber. Julian, ich, Gaby und Brad blieben zusammen und machten, so schnell wir konnten, dass wir von den kreischenden Kindern in der Achterbahn wegkamen. Wir liefen um das eingezäunte Karussell mit den angemalten Holzpferden herum.

»New Orleans ist genau der Ort, wo man die Weihnachtsfeiertage verbringen sollte, findet ihr nicht? Obwohl wir hier nie weiße Weihnachten haben.«

»Ich könnte wetten, dass es Irving Berlin war, der sich diesen Traum von der weißen Weihnacht ganz allein ausgedacht hat«, meinte Julian. »Gibt es wirklich irgendjemanden, der Lust hat, an Weihnachten seinen Wagen freizuschaufeln, bevor er zur Messe fährt?«

»Aber eine Schneelandschaft kommt auf Postkarten sehr schön.«

»Margo stammt aus New Jersey«, stellte Julian klar. »In ihrer Heimatstadt mögen die Leute Schnee, weil man dann die verrosteten Autowracks im Vorgarten nicht sieht.«

»Lasst uns hier entlang gehen!«, rief ich. »Da ist die Weihnachtsbaumallee!«

Wir spazierten den von knapp zweihundert beleuchteten Kiefern gesäumten Pfad hinunter, die alle von Schulklassen in Louisiana unterschiedlich geschmückt worden waren. Ich führte mit schwingenden Hüften und rollenden Schultern einen nicht ganz uneleganten Tanzschritt vor.

»Ein Vorteil am Älterwerden ist, dass man das Gefühl hat, Weihnachten kommt immer schneller.«

Gaby zeigte auf die Bäume. »Ich bin nur mitgekommen, weil ich mir die wunderbaren Lichteffekte anschauen wollte. In den Büschen und Bäumen müssen ja Millionen Glühbirnen hängen. Wer bringt die alle an? Und wie viel Strom verbrauchen sie?«

Brad runzelte die Stirn. »Mich würde interessieren, wie die Stadt sich so eine Pracht leisten kann.«

»Das wird privat finanziert«, versicherte Julian ihm. »Seht ihr das Krippenspiel im Garten? Die Schauspieler, die die heilige Familie, die Könige und die Schäfer spielen, werden durch die Bank von Unternehmen gesponsert.«

Es sah so aus, als ob die Rollen hervorragend besetzt waren, selbst die Kuh und das Schaf, die ... hm ... eine Kuh und ein Schaf spielten.

»Das ist wirklich bewegend«, schwelgte ich. »In solchen Momenten bin ich richtig froh und stolz, Christin zu sein.«

»Ach, Margo«, schimpfte Gaby. »Religionen sind doch nichts anderes als Aberglaube. Ob Christen, Juden, Pygmäen oder Hottentotten ... das ist alles derselbe Unsinn.«

»Ich will dir deine zynische und atheistische Meinung ja auch gar nicht verbieten.« Ich winkte dem kleinen dicken Baby zu, das den Jesus spielte. »Ist das nicht ein niedlicher Fratz? Viel hübscher als eine Statue.«

Gaby runzelte die runzlige Stirn. »Babys finde ich *grässlich.*«

»Die drei Weisen mit den grauen Haaren wirken wirklich wie weise Männer«, meinte Brad. Er grinste den Mann mit dem Weihrauch an, doch der Schauspieler fiel nicht aus der Rolle, sondern konzentrierte sich voll und ganz auf die Krippe.

Wir schlenderten den Gang aus Weihnachtsbäumen hinunter, die mit einer Million elektrischer Weihnachtskerzen geschmückt waren. Julian sagte: »Margo müsste sich eigentlich darüber freuen, dass in den neueren Bilbelversionen endlich zugegeben wird, dass die drei Weisen, die die Geburt Christi verkündet haben, Astrologen waren.«

»Das glaube ich gern, wo ich doch auch Astrologin bin«, räumte ich ein. »Es ist wahr, dass es im Jahre 7 vor Christus eine große Konjunktion im Sternzeichen der Fische gab und Jesus vielleicht unter dem Einfluss dieser Konstellation geboren wurde. Aber die Geschichte von den drei Astrologen aus dem Osten haut einfach nicht hin.«

»Wieso nicht? In der Bibel wird sie weidlich ausgeschlachtet.«

»Aber nur in einem Evangelium. Die drei Weisen aus dem Morgenland werden nur im Matthäus-Evangelium erwähnt. Bei Markus, dem ersten synoptischen Text, der schriftlich festgehalten wurde, tauchen sie nicht auf. Und auch nicht im Lukas-Evangelium. Und dann wurden sie vermutlich auch nicht in der ursprünglichen Quelle ›Q‹ erwähnt.«

»Könnte doch sein, dass die anderen Chronisten die Episode mit den drei Weisen für unwichtig gehalten haben«, gab Brad zu bedenken. Wir gingen gerade unter ein paar Eichen durch, die so alt und hoch waren, dass sie nicht mal in ein dreistöckiges Haus gepasst hätten. Sie waren nicht mit Lichterketten geschmückt, was in diesem Fall vulgär gewirkt hätte. Ihr einziger Schmuck war das spanische Moos, das auf ihnen wuchs.

»Soll das ein Witz sein? Wenn drei gut gekleidete Fremde in der Hütte eines einfachen Zimmermanns auftauchen, Geschenke verteilen und behaupten, sein Baby sei der zukünftige König der Juden, wäre das doch wohl das Erste, was man sich ein Leben lang über den Jungen erzählen würde.«

»Erwähnenswert ist das schon«, gab Julian zu.

»Und der Evangelist Matthäus verfolgte eigene Ziele. Er wollte seine Landsleute, die Hebräer, davon überzeugen, dass Jesus der Messias war, auf den sie alle warteten.«

»Wenn König Herodes nicht von den drei Weisen vor dem Baby gewarnt wurde«, wunderte Brad sich, »wieso hat er dann angeordnet, dass alle jüdischen Jungen unter zwei Jahren getötet werden?«

»Hat er nicht. Das ist wieder so eine Geschichte, die man nur bei Matthäus findet und sonst in keiner anderen Aufzeichnung von damals. Er wollte nur an die Legende von Moses und die getöteten erstgeborenen jüdischen Jungen erinnern und die Prophezeiung von ›Rahel, die um ihre Kinder weint‹ erfüllen.«

»Wenn Josef keine Angst vor Herodes hatte«, fragte Julian sich, »warum ist er dann mit seiner Familie für drei Jahre nach Ägypten geflohen?«

»Das hat er höchstwahrscheinlich auch nicht getan. Diese Geschichte hat Matthäus sich nur ausgedacht, um die Prophezeiung in Hosea zu erfüllen. ›Aus Ägypten weggerufen habe ich meinen Sohn.‹ Mir ist aufgefallen, dass die meisten Menschen, die sich als gläubige Christen sehen, rein gar nichts über den wahren Jesus wissen. Für sie ist die Bibel …«

»… die Wahrheit«, beendete Julian den Satz für mich.

Was dann geschah, lag vermutlich daran, dass wir inmitten Millionen von grünen Weihnachtslichtern standen, die über unseren Köpfen hingen, hinter uns und vor uns. Lichter, so weit das Auge reichte. Und es kann auch sein, dass meine Augen nicht mehr so gut wie früher sind. Jedenfalls stolperte ich, schrie («Aiiiee«, habe ich wahrscheinlich gebrüllt.) und fiel beinah in den Springbrunnen.

»Was hast du denn da unten zu suchen, Margo?«, schalt Gaby mich.

»Ich bin über etwas gestolpert! Was ist denn da?«

»Ich weiß nicht ... Ach, du meine Güte, da liegt ja ein Mann neben dem Springbrunnen.« Julian kniete sich hin. »Hallo?« Vorsichtig rüttelte er die dunkle Gestalt. »Hören Sie, Mister! Sind Sie in Ordnung?«
Natürlich brannten überall Lichter. Aber weil der Mann am Boden im Schatten des Springbrunnens lag, war ich über seinen Fuß gestolpert. Brad zog eine Taschenlampe aus der Brusttasche und hielt sie dem Mann am Boden ins Gesicht.
»Gütiger Gott! Das ist dieser Junge, Chazz.«
Julian hob die Hand und hielt sie ins Licht. Rote Flüssigkeit tropfte von seinen Fingern. »Und tot ist er auch.«

KAPITEL NEUNUNDVIERZIG

City Park – 1998

Frank Washington war so erledigt, dass ihn kaum die Antworten auf seine Fragen interessierten, doch er tat seine Pflicht.
»Jemand hat Mr. Smith erstochen, das Messer nicht wieder aus dem Rücken herausgezogen und ist weggerannt.«
»Hätten wir uns nur nicht getrennt«, sagte Glen, der am ganzen Leib zitterte. »Ich habe bei der Skateboardwelle zu viel Kaffee getrunken und musste auf die Toilette.«
»Chazz hat Sie nicht begleitet?«
»Selbstverständlich nicht.« Er tat beleidigt. »Wir gehen nicht zusammen aufs Klo!«
Angesichts der fröhlich beleuchteten Weihnachtsbäume mutete diese Unterhaltung reichlich seltsam an. Aber es hätte ziemlich herzlos geklungen, wenn ich jetzt mit so einer Bemerkung gekommen wäre.
Mrs. Jessup zitterte am ganzen Leib und war richtig aufgewühlt angesichts der Dramatik der Ereignisse. »Wollen Sie mich nicht verhören, Lieutenant.«

»Sicher, Ma'am. Wo sind Sie gewesen, als die Tragödie sich ereignete?«

»Cyril und ich haben uns diesen bezaubernden Holzschuhtanz angesehen. Das ist unser Alibi.«

»Und Miss Groves und Andrew waren auch bei Ihnen?«

»Nein«, blökte der alte Jessup. »Sie sind in verschiedene Richtungen gerannt, als die Tänzer zu ›Rockin' Around The Christmas Tree‹ die Beine geschwungen haben.«

»Ich wollte mit dem Bähnchen fahren«, gestand Miss Groves und schämte sich dafür.

»Und ich habe mir Zuckerwatte geholt«, meinte Andrew.

»Zuckerwatte, wie idiotisch«, schnauzte Jessup.

»Es gab keinen Grund, Chazz umzubringen«, wandte Glen ein. »Er hatte doch nichts, wofür sich jemand anderer interessieren könnte.«

Frank schüttelte den Kopf. »Sein Geldbeutel war noch da, aber er war leer.«

»Dann ist er also ausgeraubt worden«, spekulierte Julian.

»Das Geld ist weg, was ja zu erwarten war. Aber ich wollte sagen, er war ganz leer. Kein Führerschein. Kein Ausweis, nichts, mit dem man ihn identifizieren kann.«

»Wieso sollte ein Räuber all das mitnehmen?«

»Wer Kreditkarten klaut«, sagte Frank, »klaut auch gleich noch den Führerschein oder Ausweis. Die Hälfte aller jungen Schwarzen in den Sozialwohnbausiedlungen im Getto sehen auf den ersten Blick wie Chazz aus.« Er wandte sich an Glen. »Mr. Watley? Tut mir Leid, dass ich das jetzt auf den Tisch bringen muss. Aber wir sind auf jede Information angewiesen, die Sie uns über Ihren Freund geben können.«

»Sicher. Ich werde Ihnen behilflich sein, so gut es geht.«

»Zuerst mal möchte ich wissen, wie sein voller Name war?«

»Das hat er nie gesagt.« Glen senkte den Blick auf seine weichen, manikürten Hände. »Ich habe ihn nur unter dem Namen Chazz Smith gekannt.«

»Zweifellos ist Chazz ein Spitzname«, meinte Frank. »Das hilft uns nicht weiter. Er hätte auf jeden Namen, von Aaron bis Zvi, getauft sein können. Hat der Mann Kreditkarten besessen?«

»Das glaube ich nicht«, richtete Glen das Wort an seine Füße. »Und ein Bankkonto hat er auch nicht gehabt. Soweit ich es mitgekriegt habe, hat er immer bar bezahlt. Und man hat ihn bestimmt wegen des Bargeldes umgebracht, das er in seinem Geldbeutel hatte, Lieutenant. Und nicht aus einem persönlichen Grund. Einmal abgesehen von uns, hatte er hier in der Stadt keine Bekannten.«

»Aber es gibt ein Motiv, Sie zu töten, Glen«, stellte Julian klar. »Und was, wenn genau das die Absicht des Verbrechers gewesen ist?«

»Das ergibt doch keinen Sinn, Mr. Fortier. Wie sollte mich jemand mit einem Schwarzen verwechseln?«

»Er ist von hinten erstochen worden. Vielleicht hat der Mörder im Dunkeln nur die Windjacke und die Seemannsmütze gesehen, die er trug. Und die sah genau wie Ihre aus.«

»Das war reiner Zufall«, beeilte Glen sich zu sagen. »Das waren die alten Klamotten von mir.«

»Eine polizeiliche Anfrage über einen jungen Mann aus New York namens Smith würde gar nichts bringen.« Frank klopfte mit dem Finger auf seinen Stift. »Nun, Glen, können Sie uns irgendetwas über seine Verwandten sagen?«

»Leider nicht, Lieutenant. Er hat nie über seine Familie gesprochen. Ich hatte den Eindruck, er war allein.« Glen seufzte laut. »Das hat uns verbunden.«

»Das und nicht viel mehr, was ich mir vorstellen könnte«, meinte Julian.

Woraufhin Glen sich genötigt fühlte, die Freundschaft zu verteidigen.

»Manche Leute haben sich von ihm einschüchtern lassen, aber ich habe Chazz immer gut verstanden. Ganz tief drinnen, unter der ganzen harten Macho-Fassade, war er ein ziemlich sensibler Mensch.«

(Der alte Jessup hustete und vertuschte damit ein abfälliges Grunzen. Über Tote soll man nichts Schlechtes sagen.)

»Jemand bringt die Menschen um, die mir am nächsten stehen.« Glen fuhr mit den Fingern durch die Haare, die sofort wieder in Form fielen. Sie standen nicht hoch, wie wenn ein ganz *normaler* Typ das tut. »Zuerst Laurie und jetzt Chazz. Und nun habe ich Angst, dass *dir* etwas zustoßen wird, Großvater.«

»Ha!« Die Knöchel des Alten auf der Rollstuhllehne färbten sich weiß. »Daheim haben wir die allerbesten Alarmanlagen. Ich möchte doch mal sehen, wie jemand versucht, *da* reinzukommen.«

»Aber du kannst dich nicht vollkommen von der Außenwelt abschneiden. Und Tante Lucille auch nicht.«

»Wir gehen ja eh fast nie aus dem Haus, und wir müssen niemanden sehen, den wir nicht sehen wollen.«

»Ich verlasse jedenfalls die Stadt. Dann wird dieses Monster mir folgen und euch in Ruhe lassen.«

Ich stand da und hielt den Mund. Andrew fing für einen Moment meinen Blick auf und runzelte die Stirn. Der alte Jessup drehte seinen Rollstuhl um, damit er mich genau im Visier hatte.

»Wissen Sie was, Margo? Wenn Sie rausfinden, wer die Freunde meines Enkels auf dem Gewissen hat, und es *beweisen* können, dann kriegen Sie noch mal zehntausend Dollar.«

Piety Street – 1970

»*Baril des bananes*«, brummelte Sostenne.

»Was hast du gesagt?«

»Ich versuche gerade, dein Foto aus der dritten Klasse aufzuhängen, aber diese Wand ist so weich wie eine Bananenkiste. Egal wo ich reinbohre, ich treffe auf eine weiche Stelle.«

»Irgendwo muss doch eine Latte sein.«

»Ja.« Er drehte sich um und grinste dreckig. »Genau hier.«

»Lass das, Sostenne. Wir waren erst vor zwei Stunden zusammen im Bett.«

»Und?«

»Ich bin da sehr empfindsam«, gab ich mich ganz sittsam. »Und darum werden wir es frühestens wieder nach dem Abendessen machen.«
»Ich habe keine Ahnung, wie du auf die Idee kommst, dass ich es so lange aushalte. Schau dir das doch mal an!«
»Na und. Das ist doch *immer* so.«
Wir gingen zusammen ins Bett, und danach sah Sostenne sich ›Hee Haw‹ an. Buck Owens und Roy Clark zupften die Gitarren und grinsten dabei bis über beide Ohren. Ich ging wieder ins Esszimmer, legte eine Bob-Dylan-Scheibe auf und tanzte dazu wie ein Go-go-Girl ohne Käfig. Ich finde, Dylans Musik ist auch ohne Drogen schon bewusstseinsverändernd genug. Doch offenbar war Dylan da anderer Meinung.

Piety Street – 1998

Nach nur vier Tagen stellte Clinton die Luftangriffe ein, und Saddam kroch unter dem Schutt hervor, hielt eine ›Siegesrede‹ und lobte sein Volk dafür, dass es sich der ›verbrecherischen amerikanischen Aggression‹ widersetzt hat. Und dann behauptete er auch noch, die Amerikaner hätten überhaupt keine militärischen Ziele erwischt, sondern nur zivile Einrichtungen bombardiert.
Ich persönlich bin der Meinung, dass es nicht gerade von Intelligenz zeugt, wenn man einer erbosten Supermacht, die jederzeit tödliche Marschflugkörper entsenden kann, mit ›Ätsch, ätsch! Nicht erwischt!‹ kommt.
Heutzutage werden Medikamente, die die Fruchtbarkeit erhöhen, völlig bedenkenlos und ganz wahllos verteilt. Ein Arzt in Houston gab gerade die Geburt von Achtlingen bekannt. Alle acht Babys sind unglaublich winzig und liegen in Brutkästen, doch sie sind am Leben und strampeln. Ich hielt die Zeitung hoch.
»Ist doch genau die richtige Art, Hanukah zu feiern. Ein Baby für jeden Tag.«
Julian blickte nicht von seinem ›New Yorker‹ auf. »Die stol-

zen Eltern sind Angehörige eines nigerianischen Stammes, und ich bezweifle stark, dass sie darauf aus waren, Hanukah zu feiern.«

Im Fernsehen präsentierte der grauhaarige, distinguierte Alec Gifford den ›Senior Focus‹, den Teil des Mittagsprogramms für die Senioren. Er hatte eine Ärztin vom ›Ochsner Silver Sneakers‹-Programm eingeladen, die Turnübungen für ältere Menschen vorführte. Diese Übungen kann man machen und muss dabei nicht einmal den fetten Hintern aus dem bequemen Sessel hieven.

Die spannendste Nachricht in der Sendung hatten wir dem derzeitigen Sünder Nummer eins zu verdanken. Der Kongressabgeordnete Bob Livingston verkündete, er verzichte auf sein öffentliches Amt, und drängte selbstgerecht Clinton, seinem guten Beispiel zu folgen.

»Sag mal, Neg, meinst du, er tritt zurück, weil es ihm Leid tut, dass er das heilige Ehegelübde gebrochen hat?«

»Sehr wahrscheinlich«, spottete Julian. »Wenn dem so wäre, hätte er doch schon vor zwanzig Jahren auf das Amt verzichtet. Er tritt nur zurück, weil er *erwischt* worden ist.«

»Überleg mal, wenn alle Männer, die jemals ihre Frau betrogen haben, morgen die Arbeit hinwerfen würden, wir würden in die Steinzeit zurückfallen, bevor die Woche zu Ende ist. Das kann doch nicht der Grund sein, warum er seine Karriere und all die Macht aufgibt?«

»Vielleicht will er einfach nicht, dass sein Penis in mindestens sechshundertsiebenundzwanzig Witzen auftaucht.«

»Die arme Bonnie Livingston. Sie hat sich nichts zu Schulden kommen lassen, und nun muss sie nicht nur auf ihre Rolle als Gattin einer wichtigen politischen Größe verzichten. Nein, es kommt noch schlimmer, von heute an kann sie daheim sitzen mit einem schlecht gelaunten, verbitterten, arbeitslosen Mann.«

In den Sportnachrichten erfuhren wir, dass Eli Manning, das Küken aus der formidablen Athletenbrut, ein Football-Stipendium an der Ol' Miss angenommen hat, der Universität, die bereits sein Vater besucht hat. Der Junge wurde gefragt, ob er es mit der Familienlegende aufnehmen könnte.

»Klare Sache, mein Vater war super. Aber das war vor … na, vor fast dreißig Jahren.« Für einen Siebzehnjährigen ist das Schnee von vorvorgestern.

KAPITEL FÜNFZIG

Bourbon Street – 1998

Vor dem Klub, der früher einmal Madame Julie's war und jetzt Champagne Cabaret hieß, entdeckte ich ein vertrautes Gesicht. Nach all den Jahren stand derselbe Türsteher wie früher am Eingang, nur dass seine Haare angegraut waren. Ansonsten hatte er sich kaum verändert, seit ich hier gearbeitet hatte.

»Guten Abend, Buddy.«

»'n Abend.« Er kniff die Augen zusammen und neigte den Kopf. »Kenne ich Sie?«

»Früher schon. Damals war ich Cherry.«

»Cherry?«

»Ja, 1970 habe ich für Ray gearbeitet. Der Schuppen hieß da noch Madame Julie's.«

»Ach, klar doch.« (Ganz sicher war er sich trotzdem nicht.) »Schön, dich mal wieder zu sehen.«

»Ich möchte dich was fragen.« Ich holte das Foto von Chazz heraus, das sie im Leichenschauhaus von ihm gemacht hatten.

»Hast du diesen Mann hier in der Gegend gesehen?«

»Woher soll ich das wissen? He, ist er *tot*?« Buddy zog eine von diesen Kaufhauslesebrillen aus der Brusttasche und setzte sie auf. »Warte mal. Ich habe diesen Typen *gesehen*, irgendwann letztes Jahr. Ich erinnere mich, weil er echt klasse ausgesehen hat. 'ne Schwuchtel bin ich aber nicht, dass du mich nicht falsch verstehst.«

»Natürlich nicht. Weißt du noch, was er von dir wollte?«
»Er hat mir 'n uraltes Foto von ein paar Stripperinnen gezeigt.«
Ich hielt ihm eine Farbkopie von Glens Polaroid unter die Nase.
»So eins?«
»Ja. Woher hast du es? Er hat mich wegen der Mädels gelöchert. Normalerweise verschwende ich meine Zeit nicht mit so seltsamen Typen«, meinte Buddy. »Aber, weißt du, der war nicht wie die anderen Schwarzen. Er konnte sich ausdrücken, redete wie ein Weißer, und da habe ich ihm geholfen, soweit das möglich war. Um ehrlich zu sein, ich dachte, er arbeitet vielleicht für die Regierung.«
»Und was hast du ihm erzählt?«
»Ich habe ihm gesagt, dass ich mich freilich an Patsy Star erinnern würde. Immerhin ist sie ja damals fast ein Jahr lang die Attraktion in der Straße gewesen. Sie hat immer diese Sterne getragen. Mehr nicht, das war ihr ganzes Kostüm. Drei kleine Sterne. Und dann habe ich ihm noch gesagt, ich hätte sie nicht mehr gesehen, seit sie bei Madame Julie's aufgehört hat. Ich hab was läuten gehört, dass sie sich in einen Hell's Angels verknallt hat und mit ihm abgehauen ist. Danach ist sie hier nie wieder aufgetaucht. Wenn sie sich hier blicken lassen hätte, hätte ich es sicher mitgekriegt. Wenn man hier an der Tür steht, entgeht einem nichts.«
»Hat sich der eigenartige junge Mann auch nach der Brünetten auf dem Foto erkundigt? Nach Marie?«
»Ja.« Buddy schloss die Augen und versuchte angestrengt, sich zu erinnern. »Hieß früher Conchita und hat hier nur ein paar Jahre lang getanzt. Irgendwann hat sie sich mit irgendwelchen Spaghettifressern zusammengetan, und nun sitzt sie in einem netten Backsteinhaus draußen am See.«
»Du hast ein prima Gedächtnis«, lobte ich ihn. »Was kannst du mir über die junge Frau ganz außen sagen? Sie hieß Coffee.«
»Über sie wollte der Typ nichts wissen. An sie erinnere ich

mich nur, weil sie die erste farbige Stripperin hier in der Straße gewesen ist. Coffee, Hot & Black, das war damals ihr Name. Hat auch die Stadt verlassen. Keine Ahnung, wohin sie gegangen ist. Die gut aussehenden Weiber arbeiten hier nicht lang, wenn es sich irgendwie vermeiden lässt. Sie halten nach 'ner Alternative, nach was Besserem, Ausschau und angeln sich meistens 'nen Kerl mit 'nem anständigen Job. Wenn sie einen Treffer landen, kommen sie nicht mehr zurück. Und schicken auch keine Postkarte.«

Vor Big Daddy's, einen Block weiter, wartete Julian auf mich. Dort strippen junge Männer in G-Strings. Während wir die Bourbon Street in Richtung Wagen hochspazierten, erzählte ich ihm, was ich herausbekommen hatte.

»Dann können wir uns nun ausmalen, wie Chazz Glen aufgetrieben hat«, fasste Julian zusammen. »Er hat jedem hier auf der Bourbon Street das Foto gezeigt, und die Spur führte dann raus aus der Stadt, bis zu Patsy.«

»Nein, vollkommen unmöglich. Buddy, der Türsteher, hat Chazz nicht mehr verraten können als mir. Das war eine Sackgasse. Und keiner im Quarter hat ein besseres Gedächtnis als Buddy.«

»Aber er ist eben nur eine Quelle. Nach allem, was wir wissen, könnte Patsy doch hier unten eine enge Freundin gehabt und Kontakt gehalten haben.«

»Patsy hatte nur einen Freund, ihren Dealer. Neddy Zero. Und er ist an einer Überdosis krepiert, als ich noch aufs College gegangen bin.«

KAPITEL EINUNDFÜNFZIG

Piety Street – 1998

Drei Tage vor Weihnachten meldeten sich fünf republikanische Kongressabgeordnete, die für das Impeachment gegen Clinton gestimmt hatten, und sagten, hm, herrje, sie

hätten es im Grunde genommen gar nicht so *gemeint*. He, sie hatten nur einen Spaß machen wollen.
Clinton hatte eine ethnisch korrekt zusammengesetzte Gruppe Kinder ins Weiße Haus eingeladen, Weihnachtsgeschichten vorgelesen und sich mit ihnen in dieser anheimelnden und herzlichen Situation fotografieren lassen.
»Der Präsident hat ihnen ›Ein Besuch vom Nikolaus‹ vorgelesen«, scherzte Conan O'Brien. »Aber in der Version des Präsidenten belohnt der Nikolaus nur die, die im vergangenen Jahr brav gewesen sind. Da wäre der Präsident aber mit *leeren* Händen ausgegangen.«
Ich nahm die ›Newsweek‹ in die Hand. Auf der Titelseite war eine von Rissen überzogene Statue von Clinton abgebildet und ein einziges Wort: ›Impeached‹.
»Geht dir diese Impeachment-Geschichte nicht langsam auf den Wecker?«, fragte Julian.
»Doch, und zwar von Anfang an. Das ganze Gefasel habe ich übersprungen und gleich den Artikel über die beiden Männer in der Weltraumstation Mir gelesen. Ich finde es absolut großartig, dass wir jetzt so hervorragend mit den Sowjets zusammenarbeiten.«
»Den Russen.«
»Wie bitte?«
»Die Sowjetunion existiert nicht mehr. Das Weltraumprogramm wird von der russischen Regierung finanziert. Und dazu werden sie nicht mehr lange in der Lage sein. Leider Gottes haben sie eine ganz neue Methode entdeckt, ›rot‹ zu bleiben. Jetzt schreiben sie halt rote Zahlen.«
»Hör mal, ich habe gerade einen neuen Witz über die russische Wirtschaft gehört: Sagt ein russischer Pessimist: ›Schlimmer kann es nicht mehr werden.‹ Worauf ein russischer Optimist erwidert: ›O doch, das geht schon.‹«
Dann klaute Julian mir die ›Newsweek‹ und verzog sich damit in sein Zimmer. Ich schaltete A & E ein und führte mir mal wieder eine zweistündige Dokumentation über die verstorbene Princess of Wales zu Gemüte. Ein Fotograf von der ›Sun‹ wurde interviewt, denn er hatte die ersten Aufnahmen

von ihr geschossen, nachdem Diana anfing, sich mit Charles zu treffen. Er sprach ihren Namen doch tatsächlich ›Dianer‹ aus. Diese Briten sprechen das R, wenn es am Ende des Wortes steht, nie richtig aus. Darum hört sich ›father‹ wie ›fathah‹ an. Und das machen sie dann wieder wett, indem sie ein ›R‹ anhängen, wo es überhaupt nicht hingehört. Jeder Name, der mit einem ›A‹ endet, kriegt einfach ein ›R‹ angehängt.

Während des Abspanns pries eine wohlklingende Stimme das Video zur Sendung an, die ich gerade gesehen hatte. Das Band kostete 29,95 Dollar zuzüglich Verpackung und Versand. Nun, dieses Video, das sie da anboten, konnte ich offensichtlich nicht abspielen, wenn ich keinen eigenen Recorder hatte. Also musste ich ja einen haben, richtig? Und wenn ich einen hatte, wieso drückte ich dann nicht einfach auf ›Aufnahme‹ und – schwups! – zeichnete die Sendung auf? Halten die mich wirklich für so *blöde*?

Auf dem Kanal der Wiedergeborenen sang ein Elvis-Impersonator ›Ich preise Jesus, das ist meine Weihnachtsbotschaft.‹

Der Entertainer trug einen blauen Blazer und Krawatte, möglicherweise, damit uns nicht auffiel, dass er ein Elvis-Impersonator war, doch die Stimme und Bewegungen waren unverkennbar. Linkes Bein nach vorn, Knie gebeugt, Propellerarm … Das sah selbst noch das kleinste Baby. Danach schaltete ich zu ›Face of The Nation‹ um. Bob Schieffer interviewte Verteidigungsminister William Cohen, den bestaussehenden ›Cohen‹ auf der ganzen Welt. (Ich vermute mal, dass er adoptiert oder schon als Säugling im Krankenhaus vertauscht worden ist.)

Schieffer fragte Cohen, was er davon hielt, dass Hussein den ›Sieg‹ verkündet hatte.

»Saddam Hussein hat noch nach jeder Niederlage, die er hinnehmen musste, den ›Sieg‹ verkündet.«

KAPITEL ZWEIUNDFÜNFZIG

St. Charles Street – 1998

Im Empfangsraum der Jessups brachte Frank den alten Herrn auf den neusten Stand der Dinge, was den Fall betraf. Und egal, was andere behaupten, Bullen kriechen den Reichen und Mächtigen immer in den Allerwertesten.

»Wir haben Chazz Smith' Fingerabdrücke überprüfen lassen. Und wissen Sie, was?« Frank lächelte diese Art offizielles Lächeln, bei dem die Mundwinkel nach unten zeigten. »Nichts, in keiner Datenbank, nirgendwo.«

»Wollen Sie damit sagen, dass man Smith nie erkennungsdienstlich behandelt hat?«, bellte Jessup. »Ich hätte mein Haus darauf verwettet, dass dieser Penner vorbestraft ist.«

Frank zuckte mit einer Schulter. »Ich auch. Aber so wie es aussieht, ist unser Mann noch nie verhaftet worden, zumindest nicht in diesem Land und nicht, nachdem er volljährig war. Vielleicht gibt es irgendwo eine Jugendstrafakte, aber die ist unter Verschluss.« Er lehnte sich zurück und las vom Notizblock ab. »Daraus schließen wir, dass Smith weder in New York City noch in einem anderen Zuständigkeitsbereich eine Arbeit angetreten hat, bei der ein polizeiliches Führungszeugnis erforderlich gewesen ist. Und auch keine eigene Firma gegründet hat. Außerdem er weder in der Armee gedient noch einen Job bei der Regierung gehabt, der einer besonderen Sicherheitsstufe unterlag. Den Leuten, mit denen er im Restaurant zusammengearbeitet hat, ist er nicht besonders aufgefallen. Er ist zur Arbeit gekommen, hat seine Schicht durchgezogen, das Trinkgeld gezählt und ist nach Hause gegangen. Es ist uns nicht gelungen, jemanden aufzutreiben, der uns etwas über den verstorbenen Chazz Smith erzählen konnte.«

Ich sagte: »Irgendwo muss er doch geschlafen haben?«

»Wir haben sogar seine Wohnung durchsucht, wenn man das so nennen möchte. Eine Doppelhaushälfte an der Banks Street. Matratze auf dem Boden. Keine persönlichen Gegenstände, keine Freundin, kein Freund, soweit die Nachbarn das mitgekriegt haben, keine Besucher, einmal abgesehen von einem großen blonden Mann. Das kann nur Glen gewesen sein. Die Vermieterin hat ausgesagt, dass er immer bar und pünktlich seine Miete bezahlt hat.« Frank schnalzte frustriert mit der Zunge. »Nach allem, was wir rausgefunden haben, könnte man annehmen, Chazz wäre direkt auf der Straße voll erwachsen aus dem Ei geschlüpft.«

Ich wedelte mit der Hand. »Letzte Woche habe ich gesehen, wie er eine Postkarte gekauft hat. Und was macht man mit einer Postkarte?«

»Man verschickt sie.«

»Richtig. Also muss er irgendwo jemanden gekannt haben, dem er eine Karte schickt.«

Frank wurde nachdenklich. »Vielleicht hat er ja irgendwo eine ›Baby-Mother‹ gehabt.«

»Was soll das denn sein?«, wollte Jessup wissen.

Ich erklärte es ihm. »›Baby-Mother‹ ist Großstadtslang. Schwarze Männer nennen so die Mütter ihrer unehelichen Kinder.«

»So einen Ausdruck sollte es gar nicht geben.«

»Gibt es aber.«

»Etwas ist allerdings eigenartig«, meinte Frank. »Chazz hat in einem Restaurant gearbeitet. Also müssen seine Aussprache und Grammatik einwandfrei gewesen sein. ›Ich sein, du sein‹ und solcher Sprachmüll ist da nicht drin, sonst wäre er gar nicht eingestellt worden.«

»Als Tellerwäscher vielleicht schon, aber nicht als Kellner, der mit den Gästen zu tun hat.«

»Dann war dieser Gettoslang, diese dreckige Schnauze, also bloß aufgesetzt.«

»Denkst du, in Wirklichkeit war er ein gut erzogener Junge aus der Mittelschicht, der versucht hat, wie ein Gettoboy aufzutreten? Aber, Frank, wieso sollte er das tun?«

»Dafür muss er einen guten Grund gehabt haben. Welche Wirkung hatte seine Art auf dich?«

»Auf mich?« Ich zeigte mit dem Finger auf mich. »Ich habe

mich schwer davor gehütet, näher mit ihm in Kontakt zu kommen.
»Du hast vermieden, dich mit ihm zu unterhalten, stimmt's? Hast ihm keine Fragen gestellt über seine Familie oder die Schule, die er besucht hat.«
»Auf gar keinen Fall. Ich fand ihn zu abstoßend, als dass ich mich mit ihm unterhalten wollte.«
»Und deshalb war er nicht gezwungen, Lügen über seine Herkunft zu verbreiten.«
Jessup beugte sich im Rollstuhl vor. »Glauben Sie, er hatte etwas zu verheimlichen?«
»Bislang ist sein ganzes Leben nichts als ein Geheimnis.«
In dem Augenblick tauchte Glen in einem nagelneuen Kaschmirmantel in der Tür auf und hielt inne. »Ach, Entschuldigung. Störe ich?«
»Nein, komm nur«, forderte sein Großvater ihn auf und winkte ihn herein. »Der Lieutenant ist vorbeigekommen und berichtet, wie weit die Polizei mit den Ermittlungen gekommen ist.«
»Ich wollte mit Großmutter zum Mittagessen in den Commander's Palace gehen.«
Auf dieses Stichwort hin kam Mrs. Jessup in den Raum gerauscht. Sie hatte sich ganz schön herausgeputzt und hielt eine Handtasche in der Hand. Vermutlich eine Fendi. Mir fiel auf, dass sie aus rotem Krokodilleder war. Aus echtem Krokodilleder und nicht aus Vinyl oder diesem geprägten Zeug.
Und dann plötzlich fiel bei mir der Groschen.
»Frank, könnten wir mal kurz raus in den Flur gehen? Ich will dir mein ... Ding zeigen.«
»Dein Ding, hm«, erwiderte Frank aalglatt. »Ja, darauf warte ich schon seit Ewigkeiten.« Er sah zu den Jessups hinüber. »Würden Sie uns bitte entschuldigen?«
Der alte Jessup entschuldigte uns mit einer Handbewegung, die verriet, dass es ihm vollkommen schnuppe war, ob er uns jemals lebend wieder sah.
Eine Minute später kamen wir zurück.

»Ehrlich, Großvater«, sagte Glen und schüttelte den Kopf. »Es ist mir völlig schleierhaft, warum irgendjemand Chazz was antun wollte. Alle mochten ihn.«
»Da bin ich aber anderer Meinung«, warf ich ein. »Er war widerlich. Tatsache ist doch, dass es in diesem Staat nur eine Person gegeben hat, die mehr als zwei Sätze auf einmal mit diesem Typen gewechselt hat. Und die ihn gut genug kannte, um ihn zu töten.« Ich hatte die Höflichkeiten satt und zeigte direkt auf ihn. »Und das sind Sie.«
Glen fiel die Kinnlade herunter. »Sie beschuldigen mich? Aber das ist doch Irrsinn! Chazz war mein Freund. Wieso hätte ich ihn umbringen sollen?«
»Ganz einfach. Weil Sie nicht Glen Charles Watley sind. Das war nämlich *er*.«
Frank hatte schon die Handschellen hervorgezogen. »Sie haben das Recht zu schweigen.«

KAPITEL DREIUNDFÜNFZIG

Piety Street – 1998

»Ich hätte darauf kommen müssen. Chazz ist kein Spitzname, sondern die Abkürzung von Charles. Wie in Glen Charles Watley.«
Das sagte ich zu Gaby, Brad und Frank Washington, die mit uns im Halbkreis vor dem Kamin im Wohnzimmer saßen.
Da Frank offiziell nicht im Dienst war, gönnte er sich ein Bier. »Wir sind nicht auf die Idee gekommen, dass es eine ganz simple Methode gibt, eine DNS-Analyse zu fälschen. Man muss nur das Blut eines anderen abgeben.«
»Bei mir hätte der Groschen fallen müssen, als die Dame von den Millhiser Labors Watley als jemanden beschrieben hat, der ›sich auszudrücken weiß‹«, räumte ich ein. »So etwas sagt man nicht über einen Weißen. Damit beschreibt man einen *Schwarzen*, der wie ein Weißer *redet*.«

Brad stand auf und warf einen Holzscheit ins Feuer.

»Wie bist du darauf gekommen, dass Glen ein Betrüger war.«

»Eigentlich habe ich es von Anfang an gewusst.« Ich tippte mir an den Kopf. »Die Antwort hat in irgendeiner Gehirnzelle geschlummert, die achtundzwanzig Jahre lang nicht benutzt worden ist.«

»Nicht benutzt?«

»Ich habe mich an die Situation erinnert, als das Polaroidfoto von uns vieren und Gerry gemacht wurde. Doch genau da hat sich Glen eingeschaltet und mich etwas über Patsy gefragt. Jetzt ist mir natürlich klar, er hat das nur getan, um mich abzulenken. Weil ich mich fast erinnert hätte.«

»An was erinnert?«

»Wer tatsächlich für das Foto Geld hingeblättert und es hinterher behalten hat. Und es deshalb ihrem Sohn vererben konnte.«

»Nicht Patsy?«

»Nein, die schwarze Tänzerin, Coffee. Sie hat mich gebeten, ihr die unechte rote Krokodilledertasche unter der Theke hervorzuholen. Und dann hat sie zwei Dollar herausgenommen und Paul bezahlt.«

Julian schenkte Gaby und sich Weißwein ein.

»Dann sieht es also ganz so aus, als ob Coffee, Hot & Black, die Tänzerin war, die mit Gerald ein Verhältnis hatte und die Mutter seines Kindes war. Das Kind, aus dem der Mann wurde, den wir als Chazz Smith gekannt haben. Und deine alte Freundin Patsy Star ist im August 1970 auf den Sozius einer Harley gestiegen und nie wieder aufgetaucht.«

»Und ist heute wahrscheinlich fett und fünfzig und lebt in einem Trailerpark irgendwo im Mittleren Westen.«

»Niemand hat sich die Mühe gemacht, Glen Charles Watley aus Minnesota zu überprüfen, weil wir keinen Grund hatten, die Geschichte, die er uns erzählt hat, zu hinterfragen.« Frank trank einen Schluck Bier und stellte dann die halb volle Flasche auf den Tisch. »Wir dachten, dass nur seine

Beziehung zu den Jessups fragwürdig ist. Aber als wir die Datenbank nach einem Glen Charles Watley aus New York durchforstet haben – Volltreffer. Geboren am zwanzigsten Mai 1970 im St. Vincent's Krankenhaus.«

»Etwas stört mich allerdings«, meinte Brad. »Wenn deine Freundin Coffee, also Karen Watley, einen Jungen auf die Welt gebracht hat, der Cyril Jessups Enkel ist, wieso hat sie dann nicht schon vor Jahren mit der Sprache herausgerückt?«

»Was hätte das gebracht? Auch wenn sie nur eine Nacht miteinander verbracht haben, hat Gerald ihr sicher klargemacht, was für ein Rassist sein Vater ist. ›Wenn Dad wüsste, mit wem ich in diesem Moment zusammen bin, würde er durchdrehen‹, so was in der Art. Vermutlich hat sie keinen Sinn darin gesehen, hier aufzutauchen und dem alten Mann ein schwarzes Enkelkind vorzuführen.«

»Dann muss Glen Bernies Waffe mit den echten Patronen geladen haben«, sagte Julian. »Und wenn Margo nicht so eine erbärmliche Schützin wäre, wäre der alte Jessup draufgegangen.«

Brad schüttelte den Kopf. »Ich kapiere es einfach nicht. Warum hätte Glen den alten Mann umbringen wollen, bevor der sein Testament geändert hat?«

»Das wollte er ja nicht«, entgegnete ich. »Er muss gehört haben, dass wir Cousin Andrew die Rolle des fiesen Anwalts geben wollten. Die Kugeln waren für Andrew bestimmt.«

»Und wer hat dann Laurie Denton umgebracht?«, fragte Brad sich. »Glen war bei dir und Julian, als es passiert ist.«

»Das geht zweifellos auf Chazz' Konto«, sagte ich. »Unser blonder Junge konnte nicht zulassen, dass ihn jemand aus seiner wahren Vergangenheit bloßstellte, was auch erklärt, wieso Laurie Denton von einer Minute auf die andere die Liebe seines Lebens geworden ist.«

»Das ist mir gleich spanisch vorgekommen.«

»Sie war zufälligerweise in der Stadt und hatte das Pech, ihm in der Nähe von Planet Hollywood über dem Weg zu laufen. Weißt du noch, wie er rübergelaufen ist, sie gepackt und geküsst hat?«

»Ja«, sagte Julian, »und ich fand die Reaktion ziemlich übertrieben, wenn man bedenkt, wie sie aussah.«

»Er musste sich beeilen und ihr den Mund stopfen. Noch ein Wort, und sie hätte irgendwas fallen lassen, was ihn verraten hätte.«

»Noch ein Wort?«

»Ja, zum Beispiel seinen richtigen Namen.«

»Wo wir schon gerade darüber reden«, warf Frank ein, »wir haben sein Gepäck durchsucht und einen Führerschein gefunden. In Wahrheit hat der Betrüger Eric Buckman geheißen und stammt aus St. Paul in Minnesota. Darum hat er übrigens den Spitznamen ›Bucky‹. Das war überhaupt keine Anspielung auf sein Gebiss.«

»Und dann ist ihm gar nichts anderes übrig geblieben, als Laurie auszuführen, nachdem er so ein Theater wegen des Wiedersehens gemacht hat. Wahrscheinlich dachte er sich, er raspelt beim Abendessen ein bisschen Süßholz, und schon fährt sie wieder nach Hause in den Mittleren Westen. Und er hätte sie nie wieder sehen müssen.«

»Aber das Mädchen hatte da andere Vorstellungen«, vermutete Gaby.

»Ja. Anscheinend hat er den hingebungsvollen Liebhaber ein bisschen zu gut rübergebracht. Das arme Ding hat sich offenbar eingebildet, sie hätte bei ihm Chancen, und hat ihren Rückflug umgebucht. Damit hat sie die Scharade in Gefahr gebracht. Die Jungs mussten sie loswerden.«

»Und dafür haben sie sich die Weihnachtsfeier ausgesucht mit einer Menge Passanten«, sagte Frank, ohne einen Blick auf den Block zu werfen. »Buckman hat ganz unauffällig dafür gesorgt, dass Laurie mit dem Rücken zum schmiedeeisernen Zaun steht und sie gebeten, dort auf ihn zu warten. Dann ist er abgehauen und hat sich ein Alibi besorgt. Und er hat zwei Leute getroffen, nämlich dich und Julian, die er schon kannte. Reiner Zufall. Chazz hat sich von der anderen Seite an den Zaun rangeschlichen, das arme Mädchen erstochen und die Biege gemacht. Keiner hat was mitgekriegt, bis sie umgekippt ist. Und als dann klar war, dass sie nicht in Ohnmacht gefallen war, war er schon lange in der Menge untergetaucht. Chazz hat das Messer behalten, und mit demselben Messer hat Glen später ihn um die Ecke gebracht.«

Ich hörte die Türklingel läuten. »Das muss sie sein. Ich gehe an die Tür.«

Als ich die Tür öffnete, stand unser junger Gast mit ernster Miene unter der Gaslampe der Veranda. »Ich bin Walterine Watley, Chazz' Schwester.«

»Ja, kommen Sie herein.«

Eine Ähnlichkeit konnte ich nicht erkennen, was vor allem daran lag, dass Chazz' Haut auffällig hell gewesen war, im Gegensatz zu dieser jungen Frau, die einen tief schokoladenbraunen Teint hatte.

Sie bemerkte meine Verwunderung und erklärte: »Seine Halbschwester.«

Nachdem alle einander vorgestellt und wir ihr etwas zu trinken, zu essen und einen Platz am Kamin angeboten hatten, nahm Walterine einen Schluck heißen Grog und begann mit ihrer Geschichte.

»Von klein auf war Chazz von seinem Spiegelbild fasziniert. Wegen der hellen Haut und den europäischen Gesichtszügen hat er immer vermutet, dass sein Vater ein Weißer gewesen sein muss. Mutter wollte ihn davon zu überzeugen, dass Jim Watley, mein Vater, auch sein Vater war. Das hat er ihr aber nicht abkauft, denn alle anderen in der Familie sind dunkel.«

Walterine senkte den Blick und betrachtete ihre Hände. Sie hatte kurze, quadratische Nägel, die durchsichtig lackiert waren. »Als Mutter ihn fragte, was er sich zu seinem fünfundzwanzigsten Geburtstag wünscht, hatte er nur einen Wunsch: Er wollte den Namen seines Vaters erfahren. Da hat Mutter beschlossen, dass er ein Recht darauf hatte, ihn zu erfahren. Sie hat dieses alte Foto aus der Handtasche gezogen und ihm erzählt, wie sie einen jungen Soldaten kennen gelernt hatte, der auf dem Weg nach Vietnam war und mit ihm eine Liebesbeziehung hatte …« Bei der Wortwahl kräuselte ich taktvoll die Lippen, was ihr nicht entging. »Ja, Mrs. Fortier, das waren ihre Worte. Ich glaube, sie hat ihn geliebt. Als Mutter feststellte, dass sie schwanger ist, hat sie Gerald einen Brief geschickt, an ein Brieffach vom Militär, in San Francisco. Doch er wurde ungeöffnet zurückgesandt, mit dem Vermerk ›Verstorben‹. Obwohl ihr dann klar war, dass das Baby ohne Vater aufwachsen würde, wollte sie das Kind trotzdem kriegen und es allein großziehen. Doch sie musste diese Verantwortung nicht lange allein tragen.« Walterine hob den Blick Richtung Himmel. »Gott sei Dank lernte sie zwei Monate später meinen Vater kennen, und die beiden haben noch vor Chazz' Geburt geheiratet.«

Walterine stellte das Glas ab, das noch drei Viertel voll war. »Als mein Bruder erfuhr, von wem er abstammte, wurde er ganz neugierig auf die Familie seines Vaters, und er ist hier in den Süden gefahren und hat sie sich angesehen. Und bei der Gelegenheit hat er auch erfahren, dass sein richtiger Großvater sehr reich war.«

Sie saß mit auf dem Schoß gefalteten Händen da und stierte ins Feuer.

»Mein Bruder hat sich ganz schön aufgeregt, als ihm klar wurde, dass er der Alleinerbe eines neunstelligen Vermögens war und er keine Chance hatte, dieses Erbe für sich zu beanspruchen. ›Wenn ich nur weiß wäre‹, hat er immer wieder gesagt, ›wenn ich nur weiß wäre, würde der alte Mann seinem Enkel alles vermachen, darauf kannst du Gift nehmen. Unehelich hin oder her.‹« Sie ballte die Hände zu Fäusten. »Er war ziemlich verbittert.«

Mehr konnte Walterine uns nicht erzählen, und nachdem wir noch ein paar Höflichkeiten ausgetauscht hatte, bot Brad ihr an, sie in ihr Hotel in der Innenstadt zu fahren. Am nächsten Morgen sollte ›Chazz Smith‹ von seiner Schwester identifiziert und ein Totenschein auf seinen richtigen Name ausgestellt werden. Dann konnte er für die Beerdigung nach New York überführt werden. Wenigstens dafür wollten die Jessups aufkommen.

Frank rückte vom Feuer ab. »Chazz wusste also genau, dass er nicht einfach so bei Jessup einlaufen und sich als der verschollene und bis dahin unbekannte Mischlingsenkel vorstellen konnte.«

»Er hat bestimmt mitgekriegt, dass in Louisiana immer noch der Code Napoleon gilt.« Julian nahm die leere Flasche Mouton Cadet vom Tisch und stellte eine neue darauf. »In diesem Bundesstaat gibt es einen Pflichterbteil. Einmal abgesehen von ganz wenigen Ausnahmen kann man Sohn oder Tochter nicht enterben, nicht einmal ein illegitimes Kind, solange die Vaterschaft nachgewiesen werden kann.«

»Du darfst aber nicht vergessen, der alte Jessup ist ein total uneinsichtiger Rassist«, sagte ich. »Wenn er erfahren hätte, dass er einen schwarzen Nachkommen hat, wäre er womöglich sogar so weit gegangen und hätte seinen Wohnsitz in einen anderen Staat verlegt, nur damit Chazz nicht erbt, was ihm nach dem Gesetz zugestanden hätte.«

»Wäre ihm durchaus zuzutrauen«, stimmte Julian zu.

»Und ich vermute mal, Watley wollte im Hintergrund bleiben, bis Jessup stirbt, sich dann zu erkennen geben, seine Geschichte erzählen und in dem Augenblick, wo der Besitz verteilt wird, mit Hilfe von diesem Wunder namens moderner Wissenschaft seine Identität beweisen.«

»Und genau da liegt der Hase im Pfeffer. Das Gesetz zum Pflichterbteil ist letztes Jahr modifiziert worden.« Frank lehnte sich zurück und massierte seine Schläfen. »Jetzt kann ein Erblasser jedes Kind, egal ob es das eigene oder ein adoptiertes ist, enterben, und zwar ohne Begründung, es sei denn, der Erbe ist behindert oder noch nicht dreiundzwanzig Jahre alt. Jedes erwachsene Kind, das nicht extra im Testament genannt wird, ist aus dem Spiel.«

»Dann musste der arme Kerl also Jessup dazu bringen, die verwandtschaftliche Beziehung in irgendeiner Form anzuerkennen. Und außerdem hätte er sich noch bei dem alten Herrn einschleimen und ihn dazu bewegen müssen, das Testament zu ändern«, meinte ich. »Da ist es ihm lieber gewesen, dem Alten eine ansprechende, blauäugige, weiße Version von Glen Watley vorzusetzen und abzuwarten, ob er damit durchkommt.«

»Und sein Plan war ja durchaus vernünftig, zumal er wusste, dass er ein Ticket hatte, das ihm den Zugang zur Familie eröffnete«, sagte Frank grimmig. »Chazz hätte eine Blutprobe und eine DNS-Analyse beibringen können. Als Beweis, dass Glen Watley Jessups Enkel ist. Und Watleys Foto wurde dem Testergebnis nicht beigelegt.«

»Blut ist immer rot.« Julian ging zum Kamin und nahm den Schürhaken in die Hand. »Die Millhiser Labors hatten keinen Grund zu erwähnen, dass sie das Blut einem Schwarzen abgenommen hatten.«

Frank zog seinen zuverlässigen Block hervor. »So wie wir uns das zusammenreimen, hat Chazz am Anfang der ganzen Scharade die Bourbon Street mit dem Polaroidfoto von seiner Mutter abgegrast. Hat überall reingeschaut und die alten Hasen über die Frauen auf dem Bild ausgequetscht. Mehrere Leute konnten ihm sagen, dass die Brünette jetzt oben am See wohnt und Mrs. Mangiacaballo heißt. Der eine oder andere wusste, die Rothaarige hat sich als Margo Fortier einen Namen gemacht. Damit schieden die beiden aus, und er konzentrierte sich auf die Blondine. Zum Glück für Watley hat niemand in der Stadt eine Ahnung, wo sie steckt oder was aus ihr geworden ist. Nachdem das sichergestellt war, nahm er sich die Freiheit und hat die nebulöse Patsy zu seiner ›weißen‹ Mutter gemacht. Dann brauchte er nur noch einen weißen ›Sohn‹.«

Gaby schenkte sich Wein nach. »Jetzt verstehen wir, warum der junge Mann Jahre gebraucht hat, bis er einen überzeugenden Hochstapler gefunden hat.«

»Er brauchte einen Komplizen im richtigen Alter, ohne Vorstrafen, dessen Fingerabdrücke in keiner Datenbank gespeichert waren, denn nur so hielt er einer gründlichen Überprüfung statt.« Julian schob glühende Kohle unter den dicken Holzscheit. »Aber, und das darf man nicht übersehen, Watleys Stellvertreter konnte kein durchschnittlicher ehrlicher Bürger, kein unverdorbener amerikanischer Bursche sein. Nur ein geldgieriger Betrüger spielt so ein Spiel mit. Und der falsche Glen musste gut aussehen und charmant sein, damit der alte Jessup ganz *wild* darauf war, den Jungen sein eigen Blut zu nennen.«

»Funktioniert hat es«, sagte Frank knapp. »Der blauäugige blonde Watley ist von Cyril Jessup sofort als Enkel akzeptiert worden.«

»Das darf man Jessup nicht verübeln. Glen ist ein erstklassiger Schwindler. Er hat alles daran gesetzt, der Enkel zu sein, von dem jeder träumt.«

»Und ab diesem Punkt können wir den Plan rekonstruieren«, fuhr Frank fort. »Sobald es dem falschen Watley gelungen war, die Bindung zu seinem reichen ›Opa‹ zu zementieren, hätte er eine Ausrede aufgetischt und wäre dorthin zurückgekehrt, wo er hergekommen war. Chazz wäre wieder nach New York gegangen und hätte abgewartet, bis er auf ganz natürliche Weise zum Erben wird. Und ihr könnt darauf wetten, dass er nicht persönlich aufgetaucht und das Erbe angetreten hätte.«

»Glen, ich meine ›Bucky‹, hat gerne für ein bisschen Schauspielerei in einem Monat das Gehalt von zwei Jahren eingestrichen. Doch nach ein paar Wochen hat es ihm gefallen, wie ein Millionär zu leben, und er hatte keinen Bock mehr, heimzufahren und von einem Heizungskeller aus wieder Junk bonds zu verscherbeln. Irgendwann ist er auf die Idee gekommen, einfach wie bisher weiterzumachen und die neue Identität für immer beizubehalten. Was nicht funktionierte, solange es den echten Watley noch gab. Der war ganz schnell zu einem echten Problem geworden.«

KAPITEL VIERUNDFÜNFZIG

Piety Street – 1970

Ich hörte Geräusche im hinteren Teil des Hauses und ging durch den Flur zur Küchentür hinaus. Sostenne saß mit drei Freunden auf der Veranda am Picknicktisch.

»Was ist denn hier los?«

»Setzt dich zu uns, Margie. Wir wollen ein bisschen Musik machen.«

Sostenne zeigte auf den Mann links von ihm. »Du kennst doch Elroy, meinen Trinkkumpanen aus dem Klub.« Die Bohnenstange grinste und winkte mir zu.

»Ja klar. Hallo, Elroy.«

Die anderen beiden kannte ich nicht. Sie trugen Jeans, grüne Hemden und Arbeitsschuhe. Sostenne deutete mit dem Kinn auf den Mann mit dem Cajun-Akkordeon.

»Das da ist mein Schwager Ravis. Wir können froh sein, dass er mit uns spielt. Er ist ein Richard.«

Sostenne sprach den Namen ›Rie-schaar‹ aus.

»Und warum ist es etwas Besonderes, ein ›Rie-schaar‹ zu sein?«

»Hm, sie sind weder besonders klug, noch sehen sie phänomenal aus, das stimmt schon. Aber die ganze Familie hat Musik im Blut. Ravis konnte schon von Geburt an Akkordeon spielen.« Sostenne zeigte auf den dritten Mann in der Runde, der offenbar Violine spielte. »Und das da drüben, der mit der Geige, ist sein Cousin Verbus.« Verbus grinste breit.

»Sieht ganz danach aus, als ob ihr ein richtiges Fais-do-do feiert.«

»Könnte hinkommen. Obwohl das streng genommen nicht möglich ist, denn hier gibt es keine Babys.«

»Daher kommt das Wort nämlich«, erklärte Ravis. »Immer wenn wir in unserer Gegend ein Fest gefeiert haben, sind alle gekommen. Dann konnte daheim keiner auf die Kleinen aufpassen. Darum haben die Mütter sie mitgebracht und sie

alle zum Schlafen auf eine Decke gelegt. Und das ist dann ein Fais-do-do. Es heißt ›in den Schlaf wiegen‹.«
»Man lernt einfach nie aus. Dann sind deine Verwandten also den ganzen Weg von Ville Platte hier runtergefahren, um mit dir Musik zu machen, Sostenne?«
»Nee, sie werden mir helfen, das Dach neu zu decken.«
»Genau«, kicherte Ravis. »Aber erst morgen. Heute Abend feiern wir.«
»Ach ja?«, fragte ich. »Hat das einen bestimmten Grund?«
Verbus fuhr mit der Hand über die Stirn. »Wir sind jung, sehen gut aus, und das Bier fließt in Strömen.«
Jetzt sah ich erst, dass die gut gelaunte Truppe einen riesigen Waschzuber mit Eis und Jax-Bier in Flaschen gefüllt hatte, damit die Musik flüssiger von der Hand ging. Sostenne griff nach seiner Ovation Gitarre, zupfte die Basslinie und sang ein altes französisches Lied aus Louisiana. »Tous les veuves de la coulee son partie au village …«
Was so viel heißt wie: ›Alle Witwen aus dem Bajou sind ins Dorf gegangen und kaufen gelben Baumwollstoff für ihre Töchter.‹ (Cajun-Lieder sind immer so tiefsinnig.) Ravis spielte wie ein Irrer auf seiner Quetsche, und Verbus geigte.
Trotz des ohrenbetäubenden Lärms lag Sostennes kleiner Kater ganz friedlich auf dem Picknicktisch, als käme dieser grauenvolle Lärm von einem Engelschor, der zu himmlischen Harfenklängen sang.
Danach spielten sie hintereinander drei Lieder über irgendeinen Mistkerl, der sich zu Tode soff, weil seine Frau ihn verlassen hat. Natürlich hat sie ihn nur verlassen, weil er säuft. Und dann legten sie eine Pause ein und köpften ein paar Biere.
»Moment mal!« Ravis wedelte mit dem Flaschenöffner. »Spielen wir mal was Englisches, dann kann Elroy singen.«
»Na schön!« Verbus nahm die Geige von der Schulter. »Mais, was haben wir denn an englischen Stücken?«
»Was haltet ihr von dem Lied über den Rüsselkäfer?«

»Ja, das ist klasse.« Sostenne gab mit dem Fuß den Takt vor und spielte die Einleitung. Nach vier Akkorden fielen die anderen Musiker ein, und dann stellte Elroy, der Baumwollpflücker aus Mississippi, das Bier weg und fing an zu singen. »Das erste Mal, als ich den Rüsselkäfer sah, saß er auf der Kachel ...«

Auf einmal verfinsterte sich Sostennes Miene. Mir fiel auf, dass er Ravis einen kurzen Blick zuwarf. Und Cousin Verbus bewegte einen ganzen Takt lang den Bogen nicht mehr, dann zuckte er mit den Achseln und spielte weiter. Elroy, ihr Sänger, kriegte nichts mit und sang ganz unbedarft die Ballade von den Schädlingen auf der Suche nach einem neuen Futterplatz.

Auf der Suche nach etwas Ruhe kehrte ich ins Wohnzimmer zurück und spannte ein Blatt Papier in meine tragbare Royal Schreibmaschine ein. Ich kann nicht blind schreiben, sondern tippe nur mit ein paar Fingern und verbrauche Unmengen von Korrekturflüssigkeit. Und trotzdem komme ich so schneller voran, als wenn ich meinem Bruder in New Jersey einen Brief von Hand schreibe.

In seinem letzten Brief hatte Tommy erwähnt, dass seine neue Schule ihn deprimierte. Doch es machte keinen Sinn, darauf einzugehen, denn bis er meine Antwort und meine mitfühlenden Zeilen erhielt, war er garantiert schon nicht mehr niedergeschlagen. Und dann hätte ich ihn nur wieder daran erinnert, wie deprimiert er vor *zehn* Tagen gewesen war. So entschied ich, ihn über die neusten Nachrichten zu informieren.

»Lieber Tommy: Bei uns in der Bourbon Street hat sich so eine Mistsocke vom Drogendezernat herumgetrieben. Ein paar von meinen Freunden sind verhaftet worden. Ich bin gerade noch mit heiler Haut davongekommen.«

KAPITEL FÜNFUNDFÜNFZIG

St. Charles Avenue – 1998

»Hier sind die anderen zehntausend«, sagte Jessup und hielt den Scheck hoch.

Ich musste mich zusammenreißen, damit ich ihn ihm nicht aus der Hand schnappte. In die Zeile für den ›Verwendungszweck‹ hatte er ›Dienstleistung‹ geschrieben.

In diesem Augenblick kam seine Gattin in einem weihnachtlich rot-grünen Strickpullover und schwarzer Hose herein. Sie summte.

»Guten Tag, Margo.«

»Mrs. Jessup. Sie sehen heute sehr hübsch aus.«

Ich gab mir Mühe, mir nicht anmerken zu lassen, wie sehr mich das überraschte. Nachdem bewiesen war, dass Glen nicht ihr geliebter Enkel war, hatte ich damit gerechnet, dass sie wieder in ihre Scheinwelt abtauchen würde.

»Ich weiß, was Ihnen durch den Kopf geht«, trällerte sie. »Sie haben befürchtet, ich würde wieder Tabletten schlucken. Aber ich bin nicht mehr deprimiert und freue mich darüber, dass ich endlich wieder klar denken kann. Und das ist doch das Allerschönste auf der Welt.«

Ich fragte: »Wo steckt Miss Groves?«

»Die habe ich gestern gefeuert. Mir ist klar geworden, dass ich keine Krankenschwester mehr brauche.« Die alte Dame grinste verschmitzt. »Aber Judi ist auch nicht mehr auf diesen Job angewiesen. Sie ist voll und ganz mit den Vorbereitungen für ihre Hochzeit beschäftigt.«

»Miss Groves heiratet?«

»O ja! Ich habe eben erfahren, dass sie und Andrew seit Jahren ineinander verliebt sind.«

(Dann waren die beiden das junge Paar, das ich auf der Party beim Küssen beobachtet hatte. Was es nicht alles gibt!)

»Ich möchte, dass Judi von nun an Hausfrau ist, und zwar rund um die Uhr. Und ich habe ihr gesagt, wir rechnen mit vielen kleinen Großnichten und Großneffen.«

»Wie stellst du dir das vor?«, donnerte der Alte. »Sollen hier jede Menge Gören durchs Haus rennen?«
»Ach, komm schon, Cyril.« Sie drehte ihm den Rücken zu. »Und meine erste Großnichte wird den Namen Diana kriegen. Das haben sie mir versprochen.«

KAPITEL SECHSUNDFÜNFZIG

Piety Street – 1970

Kurz vor Mitternacht verstummte draußen die Musik. Endlich war das Fais-do-do vorbei. Merv sagte Arthur Treacher gute Nacht, und ich hatte meinen Brief noch nicht zu Ende gebracht. Eine Viertelseite musste ich noch voll kriegen. Sostenne setzte sich zu mir und motzte auf Cajun vor sich hin. »Fils de putain!«
(Das heißt Hurensohn und ist abwertend gemeint.)
»Worüber regst du dich so auf?«
»Ach, über diesen gottverdammten Elroy. Da lade ich ihn zu mir nach Hause ein, und es stellt sich heraus, dass er ein Arschloch ist.«
»Ein was?«
»Hast du ihn singen gehört?«
»Nur dieses Rüsselkäferlied. Wenn du mich fragst, den Ton hat er nicht ganz getroffen.«
»Der hat den Text nicht mal gekannt.« Sostenne war richtig sauer. »Da singt er doch über einen Rüsselkäfer, der auf einer Kachel sitzt.«
»Ja, so geht die Strophe.«
Ich ging den Flur hinunter nach hinten. Sostenne lief mir hinterher.
»Nein, eben nicht. Mensch, Margie, wie soll denn ein Rüsselkäfer da draußen mitten in einem Baumwollfeld eine Kachel finden, verdammt noch mal?«
»Na, das ist doch nur ein Lied.« Ich sammelte einen Arm

voll Jax-Bierflaschen ein und warf sie in die Mülltonne. »Anscheinend habe ich mir nie darüber Gedanken gemacht, wie sinnig es ist, dass jemand da draußen eine Kachel …«

»Der Rüsselkäfer sitzt auf einer Kapsel. Einer Baumwollkapsel.«

»Ach, jetzt begreife ich es. Das ist ein Teil der Pflanze.«

»Genau, und jeder, der schon mal Baumwolle gepflückt hat, weiß das.«

»Nur Elroy nicht.«

»Richtig. Und darum hat Ravis einfach zu spielen aufgehört und ihn direkt gefragt. ›He, Kumpel, hast du wirklich Baumwolle gepflückt?‹«

»Und?«

»Und Elroy hat nur dagesessen, dumm gegrinst und gesagt: ›Darauf kannst du wetten. Früher habe ich am Tag einen Ballen geschafft.‹«

»Das kommt auch in einem Lied vor.« Ich hatte plötzlich Lust, es ihm vorzusingen. »›Spring runter, dreh dich um, und pflück einen Ballen am Tag.‹«

»Hör mal, Margie. Ein Ballen, das sind immer fünfhundert Pfund. Und damit meine ich nur die reine Wolle, ohne die Samenstände. Wenn du einen Ballen zusammenkriegen willst, musst du 1500 Pfund rohe Baumwolle pflücken.«

»Hm, da hat man vermutlich ganz schön zu tun.«

»Der beste Baumwollpflücker, den ich kannte, war mein Daddy. An einem richtig guten Tag, auf einem Feld, das zum ersten Mal geerntet wird, hatte er nie mehr als 410 Pfund.«

»Willst du damit sagen, dass das Lied von Leadbelly über den einen Ballen pro Tag eine Riesenübertreibung ist?«

»So wie ich es sehe, hat dieses Arschloch Elroy alles, was er übers Baumwollpflücken weiß, aus Liedern, so wie du. Und mich hat er schon davon überzeugt, dass er ein echter Kumpel aus Mississippi und auf einer Baumwollplantage aufgewachsen ist. Aber der lügt uns nur was vor.«

»Na, das ist aber eigenartig.« Ich rührte ein Glas nahrhaften Bosco-Sirup an. »Wieso sollte jemand so tun, als ob er ein

Baumwollpflücker ist?« Ich legte den Löffel weg und goss noch mehr davon direkt aus der Flasche ins Glas, bis das Gesöff richtig schön dunkel war. »Ist ja nicht gerade ein hoch angesehener Job.«

»Er ist ein Lügner, mehr gibt es da nicht zu sagen.«

Nachdem ich die Küche aufgeräumt hatte, ging ich wieder ins Wohnzimmer, setzte mich an die Schreibmaschine, schob den Wagen nach links und begann mit einem neuen Absatz.

»Weißt du was, Tommy, ich glaube, ich habe da einen Anhaltspunkt, was den Spitzel vom Drogendezernat betrifft …«

KAPITEL SIEBENUNDFÜNFZIG

Piety Street – 1998

Ich hämmerte auf die Tastatur des Computers ein und klickte den Server, das Greater New Orleans Free Net, an. Zwar arbeitet es nur auf Textbasis, ist bei E-Mails aber zuverlässiger als die größten landesweiten Server. Und außerdem ist es *kostenlos*.

Ich wählte den Befehl ›Verfassen‹, klickte die Online-Adresse meines Bruders an und tippte los.

›Hallo, Tom, was treibst du zu Weihnachten?‹

Er muss in dem Moment gerade am Computer gesessen haben, denn knapp eine Minute später kam die Antwort:

›Party von einem Klienten im Trump Tower. Reicher Typ.‹

›Reicher Typ?‹, schrieb ich zurück. ›Ob er wohl Lust hätte, ein bisschen Geld für eine Muschi auszugeben?‹

Die Antwort erschien prompt. ›Nicht für eine antike.‹

Ich antwortete: ›Fick dich doch ins Knie.‹

Julian polierte gerade die fleckigen Weingläser auf Hochglanz. »Weißt du, heute Abend werden die ›Star Trek‹-Fans ja ein richtiges Freudenfest erleben. Auf dem Science-Fiction-

Kanal zeigen sie zur Freude und Erbauung der Anhänger die erste Episode, ›The Cage‹, mit Jeffrey Hunter. Und gleichzeitig kann man sich in einen Chatroom einloggen und sich mit anderen Fans überall auf der Welt darüber freuen.«

»Was du nicht sagst.« Ich klickte auf ›Entwurf‹ und stand auf. »Für ein Mädchen, das ›Captain Video‹ für die ultimative Zukunftsvision gehalten hat, dreht sich unsere alte Welt ziemlich rasant.«

Da unser Silbergeschirr nur zweimal im Jahr herausgeholt wird, muss ich rechtzeitig mit dem Putzen anfangen. Gegen diese Arbeit habe ich nichts einzuwenden, denn sie ist Teil unseres jährlich wiederkehrenden Weihnachtsrituals. Ich legte ›Treasury Of Christmas‹ von Time Life mit ein paar alten Bing-Crosby-Weihnachtsklassikern auf, die auf CD gebrannt worden sind. (Crosby hat diese Zusammenstellung sicher nie gehört, denn er ist 1977, lange vor der Erfindung der CD, auf einem Golfplatz in Spanien gestorben.)

Während der Vorbereitungen hatten Julian und ich die ›Headline News‹ eingeschaltet und erfuhren, dass die beiden Ex-Präsidenten Carter und Ford gerade gemeinsam eine Erklärung abgegeben hatten, in der sie forderten, Clinton sollte kein Impeachment-Verfahren an den Hals kriegen, sondern stattdessen eine offizielle Rüge bekommen. Bob Dole stimmte ihrem Vorschlag zu.

Bonnie Livingston telefonierte mit Larry Flynt und bat ihn um einen persönlichen Gefallen. Sie bat ihn, die (unerfreulichen) Einzelheiten der außerehelichen Liebschaften ihres Gatten nicht zu veröffentlichen. Und Flynt ließ sich wohl zum ersten Mal in seinem ganzen lasterhaften Leben zu einer noblen Geste herab und willigte ein, ihn nicht weiter bloßzustellen, zumal Livingston sich ja eh aus der Politik zurückzog.

Richard Branson und ein paar andere unglaublich reiche Männer tun das, was reiche Männer heute eben gern tun: Sie wollen in einem Ballon um die Welt fliegen. Man muss schon ein paar Millionen einfach so herumliegen haben, damit man all die Rettungsmaßnahmen finanzieren kann, mit denen man den Ballon über Wasser und über Land orten kann. Bei so einer Sache möchte man sich doch lieber nicht auf die Regierung oder bestehende militärische Einrichtungen verlassen. Milliardäre genießen das Leben viel zu sehr, als dass sie es wirklich aufs Spiel setzen würden.

Danach befragte ein windzerzauster Reporter im Trenchcoat verschiedene bekannte Persönlichkeiten, was sie sich vom kommenden Jahr versprachen. Fortgesetzter Wohlstand, mehr kriegerische Auseinandersetzungen im Mittleren Osten ... (Gähn.) Welche Überraschungen könnte das Jahr 1999 denn auch noch für uns bereithalten? In nur einer Woche durften wir das Impeachment eines Präsidenten, den Angriff einer fremden Macht und die Geburt von lebenden Achtlingen erleben.

Ich hüpfte zu ›Here Comes Santa Claus‹ in Bings samtiger Baritonversion durchs Zimmer, nahm das rote Weihnachtstischtuch aus dem Wäscheschrank und warf – während ich nach den Servietten suchte – zufällig einen Blick aus dem Fenster.

»Hör mal, Julian. Weißt du, was unsere arme Nachbarin Lydia gerade macht? Sie steht wie erstarrt im Wohnzimmer und stiert auf die Straße hinaus.«

»Vielleicht wartet sie auf die Post.«

»Nee. Der Postbote war schon da.«

»Na schön, Margo. Wieso gehst du nicht rüber und lädst sie für morgen Abend zu uns zum Weihnachtsessen ein?«

»Meinst du, sie würde kommen?«

»Warum nicht? Sag ihr, dass nur du, ich, Gaby und Brad zusammensitzen werden. Und der Truthahn reicht problemlos für alle.«

»Ich meine, was hat die arme Lydia denn mit Gaby und Brad zu reden?«

»Das sind sehr unterhaltsame Menschen«, meinte Julian. »Sie haben überall auf der Welt gelebt.«

»Genau. Und Lydia ist noch nie aus dem Delta weggekommen. Wenn sie die Fotos von ihren Enkeln rumgereicht und sich – ganz die stolze Mutter – über Bobbys Reifengeschäft und Chips phänomenale Geschwindigkeit als Baseball-Batter ausgelassen hat, wird ihr nicht mehr einfallen.«

»Na, wir können sie doch nicht den ganzen Weihnachtsabend ganz allein dort drüben sitzen lassen. Sie soll wenigstens mitkriegen, dass *jemand* genug Anstand hat, sie einzuladen.«

»Okay.« Ich faltete noch schnell die Servietten zu kleinen Hüten, zog einen Pulli an und trat hinaus in die frostige Kälte.

Ich kam gerade bis zur Außentreppe, als laute Weihnachtsmusik ertönte. Ein voll geladener roter Pick-up quetschte sich vor Lydias Haus in einen Parkplatz. Aus der Autoanlage dröhnte eine basslastige Choralversion von ›Little Drummer Boy‹.

Hinten auf der Ablagefläche lag eine riesige, bläulich-grüne Kiefer, die von einem Netz zusammengehalten wurde. Rechts und links war der Baum eingekeilt von einer Masse goldener und silberner Paketen. Der Geruch von Harz, Holz und Nadeln war so stark, dass ich ihn schon aus einer Entfernung von zehn Metern riechen konnte. Und dann stiegen ein Mann, eine Frau und ein kleines Mädchen in karierten Flanellhemden aus.

Im gleichen Augenblick ging nebenan die Haustür auf und Lydia kam herausgerannt. »Endlich seid ihr da!«, rief sie freudestrahlend. »Ich warte schon seit heute Morgen um neun auf euch!«

»Tut mir Leid, Mom!«, rief der Mann. »Auf der Interstate 10, kurz vor Krotts Springs, hat sich ein Neunachser auf der Straße quergelegt. Hat uns 'ne gute Stunde gekostet!«

»Oma!« Das kleine Mädchen flitzte die Treppe hoch. Winzige silberne Glöckchen, die an den Enden der bunt gestreiften Schnürsenkel festgebunden waren, klimperten. Die Kleine schlang die pummeligen Arme um Lydias Beine. »Oma, ich habe Mommy geholfen, Walnussbrownies zu backen. Daddy hat gesagt, die magst du am liebsten!«

»Walnuss?« Lydia beugte sich hinab und drückte sie fest an sich. »Da hat er ganz Recht, Tiffie.«

Die junge Mutter stieg mit einem Riesentruthahn die Stufen hoch. Der gefüllte und gewürzte Vogel lag auf einem Blech und musste nur noch in den Ofen geschoben werden.
»Du brauchst keinen Finger krumm zu machen, Mutter Halley. Für das Austern-Dressing habe ich dein Rezept genommen.«
Erst als die Kiefernäste sich bewegten, sah ich, dass auf der Ladefläche auch ein kleiner Junge saß. Er machte den Sicherheitsgurt los, sprang hoch und winkte. »Hallo, Oma! Ich darf die Leiter hochklettern und Dad helfen, die Regenrinne zu reparieren!«
Der Vater lachte. »Du wirst mir das Werkzeug durchs Fenster reichen, Chip.«
Enttäuscht rümpfte der Junge die sommersprossige Nase. »Ist das alles, was ich tun darf?«
»Keine Sorge, wir beide werden bis Neujahr genug Arbeit haben. In diesem Haus warten garantiert eine Million Kleinigkeiten darauf, dass man sie wieder in Ordnung bringt.«
Der Vater kletterte auf die Ladefläche, zog ein Taschenmesser aus der Jeans und schnitt das Seil los. Dann warf er einen Blick in meine Richtung und sah mich auf der Veranda stehen. Er grinste und winkte mit der freien Hand.
»Hallo, Miss Margie. Frohe Weihnachten!«
Ich winkte zurück.
»Das wünsche ich dir und deiner Familie auch, Bobby.«

MICKEY SPILLANE

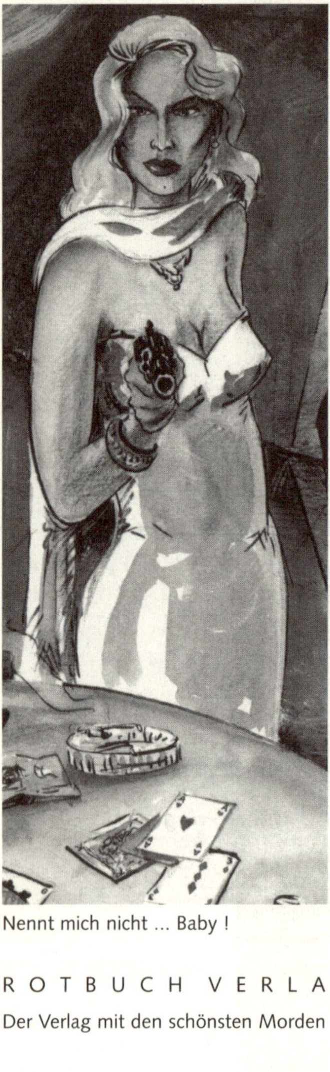

Nennt mich nicht ... Baby !

Ich, der Richter
Aus dem Amerikanischen
von Daisy Remus
220 Seiten, TB 1048

Jackpot
Aus dem Amerikanischen
von Lisa Kuppler
262 Seiten, TB 1069

Die Rache ist mein
Aus dem Amerikanischen
von Lisa Kuppler
256 Seiten, TB 1072

Die Töchter der Nacht
Aus dem Amerikanischen
von Lisa Kuppler
297 Seiten, TB 1049

Regen in der Nacht
Aus dem Amerikanischen
von Lisa Kuppler
220 Seiten, TB 1102

Küß mich Tod
Aus dem Amerikanischen
von Lisa Kuppler
264 Seiten, TB 1105

Verkorkst
Aus dem Amerikanischen
von Lisa Kuppler
248 Seiten, TB 1111

ROTBUCH VERLAG · HAMBURG

Der Verlag mit den schönsten Morden www.rotbuch.de

TONY FENNELLY

DIE MATTY SINCLAIR TRILOGIE

Matty Sinclairs Familie gehört zum alten Adel von New Orleans und hat mehr Stil als Vermögen. Also verkauft er Antiquitäten in seinem Laden »New Traditions«. Sein junger Gehilfe und Geliebter Robin ist fast volljährig und war früher ein klein wenig kriminell. Lieutenant Frank Washington weiß das und bittet deshalb Matty mit sanftem Nachdruck um Hilfe, wenn ein Verbrechen in der von außen undurchdringlichen schwulen Subkultur von New Orleans aufzuklären ist.

ROTBUCH KRIMI

»Man sollte auf alles gefaßt sein...«

Süddeutsche Zeitung

Tony Fennelly
Die Matty Sinclair
Trilogie:

Mord auf der Klappe
Bärendienst
Robins Hochzeit

640 Seiten
DM/sFr 20,-/öS 148,-
ISBN 3-88022-094-8
Rotbuch Krimi 74

ROTBUCH *Verlag*
Parkallee 2
20144 Hamburg
Tel. 040/450194-0
Fax 040/450194-55